NELE BLOHM

Dein Flüstern im Meereswind

ROMAN

WILHELM HEYNE VERLAG
MÜNCHEN

Penguin Random House Verlagsgruppe FSC® N001967

Originalausgabe 04/2022
Copyright © 2021 by Nele Blohm
Copyright © 2022 dieser Ausgabe
by Wilhelm Heyne Verlag, München,
in der Penguin Random House Verlagsgruppe GmbH,
Neumarkter Str. 28, 81673 München
Dieses Werk wurde vermittelt durch die
Langenbuch & Weiß Literaturagentur.
Redaktion: Catherine Beck
Printed in Germany
Umschlaggestaltung: Nele Schütz Design
unter Verwendung von Shutterstock.com/GooseFrol
Satz: Leingärtner, Nabburg
Druck und Bindung: GGP Media GmbH, Pößneck
ISBN: 978-3-453-42622-1

www.heyne.de

 # Kapitel 1

Eine frische Brise wehte mir durchs Haar und ließ es in der Luft nach einem ganz eigenen Rhythmus tanzen. Die Melodie war mir wohlvertraut, und doch freute ich mich jeden Tag aufs Neue, den Klängen zu lauschen.

Sobald ich nur einen Fuß auf meinen Balkon setzte und die Insel mit einer dampfenden Tasse Kaffee in der Hand begrüßte, empfand ich dieses Gefühl von Freiheit und Dankbarkeit. Nach langer und rastloser Suche war mir Hiddensee in kürzester Zeit zum sicheren Hafen geworden. Dabei hatte ich vor meiner Ankunft nicht einmal gewusst, dass ich auf der Suche gewesen war. Aber hier konnte ich mich frei entfalten und neu definieren. Meine Vergangenheit spielte keine Rolle mehr.

Die Freude über diese Erkenntnis ließ mich lächeln. Eine Möwe flog ihre Kreise unweit des *Traumschlösschens* und landete in unserem Garten gleich neben dem Strandkorb. Dabei verrenkte sie den Kopf zu allen Seiten, als warte sie bereits auf eine erfrischende Zitronenlimonade und ein Stück unserer beliebten Sanddorntorte. Voller Vorfreude strich ich mir mit der Zunge über die Lippen und hatte sogleich den salzigen Geschmack meiner neuen Heimat im Mund.

Ja, Hiddensee war Heimat. Ich hatte mich auf dieser kleinen Ostseeinsel so schnell eingelebt, als wäre es Bestimmung, dass ich hier gelandet war. Auch wenn ich gestern beim Inselspeeddating mal wieder leer ausgegangen war. Dabei hatte ich so ein gutes Gefühl gehabt, dort endlich den Mann fürs Leben zu finden. Aber so einfach war es dann doch nicht. Und das, obwohl sich Sonja in ihrem *Kleinen Prinzen* regelmäßig um eine wunderschöne und ausgelassene Atmosphäre bemühte. Neben den fünf Minuten, in denen man jemanden kennenlernen konnte, ehe man zum nächsten Teilnehmer der Runde wechselte, reichte sie kleine Kanapees und Sekt. Doch das brachte leider auch nichts, wenn einfach nicht der Richtige dabei war. Tom, Jörg und Sven waren jeder für sich echt nette Menschen, aber mehr als einen Abend mit ihnen zu verbringen, konnte ich mir dann doch nicht vorstellen. Mit einem Seufzer besann ich mich wieder auf das Wesentliche.

Gleich würde ich in Maries und meinen kleinen blumigen und buchigen Laden runtergehen, um ihn für unsere Kunden aufzuschließen. Manchmal konnte ich mein Glück noch immer nicht so recht fassen. Vor etwas mehr als einem Jahr hatte ich noch in einer Anwaltskanzlei in München gesessen und mich so manches Mal gefragt, ob es das nun gewesen war. Als Marie nach der Pleite mit Jan und dem Blumenladen zurück auf ihre Heimatinsel Hiddensee gegangen war, hätte ich es nie für möglich gehalten, dass ich ihr bald folgen und ebenfalls auf dieser wunderschönen Insel bleiben würde. Meine Freundin und ich hatten uns aus einer Laune heraus dafür entschieden, auf Hiddensee ein Geschäft zu eröffnen, nachdem mein Vater mir das Startkapital dafür vererbt hatte. Zunächst schien es ein Experiment zu sein, aber es stellte sich schon bald als zukunftsweisend heraus. Es war nicht immer ganz einfach, doch das viele positive Feedback der Menschen, die uns in unserem

Traumschlösschen besuchten und hier einkauften, ermutigte uns. Mittlerweile kamen sogar Leute vom Festland oder der Nachbarinsel Rügen, um in unserer gut sortierten Buchauswahl zu stöbern oder sich von Marie Sträuße und Gestecke für jeden Anlass anfertigen zu lassen.

Bevor ich schließlich nach unten ging, beugte ich mich ein wenig über die Balustrade, um das Meer nicht nur rauschen zu hören, sondern es auch zu sehen.

Die Aussicht war wie immer atemberaubend schön. Und nie gleich. Mal schäumte das Wasser, als hätte jemand zu viel Badezusatz hineingeschüttet, mal stieß es in hohen Wellen aufs Land, ein anderes Mal lag es beinahe ruhig da, als hätte irgendwo jemand einen Schalter gedrückt und die Wellenmaschine abgestellt.

»Guten Morgen, Caro«, riss mich Marie aus den Gedanken.

Ich winkte zu ihr hinunter und verschüttete ein wenig Kaffee auf meine neuen Sandalen. Zum Glück war der Inhalt meiner Tasse in der Zwischenzeit bereits erkaltet.

»Hey, Marie. Ich komme gleich runter«, erwiderte ich, als ich bemerkte, wie schwer sie bepackt war.

Eilig wischte ich mir die Kaffeenote mit einem Taschentuch von den Schuhen, ging in meine Maisonettewohnung und hinunter ins Erdgeschoss. Keinen Augenblick zu früh war ich schließlich an der Tür, um sie für Marie zu öffnen.

»Danke dir.« Marie war ganz außer Puste, als sie mir den Karton aus ihren Händen überreichte.

»Hat Oma Gertrud mal wieder etwas für uns gebacken?«, fragte ich mit neugierigem Unterton in der Stimme.

Mittlerweile kamen viele unserer Kunden nicht nur wegen unserer gut sortierten Bücherauswahl oder der wunderschönen Blumen, denen Marie mit ihren Händen einen ganz eigenen Zauber verlieh, sondern auch oder gerade wegen Oma Gertruds immer neuen Gebäck- und Kuchenkreationen.

Ich staunte jedes Mal wieder über ihren nie enden wollenden Einfallsreichtum, denn in jedem von Oma Gertruds Rezepten musste ihre Lieblingsfrucht, der Sanddorn, seinen Platz finden. Die Zitrone des Nordens, wie das Ölweidengewächs auch genannt wurde, verlieh den Backwaren einen ganz eigenen aromatischen Geschmack nach Heimat.

»Heute gibt es eine Apfeltorte mit Sanddornsahne«, referierte Marie, die noch immer ganz außer Atem war und sich erst mal ein Glas Wasser einschenkte.

»Warum hast du dich denn so abgehetzt? Es geht doch erst in einer halben Stunde los«, merkte ich an und stellte den Kuchen auf dem Verkaufstresen ab.

Marie wohnte nach wie vor in Kloster im Reetdachhotel ihrer Großmutter. Und das, obwohl sie bereits seit einiger Zeit mit ihrer Jugendliebe Ole verlobt war und die beiden bald heiraten wollten.

»Hast du Ole schon gesehen?«, wisperte sie und warf einen schnellen Blick nach draußen. Die Bernsteinwerkstatt ihres Verlobten befand sich gleich nebenan.

»Nein, ich habe ihn heute noch nicht gesehen. Warum so geheimnisvoll? Verbirgst du etwas vor ihm?«

Marie sah mich wie vom Donner gerührt an. »Ich? Nein! Also nicht so richtig. Ich habe heute Ohrringe dabei, die mir Oma Gertrud geschenkt hat, damit ich sie bei der Trauung tragen kann. Du weißt schon, die, die bereits ihre Großmutter zu ihrer Hochzeit anhatte.«

Ich nickte, auch wenn ich nicht so recht verstand, was das eine mit dem anderen zu tun haben sollte.

Wieder sah sie sich verstohlen nach allen Seiten um.

»Und was hat Ole jetzt damit zu tun?«, wagte ich schließlich doch noch zu fragen.

Marie hob ihren Zeigefinger vor die Lippen und bedeutete mir zu schweigen. »Nicht so laut! Er könnte uns hören.«

Plötzlich beschlich mich eine Ahnung, worauf das hier hinauslief. »Hat das irgendwas mit Jan zu tun?«

Jan war der Kerl, der Marie vor mehr als einem Jahr aus heiterem Himmel und nach einer langjährigen Beziehung mal eben wie eine heiße Kartoffel hatte fallen lassen, weil er »sich selbst finden« wollte. Und das nur wenige Monate vor der Hochzeit.

Marie schüttelte zunächst den Kopf, dann nickte sie und sah betreten zu Boden.

Ich seufzte. Hatte mich mein Gefühl also doch nicht getrogen.

»Weißt du was? Wir haben noch ein paar Minuten, bis wir aufschließen müssen. Ich mache uns schnell zwei Cappuccino, und du schneidest derweil die Torte für uns an. Dann gehen wir raus in den Garten, und du erzählst mir alles in Ruhe.«

Als ich Maries unschlüssigen Blick bemerkte, ergänzte ich noch: »Oles Hof liegt auf der anderen Seite. Er wird uns nicht hören.«

»Also? Was bedrückt dich?«, hakte ich nach, als Marie die Teller neben die beiden Tassen auf den Tisch vor dem Strandkorb gestellt und wir beide Platz genommen hatten. »Hast du noch Gefühle für Jan? Oder sind es die klassischen kalten Füße, die so manche Braut kurz vor der Hochzeit bekommt?«

Marie sah mich mit großen Augen an. »Ich habe definitiv keine Gefühle mehr für Jan. Das mit uns ist ein für alle Mal vorbei«, bestätigte sie vehement, ehe sie abermals betreten zu Boden sah. »Das ist es ganz bestimmt nicht. Ich bin nur irgendwie … aufgeregt.«

Ich lächelte ihr aufmunternd zu und legte meine Hand auf die ihre. »Das ist doch ganz normal. Mach dir darüber keine Sorgen!«, redete ich ihr gut zu und versuchte, dabei ganz ruhig und gelassen zu bleiben.

Es fiel mir gar nicht so leicht. Schließlich hatte ich mich noch nie in einer ähnlichen Situation befunden. Dafür hätte ich erst mal einen Partner gebraucht. Aber das mit den Männern und mir wollte einfach nicht so recht klappen. Meine letzte Beziehung lag schon mehr als ein Jahr zurück. Sie war in die Brüche gegangen, als ich auf den Umstand aufmerksam wurde, dass die Ehe meines Freunds ganz und gar nicht vor dem sicheren Aus stand, wie er stets behauptet hatte. Wie alt das Kind wohl jetzt sein mochte? Ein halbes Jahr? Älter?

»Es ist nicht die Angst vor der Hochzeit selbst«, gestand Marie schließlich, während ihr Blick wie gebannt auf der Tasse mit dem Aufdruck *Floristin mit Herz* lag. Ich hatte sie ihr zum halbjährigen Bestehen unseres *Traumschlösschens* geschenkt. Witzigerweise hatte sie mir eine ganz ähnliche Tasse besorgt. Nur dass auf meiner *Beste Buchhändlerin der Welt* geschrieben stand.

Noch heute musste ich grinsen, wenn ich mich daran erinnerte, wie wir beide unsere Geschenke ausgepackt hatten und in schallendes Gelächter ausgebrochen waren. Die

Sache mit den Tassen hatte mal wieder gezeigt, wie ähnlich wir uns doch waren.

»Hast du Zweifel daran, dass Ole der Richtige ist?«, warf ich ein und senkte meine Stimme noch mehr.

Ole konnte uns zwar von seiner Werkstatt aus nicht hören, aber unmittelbar hinter der Hecke in unserem Rücken befand sich ein Gehweg, der in den Sommermonaten stark frequentiert war, weil er direkt zum Strand führte.

»Was?!« Marie wurde so laut, dass sie selbst ein wenig darüber erschrak. »Das hat mit Ole nichts zu tun«, erklärte sie so schnell, dass sich ihre Stimme beinahe überschlug.

»Okay, okay. Ich hab's ja verstanden«, erwiderte ich und reichte ihr als Friedensangebot ihre Tasse. »Aber was macht dir denn nun solche Sorgen?«

Den Kuchen hatten wir beide noch nicht angerührt. Dabei sah er wirklich ausgesprochen köstlich aus. Und wie er erst duftete …

Marie seufzte. »Ich erzähl's dir, wenn du mir versprichst, mich nicht auszulachen.«

Feierlich hob ich meine rechte Hand zum Schwur. »Ich verspreche es.«

Marie seufzte abermals. »Seit der Sache mit Jan bin ich … wie soll ich es sagen? Ich bin ein wenig … abergläubisch geworden.«

Nun fiel es mir doch nicht ganz so leicht, mein Versprechen einzuhalten. Viel zu präsent waren plötzlich die Bilder von der äußerst eigenwilligen Inselschamanin Irmgard in meinem Kopf, die uns auch das *Traumschlösschen* vermietete. Gleich nach Maries Ankunft auf Hiddensee war Oma Gertrud – so nannten sie alle auf der Insel, die jünger waren als sie – der Ansicht gewesen, Irmgard wäre der einzige

Mensch, der ihr noch helfen konnte. Schließlich hatte Marie ihren Hühnergott verloren, was ganz schlimmes Unglück bedeutete und gleichzusetzen war mit einem zerbrochenen Spiegel.

Neben der äußerst bildhaft beschriebenen Aurenreinigung, die Marie mir in allen Details geschildert hatte, musste ich gerade an mein erstes Aufeinandertreffen mit Irmgard denken. Um die bösen Geister unseres *Traumschlösschens* zu vertreiben, hatte die Gute einen Gegenstand, der verdächtig große Ähnlichkeit mit einem Stück Hefegebäck hatte, in den Raum geworfen. Und nicht nur das. Sie hatte dazu auch noch einen schamanischen Segensspruch leise vor sich hingebrabbelt, den niemand verstand, und im Anschluss daran wie eine vom Teufel Besessene die Tür ins Schloss gezogen. Den wilden, fast schon fanatischen Ausdruck in ihren Augen würde ich wohl nie vergessen.

»Wie genau meinst du das?«, hakte ich nach, während ich mich darum bemühte, mich auf etwas anderes zu konzentrieren als auf Irmgards Geisteraustreibung. Sonst stand nämlich doch noch zu befürchten, dass ich laut zu lachen begann, was ich tunlichst vermeiden wollte. Marie sollte nicht das Gefühl haben, dass ich mich über sie lustig machte.

Sie zog ein Schächtelchen aus der Hosentasche und öffnete es. Darin lagen auf einem mit Seide ausgepolsterten Kissen zwei längliche goldene Ohrringe. Eine sehr filigrane Arbeit. Ein wenig erinnerte mich die Form an die der Insel Hiddensee aus der Vogelperspektive.

»Die sind wunderschön«, brachte ich meine Bewunderung auf den Punkt.

»Ja, das finde ich auch. Ich bin schon total gespannt, was Ole sagen wird, wenn er sie das erste Mal sieht.«

Ich lächelte zuversichtlich. »Sie werden ihm sicher genauso gut gefallen wie dir und mir. Warum gehst du nicht rüber und zeigst sie ihm einfach?«, schlug ich vor.

»Was? Auf gar keinen Fall!« Hektisch klappte Marie den Deckel der Schatulle wieder zu und stopfte sie zurück in ihre Hosentasche.

Mir blieb derweil nichts anderes übrig, als dämlich aus der Wäsche zu gucken, denn ich verstand rein gar nichts mehr.

»Du willst sie Ole also nicht zeigen?«, nahm ich den Faden nach einigen Sekunden, in denen sich Marie wie ein in die Enge getriebenes Tier zu allen Seiten umgesehen hatte, wieder auf.

»Doch. Ich will sie ihm zeigen. Nur nicht vor der Hochzeit. Auf gar keinen Fall vor der Hochzeit!«

Beschwichtigend hob ich die Hände, während ich ein Gefühl dafür bekam, warum sie nach wie vor bei Oma Gertrud im Inselhotel wohnte. »Hast du etwa Angst, Ole könnte seinen Entschluss, dich heiraten zu wollen, wieder zurücknehmen, wenn er die Ohrringe sieht?«, fragte ich leicht irritiert.

»Ja. Nein. Das ist … kompliziert. Aber du weißt ja noch, wie das damals mit Jan lief. Erst habe ich meinen Glücksbringer verloren, und danach hat mein Ex-Verlobter mal eben entschieden, spontan einen Selbstfindungstrip nach Südostasien zu machen. Ohne mich. Das war der Anfang vom Ende und … ich will es einfach nicht noch einmal darauf ankommen lassen. Ole ist mir wichtig. Die Hochzeit soll perfekt werden, und vor allem: Er soll unter gar keinen Umständen einen Grund haben, sich von mir zu trennen. Das würde mir … das würde mir echt das Herz brechen.«

Hin- und hergerissen zwischen dem Wunsch, Marie zu erklären, dass Jans Entscheidung nie an ihr gelegen hatte, und der Tatsache, dass verlorene Glücksbringer keine derartige Macht über uns hatten, entschied ich mich schließlich, sie ganz fest in die Arme zu nehmen. »Ole wird dir nicht das Herz brechen, Marie. Da bin ich mir ganz sicher«, flüsterte ich ihr ins Ohr.

Als sich Marie wenige Sekunden später von mir losmachte, sah sie schon viel hoffnungsvoller drein.

»Ich weiß ja, dass es nicht an dem verloren gegangen Hühnergott gelegen hat, dass Jan mich bei all seinen Plänen vergessen hat. Trotzdem kann ich einfach nicht aus meiner Haut. Verstehst du?«

Ich nickte und blickte hinauf zum wolkenlosen blauen Himmel.

Jedem Fortschritt und jeder technischen Errungenschaft zum Trotz gab es nach wie vor unzählige Dinge zwischen Himmel und Erde, die wir Menschen nicht verstehen konnten. Und die Liebe gehörte eindeutig dazu.

Kapitel 2

»Kann ich Ihnen vielleicht behilflich sein?«

Die junge Touristin stand schon eine ganze Weile vor dem Tisch und dem angrenzenden Regal mit den Liebes- und Sommerromanen der Saison. Für gewöhnlich ließ ich den Menschen, die ins *Traumschlösschen* kamen, genügend Raum und Zeit, um sich in aller Ruhe umzusehen.

Die meisten schnappten sich nach einer Weile ein, zwei Bücher und gingen damit hinaus in den Garten. Dort lasen sie dann bei herrlichem Sonnenschein, einer kühlen Zitronenlimonade oder einem Cappuccino mit Kakaopulver auf dem Milchschaum und einem köstlichen Stück Kuchen die ersten Seiten.

Ob es an der himmlischen Atmosphäre in unserem Garten lag oder an der Ausgelassenheit im Urlaub – nicht selten wanderten später an der Kasse alle Bücher über den Tresen.

»Ich bin mir ein bisschen unsicher, was ich möchte.«

Die Art, wie sie es sagte, ließ keinen Zweifel daran, dass es nicht um Bücher ging.

»Das kann ich gut verstehen. Die Auswahl kann einen manchmal regelrecht erschlagen«, erwiderte ich mit einem Lächeln.

Die junge Frau sah mich an, als hätte ich mit meinen Worten mitten ins Schwarze getroffen.

»Aber wie entscheidet man sich dann? Mit dem Kopf? Mit dem Herzen? Oder hört man doch besser auf sein Bauchgefühl?«

Ich überlegte kurz, was ich ihr für einen guten Rat mit auf den Weg geben konnte. Als Buchhändlerin, das hatte ich gleich zu Beginn meiner Selbstständigkeit gelernt, ging es nie nur um den Verkauf des Buchs an sich. Oft beriet man einen Kunden oder eine Kundin, schlug ihnen passende Geschichten für ihren Lesegeschmack vor und erfuhr im Anschluss daran etwas aus ihrem Leben: Das konnten Leid, Liebe oder auch mal die Bilder der Enkelkinder sein.

»Was halten Sie von einer kühlen Zitronenlimonade und einem Stück Apfelkuchen mit Sanddornsahne?«, schlug ich ihr unvermittelt vor. »Sie könnten sich im Garten in einen der Strandkörbe setzen, die Sonne genießen, und ich stelle Ihnen in dieser Zeit eine kleine Auswahl zusammen. Wie hört sich das für Sie an?«

Zögerlich blickte die junge Frau zunächst in Richtung der offen stehenden Tür, die zum Garten führte, dann sah sie mir direkt in die Augen. »Bieten Sie diesen Service auch noch für andere Lebenslagen an?«, fragte sie eine Spur zu bekümmert für jemanden, der gerade eine schöne Auszeit von seinem Alltag erleben wollte.

Als Antwort lächelte ich. »Meine Kollegin Marie und ich arbeiten da an einem vollumfänglichen Konzept. Demnächst kann man hier auch seine Wäsche waschen und seinen Hund frisieren lassen«, witzelte ich.

Meine Worte zauberten ihr ein Lächeln auf die Lippen. Ein kleiner Hoffnungsschimmer. Alles würde gut werden, auch wenn sie selbst noch nicht daran glaubte. Manchmal brauchte es ein wenig Zuversicht von außen und einen anderen Blick auf die Dinge, um Lösungswege zu finden, die man in dem dichten Nebel aus Angst und Verzweiflung noch nicht sah. Aber sie taten sich auf. Irgendwann.

»Warum ist das mit den Männern nur so kompliziert?«, fragte sie mich aus heiterem Himmel.

Ich seufzte. Dafür hatte ich leider auch keine plausible Erklärung. »Ich habe ja die Hoffnung, dass es mit dem Mann, der für einen bestimmt ist, nicht kompliziert ist«, erwiderte ich augenzwinkernd.

Meine Kundin schien einen Moment über meine Worte nachzudenken. Dann nickte sie. »Das klingt gut. Und lässt hoffen.« Sie machte sich auf den Weg in Richtung Garten. Auf halber Strecke hielt sie inne und blickte sich noch mal zu mir um. »Danke!«

Und auch diesmal klang es nicht danach, als würde sie sich für die Bücher, den Kuchen oder das Getränk bedanken wollen, sondern für meine hoffnungsvollen Worte.

Plötzlich schrillte das Telefon.

»Ich bringe die Bücher gleich raus«, verabschiedete ich meine Kundin und ging hinüber zum Verkaufstresen.

Dass keine Nummer im Display angezeigt wurde, ließ mich zögern, den Anruf entgegenzunehmen. Erst als Marie bereits fragend aus ihrem Blumenparadies zu mir herübersah, drückte ich auf die Annahmetaste und sagte: »Herzlich Willkommen im *Traumschlösschen*, mein Name ist Caro Baumgartner. Was kann ich für Sie tun?«

»Machst du also immer noch nichts Anständiges und verplemperst deine Zeit mit der fixen Bücheridee.«

Mein Bauchgefühl hatte mich also nicht getrogen.

»Hallo Mama. Es ist auch schön, dich mal wieder zu hören. Wie geht's dir?«

Das Verhältnis zwischen meiner Mutter und mir war noch nie besonders gut gewesen. Zeit meines Lebens hatte ich das Gefühl, ihr mit meiner bloßen Existenz die Laune zu vermiesen. Der Umstand, dass ich vor knapp einem Jahr meinen Job als Juristin an den Nagel gehängt und mich dazu entschieden hatte, auf Hiddensee Bücher zu verkaufen, hatte unserem unterkühlten Verhältnis nicht unbedingt gutgetan. Eher im Gegenteil.

»Meine Kosmetikerin hat mir den Termin abgesagt. Ganz kurzfristig und aus heiterem Himmel. Das mit den Dienstleistern heutzutage ist auch nicht mehr das, was es mal war.«

Um meiner Mutter die Stimmung zu verhageln, brauchte es nie besonders viel. Zu dunkel gebackene Brötchen beim Bäcker, Kinder, die zu laut lachten, Autos, die so rot waren, dass es viel zu grell für die Augen war ... die Liste war endlos und unvorhersehbar.

»Ich bin mir sicher, dass es triftige Gründe gab«, versuchte ich Partei für eine Frau zu ergreifen, die ich nicht einmal kannte. Dennoch war ich der Überzeugung, dass die Frau jede Unterstützung brauchte, die sie bekommen konnte. Meine Mutter zur Feindin zu haben, war keine gute Ausgangsbasis.

»Ja, den ach so *triftigen* Grund hat sie mir sogar genannt. Stell dir vor, sie ist das erste Mal Oma geworden.« Dann lachte sie verächtlich auf. »Vor zwei Jahren hat ihre Tochter einen Baggerfahrer geheiratet. Stell dir das mal vor? Sie selbst arbeitet als Verkäuferin bei Metzger Vierheilig. Wie wollen die denn ein Kind großziehen?«

Mit bedingungsloser Liebe, dachte ich, sprach es allerdings nicht laut aus.

Wenn meine Mutter sich eine Meinung gebildet hatte, war es meist vergebens zu versuchen, sie vom Gegenteil zu überzeugen. In meiner Teenagerzeit hatte ich es oft darauf angelegt, mich viel mit ihr gestritten und war jedes Mal aufs Neue gefrustet und enttäuscht gewesen, wie uneinsichtig sie war.

Heute bemühte ich mich um einen respektvollen Umgang mit ihr und beschränkte unseren Kontakt auf ein Minimum. Mir graute schon jetzt vor Weihnachten. Dabei war gerade mal Juni.

»Ich muss leider gleich weiter, ich hab Kunden im Laden. Kann ich sonst noch etwas für dich tun?«, fragte ich freundlich, aber mit einem gewissen Nachdruck in der Stimme, der meiner Mutter klarmachen sollte, dass ich arbeitete und hier eben nicht meine Zeit verplemperte, wie sie meinte.

»Ach, Caro, wo soll das nur mit dir hinführen? Von dem Hobby, das du da auf der kalten zugigen Insel zum Beruf gemacht hast, kannst du doch nicht leben. Was ist aus der Juristin in dir geworden? Wo ist dein Biss?«

Bevor ich etwas erwidern konnte, musste ich erst mal die Augen schließen, einige tiefe Atemzüge nehmen und mich darauf besinnen, dass diese Animosität nichts mit mir persönlich zu tun hatte. Meine Mutter redete alles schlecht, was sie nicht guthieß – dass es hierbei um ihre Tochter ging, war eher nebensächlich.

Die Vorstellung, ich könnte mit dem, was ich jetzt tat, viel glücklicher sein als mit meinem Job als Juristin, kam ihr nicht in den Sinn. Nicht für den Bruchteil einer Sekunde. Für sie war meine Zeit auf Hiddensee gleichzusetzen mit einem Sabbatical. Dass ich am liebsten für immer hierbleiben wollte, konnte sie nicht verstehen. Und schon gar nicht akzeptieren.

»Und das mit den Männern wird so auch nichts. Die Männer von heute wollen eine Karrierefrau an ihrer Seite. Wie willst du deine Lücke im Lebenslauf erklären? Ich seh dich schon als alte Jungfer am Ende der Welt versauern. Soll denn alles, was dein Vater und ich für dich getan haben, umsonst gewesen sein?«

Bei den Worten kochte die Wut in meinem Bauch siedend heiß und in Sekundenschnelle über. So schnell, dass meine schöne Beruhigungsstrategie keine Chance hatte.

Marie warf mir beunruhigte Blicke zu. Eine Kundin hatte sie gerade mit einem Blumenstrauß beauftragt, sodass sie nicht zu mir kommen und das drohende Unheil abwenden konnte. Sie musste aus meiner Miene abgelesen haben, mit wem ich da gerade telefonierte.

»Alles, was ihr für mich getan habt, sollte doch letztlich dazu führen, dass ich ein glücklicher Mensch werde. Und ja, das ist euch gelungen. Mein Jurastudium kann mir keiner mehr wegnehmen. Falls ich also je wieder den Wunsch verspüren sollte, als Anwältin zu arbeiten, habe ich nach wie vor die Möglichkeit.«

Ziemlich ruhig und sachlich schilderte ich meine Einschätzung der Lage. Am liebsten hätte ich mir selbst auf die Schulter geklopft. Aber meine Mutter wäre nicht meine Mutter gewesen, wenn sie sich davon hätte beeindrucken lassen. Außerdem ließ sie sich nur ungern das letzte Wort nehmen.

»Glücklichsein bezahlt keine Miete. Glücklichsein bezahlt keine Lebensmittel. Glücklichsein ist etwas für naive Weltverbesserer, die meinen, von Luft und Liebe leben zu können, bis sie mit den harten Fakten der Realität konfrontiert werden und im Alter wie die Bettler hausen. Wenn du so weitermachst, Caro, wird es dir genauso ergehen. Und weißt du was? Du wirst dabei auch noch einsam sein. Hör auf meine Worte und mach was aus deinem Leben, bevor es zu spät ist!«

Trotz meiner Enttäuschung bemerkte ich auch eine gewisse Bitterkeit, die zwischen den Zeilen mitschwang und die ich nicht so recht einordnen konnte. Darüber wollte ich mir jetzt aber keine Gedanken machen. Mir reichte es nämlich. Ein für alle Mal.

»Ich glaube nicht, dass ich einsam und allein sein werde. Schließlich bin ich seit einigen Wochen glücklich … verlobt, Mutter«, zischte ich ihr durch den Hörer entgegen.

Kaum dass die Worte meinen Mund verlassen hatten, wünschte ich mir, sie wieder zurücknehmen zu können. Auch wenn ich das Gefühl verspürte, mich gegen meine Mutter mit allen nur möglichen Mitteln zur Wehr setzen zu dürfen, war eine Lüge nie eine gute Lösung.

Doch noch ehe ich meinen Fehler einsehen und zurückrudern konnte, hörte ich meine Mutter sagen: »Gut. Ich komme.«

Und noch ehe ich etwas erwidern konnte, war ein Geräusch in der Leitung zu hören.

Tut. Tut. Tut.

Aufgelegt.

Es dauerte einen Moment, bis ich verstand, was da gerade passiert war. Meine Mutter hatte das Gespräch einfach beendet. Und dabei wie üblich das letzte Wort behalten.

»Ist etwas passiert? Du bist ganz bleich im Gesicht«, flüsterte mir Marie zu, die zum Verkaufstresen gekommen war, um den Blumenstrauß abzurechnen und ihn ihrer Kundin zu übergeben.

»Meine Mutter«, sagte ich.

Zu mehr war ich nicht in der Lage. Ich stand unter Schock.

»Was hat ihr heute die Laune verdorben? War das Vogelgezwitscher vor ihrem Haus zu laut, oder hat es der Postbote mal wieder gewagt, Reklame einzuwerfen?«

Marie lächelte mir aufmunternd zu, während sich die Kundin verabschiedete.

»Weder noch«, sagte ich wie in Trance.

»Oh, dann hat sie sich bestimmt mal wieder über ihren Nachbarn aufgeregt. Wie heißt er noch gleich? Karl-Ludwig, Karl-Leonard oder Karl-Friedrich? Hat er es mal wieder gewagt, ihr Blumen zu schenken?« Marie lachte und schüttelte leicht den Kopf. »Ich kann gar nicht verstehen, warum Traudel sich so sehr darüber aufregt, dass ihr der Mann etwas Gutes tun will. Ich meine, sie ist ja jetzt genauso allein wie er und …«

»Karl-Leopold«, unterbrach ich sie.

Marie sah mich von der Seite an und legte dann sanft ihre Hand auf meinen Arm. »Ist wirklich alles in Ordnung mit dir?«

Verschwunden war ihr Lächeln. Sie machte sich nun ernsthafte Sorgen um mich.

»Meine Mutter will zu Besuch kommen.«

Marie schluckte. »Sieh es positiv! Dann kannst du ihr das hier«, dabei hob sie die Hände und umschloss mit einer Geste den gesamten Raum, »alles in Ruhe zeigen. Ich bin mir ganz sicher, wenn sie erst mal gesehen hat, wie schön wir es hier haben, wird sie anderer Meinung sein, was deine Zukunft auf Hiddensee angeht.«

Marie blieb zuversichtlich – so, wie ich es eben noch bei meiner Kundin gewesen war. Doch im Gegensatz zu vorhin hatte sich etwas grundlegend verändert. Nun ging es um mich selbst.

»Sie will nicht kommen, um sich das *Traumschlösschen* anzusehen.«

Meine Gedanken überschlugen sich regelrecht, während ich händeringend auf der Suche nach einem Ausweg war.

»Nicht? Das verstehe ich nicht. Was will sie denn sonst auf Hiddensee machen? Ich meine, natürlich ist es sehr schön bei uns. Wir haben die schönsten Strände der Welt. Nicht zu vergessen die Naturschutzgebiete und die ganzen anderen Sehenswürdigkeiten. Aber eine Mutter kommt doch, um ihr Kind zu sehen. Und dazu gehört doch auch die Umgebung, in der es sich täglich aufhält. Oder?«

Marie hatte ihre eigene Mutter bereits im Teenageralter verloren. Seither hatte sich ihre Großmutter um sie gekümmert, ehe sie die Insel mit nur achtzehn Jahren hinter sich gelassen hatte und nach München aufgebrochen war, wo Silke, Marie und ich uns schließlich über den Weg gelaufen und Freundinnen geworden waren. Silke lebte mit ihrem kleinen Sohn und ihrem Mann nach wie vor in München. Doch schon bald kam sie zu Maries Junggesellinnenabschied zu Besuch. Wie sehr ich mich doch schon darauf freute.

»Ja, für gewöhnlich kommen Eltern, um ihre Kinder in die Arme zu schließen und Zeit mit ihnen zu verbringen. Meine Mutter kommt, um mich scheitern zu sehen«, entgegnete ich nebulös und blickte verzweifelt in Richtung Tür.

Doch noch ehe ich einen Entschluss fassen konnte, wusste ich, dass Flucht nicht in Frage kam. Auch wenn ich am liebsten sofort Reißaus genommen hätte. Das konnte ich Marie und all den lieben Menschen um mich herum, die mich ohne mit der Wimper zu zucken in ihrer Mitte aufgenommen hatten, nicht antun. Dafür fühlte ich mich einfach zu wohl auf Hiddensee.

Der Trubel der Großstadt lag hinter mir. Hier tickten die Uhren anders. Viel langsamer. Viel bedächtiger. Nach langer Suche hatte ich endlich einen Weg gefunden, auf die Bremse zu treten und viel achtsamer mit mir und meiner Zeit umzugehen. Ich liebte mein Leben so, wie es gerade war. Und das würde mir nicht mal meine Mutter kaputtmachen können.

»Wenn du möchtest, dann rede ich mit ihr und erkläre ihr unser Geschäftsmodell. Und wenn das alles nichts bringt, soll ihr unsere Steuerberaterin mit Zahlen und Fakten klarmachen, wie gut es für uns läuft.«

Marie war so voller Hoffnung und Zuversicht. Sie wollte sich auf keinen Fall geschlagen geben. Weder den Widrigkeiten des Alltags noch meiner Mutter. Schon gar nicht meiner Mutter, wenn ich mir ihr siegessicheres Gesicht so ansah.

»Das wird alles nichts nützen.« Resigniert ließ ich die Schultern fallen und steckte das Telefon zurück auf die Ladestation.

»Ich weiß ja, wie deine Mutter sein kann. Aber gegen das Offensichtliche kann nicht mal sie ihre Schwarzmalerei ins Feld führen. Sie wird einsehen müssen, dass du es gut bei uns hast. Und dass wir sehr froh sind, dich bei uns zu haben.«

Bei den Worten stiegen mir Tränen in die Augen. »Du verstehst nicht, Marie. Sie kommt nicht, um sich unser Geschäft oder die Insel anzusehen. Sie kommt, um meinen Verlobten kennenzulernen«, platzte ich schließlich heraus.

»Deinen Verlobten?« Marie sah mich mit großen Augen an.

Ich nickte.

»Hast du bei dem Inseldating letzte Woche doch jemanden kennengelernt, den du nett findest? Aber wieso denkt Traudel denn gleich, dass du heiratest?«

Mit zerknirschter Miene sah ich sie an. »Sie denkt es, weil ich ihr gesagt habe, ich wäre verlobt.«

Maries Augenbrauen hoben sich, und ihre Lippen bildeten ein wissendes O. »Das ist natürlich … was willst du jetzt machen?«

Das war die Frage, die mir durch den Kopf ging, seit meine Mutter so abrupt das Gespräch beendet hatte. »Mir wird schon etwas einfallen«, gab ich mich hoffnungsvoller, als ich mich in Wirklichkeit fühlte.

Denn das Letzte, was ich wollte, war, Marie das Gefühl zu geben, sie müsste mir aus meiner verfahrenen Lage, in die ich mich selbst hineinmanövriert hatte, wieder heraushelfen. Marie hatte mit der Hochzeit schon genug um die Ohren. Ich wollte ihr nicht zur Last fallen. Ich musste, nein, ich *würde* allein eine Lösung für mein Problem finden.

»Falls ich irgendetwas für dich tun kann …«

»… dann sage ich dir gleich Bescheid«, behauptete ich dennoch.

Mit einem Lächeln versuchte ich mich Marie gegenüber selbstsicher zu geben. So schlimm konnte das alles doch gar nicht werden. Schließlich war ich erwachsen, und meine Mutter war … meine Mutter.

Das war das eigentliche Problem. Wäre meine Mutter

nicht meine Mutter gewesen, hätte ich vermutlich mit ihr ehrlich und offen über alles reden können. Doch statt in Gedanken ein Geständnis vorzubereiten, überlegte ich mir bereits Ausreden dafür, warum sie meinen Verlobten nicht kennenlernen konnte. Eine Geschäftsreise vielleicht. Oder einen Trauerfall in der Familie. Nur um mir schon im nächsten Moment eingestehen zu müssen, dass das keine Option war.

Meine Mutter war niemand, der sich so leicht abwimmeln ließ. Sie würde nicht zögern, ihren Aufenthalt zu verlängern, bis mein Verlobter zurück war. Zeit im Überfluss hatte sie als Rentnerin ja.

Als ich bemerkte, dass Marie mich noch immer unschlüssig ansah, schob ich die trüben Gedanken beiseite und rang mich zu einem Lächeln durch. »Ich muss einer Kundin noch schnell ein paar Bücher zusammenstellen. Sie sitzt draußen im Garten und wartet bestimmt schon auf mich.«

Marie überlegte kurz, sagte aber nur: »Ist gut. Ich muss auch noch ein paar Bestellungen vorbereiten. Oma Gertrud hat sich jetzt endlich entschieden, welche Blumen sie in den Gestecken für ihren Geburtstag haben möchte. Dieses Jahr hat sie fast mehr Gäste eingeladen als letztes Jahr zu ihrem Achtzigsten.«

»Man soll die Feste ja feiern, wie sie fallen«, nahm ich den Themenwechsel dankbar an.

»Ja, da hast du recht. Aber jetzt halte ich dich nicht länger auf.« Marie strich mir ein weiteres Mal einfühlsam über den Arm. »Falls du mich brauchen solltest, ich bin hinten im Lager.«

Mit einem »Ist gut« entließ ich sie zu ihrer Lieferung vom

heutigen Vormittag, ehe ich mich selbst ans Werk machte und ein paar passende Bücher für meine Kundin zusammenstellte. Dabei wählte ich Geschichten aus, die ich selbst erst vor Kurzem gelesen hatte und die mir besonders gut gefallen hatten. Mit der jungen Kate, die nach einem schweren Schicksalsschlag nach Cornwall auswanderte und dort die große Liebe fand, litt ich mindestens ebenso mit wie mit der Frau, die sich umbringen wollte und dabei in der Mitternachtsbibliothek landete. Kurzzeitig überlegte ich, auch noch den Gesellschaftsroman mitzunehmen, in dem das Sozialgefüge eines kleinen Orts in Brandenburg aufgezeigt wurde, entschied mich jedoch dagegen, da ich es für den Moment als zu schwere Kost einstufte.

Als ich hinaus in den Garten kam, nahm mich eine steife Brise in Empfang. Doch schon im nächsten Augenblick brach die Sonne hinter einer Wolke hervor und wärmte meine Haut. Ein kurzer prüfender Blick hinüber zur Erfrischungstheke verriet mir, dass noch alles ausreichend vorhanden war. Dann lief ich in meinen offenen Sandalen hinüber zu der jungen Touristin, die im Standkorb saß und eine Möwe dabei beobachtete, wie sie über ihr Kreise zog. Das satte grüne Gras kitzelte mich an den Füßen.

»Manchmal ist ein ruhiger Moment im Strandkorb alles, was man braucht«, sagte sie, kaum dass ich bei ihr angekommen und ihr meine Auswahl präsentiert hatte.

»Ich bin ja generell der Meinung, dass man viel zu selten im Strandkorb sitzt«, erwiderte ich lachend.

Sie nickte mir bekräftigend zu und besah sich dann die Bücher in meiner Hand. »Ich habe eine Entscheidung getroffen«, meinte sie dann.

»Oh, das ist gut.«

Wie schwer es oft sein konnte, sich über etwas klar zu werden, wusste ich nur zu genau.

Dann erhob sie sich von ihrem Platz und sah mich mit festem Blick an. Verschwunden waren die Unsicherheit und das Zögerliche in ihrer Miene. Sie hatte einen Entschluss gefasst, der weit über den Kauf von ein paar Romanen hinausging.

»Danke, dass Sie sich die Zeit für mich genommen haben. Und danke für die kleine Auszeit hier im Garten. Es ist wirklich ein Paradies. Ich hätte hier noch Stunden verbringen können.«

Ich lächelte.

»Bleiben Sie gern, solange Sie möchten. Wir haben noch bis achtzehn Uhr geöffnet.«

Sie erwiderte mein Lächeln. »Das ist ein sehr verlockendes Angebot, aber ich muss weiter. Würden Sie mir die Bücher bitte alle einpacken? Ich bin mir ganz sicher, dass Sie eine sehr gute Wahl für mich getroffen haben.«

Seite an Seite schlenderten wir zurück ins *Traumschlösschen*, um am Verkaufstresen unser stilles Abkommen zu besiegeln. Sie würde mit den Büchern in der Baumwolltasche mit dem Aufdruck *Traumschlösschen – Buch & Blume* durch die Tür gehen und regeln, was es zu regeln galt, während ich hierblieb, um mir einen Schlachtplan für den Besuch meiner Mutter zu überlegen. So hatte jede von uns ihr Päckchen zu tragen.

Kapitel 3

Vom *Traumschlösschen* zu Irmgards Hexenhäuschen war es nicht weit, doch der Weg zog sich heute wie Kaugummi. Nach wie vor war ich mir nicht sicher, ob das, was ich vorhatte, richtig war.

Ich wusste nur, dass ich irgendetwas tun musste, wenn ich am heutigen Abend und in der folgenden Nacht nicht wieder Gedanken in der Größenordnung des Himalayas vor mir her wälzen wollte.

Die Sonne schien mir übermütig ins Gesicht, während ein paar Fahrradfahrer meinen Weg kreuzten. Viele der Tagestouristen, die die Insel in den Sommermonaten bereisten, liehen sich ein Fahrrad aus, um in kürzester Zeit möglichst viel von Hiddensee zu sehen. Emsig fuhren sie zum Leuchtfeuer Dornbusch oder nach Vitte in den Hafen, schossen ein paar Bilder und radelten dann gleich weiter zur nächsten Station. Manchmal fragte ich mich, ob sie auch wirklich etwas sahen oder nur ihr Pflichtprogramm abspulten, um die Bilder im Anschluss an ihre Reise wie Trophäen in ihr Fotoalbum kleben zu können. Ein Fotoalbum, das nach der Saison bereits im Regal verstaubte, weil die nächste große Reise anstand. Dann ging es vielleicht in den Schwarzwald – oder auf die Fidschi-Inseln, wer wusste das schon so genau. Hauptsache, die Kamera war dabei.

Dabei vergaßen die meisten, dass es nicht um die Fotos

ging, sondern darum, den Moment zu genießen, wirklich zu sehen, was um einen herum passierte, und Erinnerungen zu erschaffen. Erinnerungen mussten nicht auf Bilder gebannt werden. Auch ich selbst hatte das erst lernen müssen und das Objektiv meiner Kamera gegen Weitsicht eingetauscht.

»Hallo Caro! Das ist ja schön, dich zu sehen.«

Oma Gertrud machte mit dem Rad vor mir Halt.

»Es ist auch sehr schön, dich zu sehen«, beeilte ich mich zu sagen. Da war ich wohl mit offenen Augen träumend durch die Gegend gelaufen. So viel zu meiner Weitsicht.

»Ich bin gerade auf dem Weg zu euch ins *Traumschlösschen*. Ist Marie denn noch dort? Mir kam ganz spontan eine Idee zu meinen Geburtstagsgestecken.«

Wir hatten den Laden vor zehn Minuten abgeschlossen, aber ... »Marie ist ganz bestimmt da. Sie wollte noch Bestellungen machen.«

Oma Gertrud lächelte zufrieden. »Sicher für die Hochzeit. Marie ist so aufgeregt deswegen. Wann kommt denn Silke? Ihr wolltet doch einen kleinen Junggesellinnenausflug mit Marie machen, oder hat sich an euren Plänen etwas geändert?«

Kurzerhand ging ich in Gedanken meinen Zeitplan durch. Meine Mutter hatte sich ein paar Tage nach unserem Telefonat per WhatsApp-Nachricht bei mir gemeldet, um mir ihre Ankunft in genau sieben Tagen anzukündigen. Für mein winziges Problem hatte ich noch immer keine Lösung gefunden.

»Silke kommt in zwei Wochen. Marie wird mit uns einen tollen Tag in Binz verbringen. Silke und ich haben schon alles vorbereitet.«

Oma Gertrud schwang sich zurück aufs Rad. »Das hört sich alles sehr gut an. Ich sollte auch mal wieder mit der Fähre rüber nach Rügen fahren. Das letzte Mal ist schon viel zu lange her. Aber in den Sommermonaten ist einfach immer viel zu tun. Und die übrige Zeit des Jahres kann ich auch nicht klagen«, erwiderte sie lachend, ehe sie mir noch ein herzliches »Wir sehen uns« zurief und losfuhr.

Einen Moment lang blieb ich stehen und blickte ihr unschlüssig nach. Sollte ich mein Vorhaben tatsächlich durchführen oder lieber zurück ins *Traumschlösschen* gehen? Plötzlich war ich mir nicht mehr sicher, ob das mit dem Termin bei der Inselschamanin wirklich eine gute Idee gewesen war.

Dabei mochte ich Irmgard, die ein wenig älter als Maries Großmutter war. Sie war mir neben Oma Gertrud in der Kürze der Zeit zu einer Art Omaersatz geworden. Meine eigenen Großeltern waren schon vor einigen Jahren verstorben. Meine Erinnerung an sie war kaum noch vorhanden. Und dennoch war ich mir nicht sicher, ob das, was ich vorhatte, mir in irgendeiner Weise dabei helfen würde, das Dilemma um die Ankunft meiner Mutter abzumildern.

Schließlich fasste ich einen Entschluss: Ich wollte nicht nur herumstehen und abwarten, sondern mein Schicksal selbst in die Hand nehmen. Noch bestand Hoffnung für einen guten Ausweg aus meiner Misere. Ich musste nur daran glauben.

Der Wind frischte auf, und das Rauschen des Meeres schien lauter zu werden, drängender, als wollte es mir sagen, dass ich endlich weitergehen sollte. Wie von allein ballten sich meine Hände zu Fäusten, während ich den ersten Schritt in Richtung von Irmgards Hexenhäuschen machte.

Nur wenige Minuten später stand ich an dem aus Holz geschnitzten Hexenbesen, der am Zaun auf Irmgards Wirkungskreis hindeutete und dort doch schon so viel länger stand. Das Hexenhäuschen von Hiddensee hatte seinen Namen schließlich nicht erst bekommen, seit Irmgard dort lebte. Wobei keiner so recht wusste, wo der Name seinen Ursprung genommen hatte.

Noch ehe ich bewusst wahrnahm, was ich tat, sah ich mich zu allen Seiten hin um, als könnte mich jemand dabei beobachten, wie ich bei Irmgard zu einer Sitzung ging – was total hirnrissig war. Schließlich hatte ich die Inselschamanin in der Vergangenheit schon öfter besucht. Gemeinsam mit Marie und manchmal auch mit Oma Gertrud hatten wir bei ihr im Garten gesessen, Kuchen gegessen und uns ausgelassen unterhalten.

Dennoch zögerte ich einen Moment, bevor ich die Klinke der Gartentür hinunterdrückte und hindurchschlüpfte.

Im Garten erwartete mich Irmgard bereits mit einer reich gedeckten Kuchentafel. Neben einer Zitronentarte befanden sich noch ein Karottenkuchen und Schokoladenmuffins auf dem Tisch.

»O wie schön, Caro. Du bist ja schon da«, begrüßte mich Irmgard überschwänglich, legte das Sudoku, in das sie vertieft gewesen war, zur Seite, und erhob sich von ihrem Platz.

»Ich hoffe, ich komme nicht zu spät.«

Irmgard lächelte. »Aber nein. Alles bestens«, sagte sie schnell und kam mir mit ausgestreckten Armen entgegen. Ihre Umarmung war warm und herzlich. Dennoch ertappte ich mich dabei, wie ich mir Gedanken darüber machte, ob das wohl schon Teil ihrer Sitzung war.

»Keine Sorge, Caro! Ich sage dir rechtzeitig Bescheid, wenn es losgeht«, sagte sie, als hätte sie meinen Gedanken erahnt.

»Hast du denn noch mehr Gäste eingeladen?«, fragte ich mit Blick auf die Tafel. Die Vorstellung, dass dem Schauspiel auch noch Zuschauer beiwohnen würden, gefiel mir ganz und gar nicht.

»Nein, nein!«, beeilte sich Irmgard zu sagen. »Wir sind ganz allein. Mit dem Backen ist das bei mir nur wie mit dem Heilen. Wenn die Energien fließen, muss ich sie nutzen. Und heute war eindeutig ein Backtag.«

Sie lachte übermütig wie ein kleines Kind. Ganz unbefangen und frei. Beneidenswert. Wie wohl ihr Verhältnis zu ihrer Mutter gewesen war?

Mit einem bestimmten »Tee oder Kaffee?« riss sie mich aus meinen Gedanken.

»Tee«, erwiderte ich wie aus der Pistole geschossen.

Seit dem Telefonat mit meiner Mutter vor einigen Tagen trank ich überdurchschnittlich viel Kaffee. Der hielt mich dann zusätzlich zu meinen quälenden Gedanken nachts wach. Tagsüber kam ich ohne Koffein einfach nicht mehr über die Runden. Dafür schlief ich zu wenig. Ein ewiger Kreislauf, den ich dringend durchbrechen musste, wenn ich nicht schlaflos auf Hiddensee enden wollte.

»Der war gut«, meinte Irmgard in diesem Augenblick und schenkte mir lachend eine dampfende Tasse Tee ein.

»Wie bitte?«, hakte ich nach, unsicher, ob ich sie gerade richtig verstanden hatte.

»Möchtest du Kuchen oder doch lieber einen Muffin?«, überging Irmgard meine Frage einfach.

»Ein Stück von der Zitronentarte wäre toll. Die erinnert mich an einen kleinen Laden in der Münchner Innenstadt.

Dort gab es die besten Macarons und Törtchen der Welt. Zumindest habe ich das geglaubt, bis ich auf Hiddensee angekommen bin. Oma Gertrud und du, ihr beiden könntet problemlos eine ebenso gute Konditorei eröffnen. Und ich wäre euer Stammgast.«

Irmgard winkte lächelnd ab. »Ich backe am liebsten, wenn ich Lust darauf habe. Die Vorstellung, es tun zu müssen, wäre mir ein Graus.« Dann sah sie mich einen Moment durchdringend an. »Vermisst du München sehr?«

Über diese Frage musste ich nicht mal nachdenken. »Nein, ich bin sehr glücklich hier.«

Irmgard wiegte den Kopf erst leicht zur einen, dann zur anderen Seite. »Nur weil man sich irgendwo wohlfühlt, heißt das noch lange nicht, dass man die Heimat nicht vermisst.«

Ich nahm mir ein wenig Zeit, in mich hineinzuhorchen und dem nachzuspüren. »Vor einiger Zeit war ich dort, um meine Freundin Silke zu besuchen. Die Stadt war toll. Die Sonne hat geschienen, wir waren im Englischen Garten spazieren und anschließend noch ein Eis essen. Es war schön, dort zu sein, liebe Menschen zu treffen und ein paar Einkäufe zu machen, die ich sonst separat ordern muss, um sie hier zu bekommen.«

Irmgard nickte verständnisvoll.

»Aber trotzdem war ich einfach nur froh, als ich in Schaprode auf die MS Gellen gestiegen und wieder Richtung Hiddensee gefahren bin. Hier möchte ich sein. Und das nicht nur, weil es mit dem *Traumschlösschen* so gut läuft. Ich bin einfach gern hier. Sehr gern sogar.«

»Das zweifle ich auch gar nicht an. Aber es scheint einen Grund zu geben, warum du mich aufsuchst.«

Irmgard hatte keine Probleme damit, in meinen Gedanken wie in einem offenen Buch zu lesen, konnte sich aber nicht erklären, warum ich zu ihr gekommen war? Das war … merkwürdig. Wie alles hier. »Den gibt es. Meine Mutter«, brachte ich es schließlich auf den Punkt, während ich dem Impuls widerstand, aufzustehen und wegzulaufen.

»Ich verstehe«, erwiderte Irmgard geheimnisvoll und klang, als wüsste sie genau, wie es um uns beide stand.

»Wir haben nicht das beste Verhältnis zueinander«, ergänzte ich der Vollständigkeit halber.

»Wie kann ich dir in dieser Angelegenheit behilflich sein?« Ich überlegte kurz.

»Vielleicht mit einer Aurenreinigung oder einem schamanischen Ritus?« Als ich nicht weiterwusste, pausierte ich kurz, um mich zu sammeln.

»Euer Verhältnis ist nicht ganz einfach, wenn ich das mal so sagen darf.«

Irmgard reichte mir einen Teller mit einem Stück Zitronentarte. Dankend nahm ich ihn entgegen.

»Das ist die Untertreibung des Jahrhunderts. Wir beide sind wie Feuer und Wasser. Wenn sie in die eine Richtung gehen will, gehe ich mit ziemlicher Sicherheit in die entgegengesetzte. Wir haben uns noch nie besonders gut verstanden. In den letzten Jahren ist es aber noch schlimmer geworden. Alles, was ich tue, ist in ihren Augen falsch. Egal, wie wohl ich mich fühle. Es ist nie gut genug für sie. *Ich* bin nie gut genug.«

Irmgard seufzte schwer, während sie sich ebenfalls ein Stück Kuchen auf den Teller lud. »Das mit Müttern und Töchtern ist nie besonders einfach.«

Ich wusste von Marie, dass sie in ihrer Pubertät auch des

Öfteren mit ihrer Mutter aneinandergeraten war. Gelegentliche Reibereien waren sicherlich auch ganz normal. Aber das zwischen meiner Mutter und mir war anders. Schon immer.

Ich sah auf mein Stück Tarte hinunter und ließ die Worte aus mir herausströmen. »Eine meiner frühesten Kindheitserinnerungen trägt mich in die Zeit kurz vor meinem fünften Geburtstag zurück. Ich spiele gerade im Garten. Meine Mutter ist im Haus, Papa auf der Arbeit. Das Memoryspiel macht mir allein keinen Spaß. Am liebsten spiele ich mit Papa. Der ist aber nicht da, also gehe ich ins Haus, um Mama zu fragen, ob sie mitspielen möchte. Mit dem kleinen Schächtelchen in den Händen gehe ich zu ihr, frage sie und ernte einen vernichtenden Blick. Memory wäre was für Babys, hat sie gesagt. Ich solle besser damit anfangen, die Vorschulbücher durchzugehen, die sie mir extra gekauft hat. Auf die Schule müsse man sich vorbereiten. Das sei kein Spaß, sondern bitterer Ernst. Nach diesem Tag habe ich meine Mutter nie wieder gefragt, ob sie mit mir spielen möchte.« Meine Gabel zitterte nur ein klein wenig, während ich sie in die weiche Zitronenmasse drückte.

Irmgard nahm den ersten Bissen und ließ ihn sich auf der Zunge zergehen. Dabei schien sie über meine Worte nachzudenken.

»Das tut mir sehr leid für dich, Caro.«

Noch ehe ich etwas erwidern konnte, fuhr der Wind in die umstehenden Obstbäume. Es raschelte und wehte. Ein paar Blätter fielen zu Boden.

»Ziemlich stürmisch …«, begann ich, doch Irmgard unterbrach mich, indem sie sich den Zeigefinger auf die Lippen legte und mir bedeutete, ruhig zu sein.

Als der Wind nachgelassen hatte, lächelte sie vertrauensvoll.

»Entschuldige bitte, Caro, aber der Ostseewind spricht so leise, dass ich ihn kaum verstehen kann. Das ist in letzter Zeit nicht mehr als ein Wispern. Er scheint genau wie ich ein wenig in die Jahre gekommen zu sein. Wer weiß.«

Spätestens jetzt war ich mir sicher, dass es ein Fehler gewesen war hierherzukommen. Der Wind sprach nicht. Mit niemandem. Nicht mal mit Irmgard.

»Oh, täusch dich da nicht, mein Kind. Es gibt mehr zwischen Himmel und Erde, als wir Menschen verstehen. Aber nur, weil wir es nicht verstehen, heißt das nicht, dass wir es leugnen können.«

Irmgard lächelte mir milde zu. Etwas an ihr ließ einen glauben, dass sie tatsächlich mit einer höheren Macht in Verbindung stand.

»W-was hat der Wind d-denn gesagt?«, hakte ich nach, um guten Willen zu zeigen.

Sie lächelte. »Ich bin mir nicht ganz sicher. Aber es scheint ihn etwas aufzuwühlen. Vielleicht erwartet er ja auch Besuch von seiner Verwandtschaft.«

Irmgard sah mich augenzwinkernd an. Sie wusste es.

»Hat Marie dir davon erzählt?«

All das mystische Getue um den Wind, der mit ihr sprach. Dabei war es sicher lediglich meine beste Freundin gewesen, die der Inselschamanin von meinem drohenden Unheil erzählt hatte.

»Nein, Marie habe ich tatsächlich schon etwas länger nicht mehr gesehen oder gehört. Sie ist mit den Hochzeitsvorbereitungen sicher ganz schön eingespannt. Wie kommt sie denn voran?«

»Gut, denke ich«, erwiderte ich. Dabei fiel mir auf, dass ich meine beste Freundin in den letzten Tagen überhaupt nicht gefragt hatte, wie die Planungen liefen, ob alles klappte oder sie noch Hilfe gebrauchen konnte. Anstatt mich um die Menschen zu kümmern, die mir nahestanden und wichtig waren, wälzte ich meine Gedanken hin und her und sah weder nach rechts noch nach links.

»Na, na, jetzt ist aber gut. Jeder hat das Recht, mal in seiner eigenen Blase festzusitzen. Nur nicht auf Dauer. Man braucht einen Ausweg. Eine Hintertür. Wenn du verstehst, was ich meine?«

Ich verstand. »Deshalb bin ich hier.«

Wieder nahm ich einen Schluck aus der Tasse. Die Kräutermischung wirkte beruhigend auf mich und wärmte mich von innen.

»Ich kann vielleicht mit dem Wind sprechen, aber ich kann nicht dafür sorgen, dass die Fähren dauerhaft nicht fahren, liebe Caro. Da musst du höhere Kräfte um Beistand bitten.«

Während sie sprach, ließ ich mir das erste Stück Kuchen auf der Zunge zergehen. Der saure Geschmack der Zitrone breitete sich auf meiner Zunge aus und kitzelte mich am Gaumen.

»Es geht auch gar nicht darum, dass ich die Ankunft meiner Mutter verhindern möchte.«

»Nicht?«, fragte Irmgard mit hochgezogenen Brauen.

Ich schüttelte den Kopf. »Wenn du es irgendwie einrichten könntest, dass … Na ja, du hast doch auch dafür gesorgt, dass Ole und Marie sich wieder nähergekommen sind. Ich dachte nur … vielleicht könntest du da ja auch was für mich machen.«

Irmgard legte den Kopf leicht schief und blickte an mir vorbei. Unwillkürlich sah ich ebenfalls über die Schulter. Aber da war niemand. Sie blickte ins Leere.

»Ole und Marie sind füreinander bestimmt. Es war nicht besonders schwer, sie in die richtige Richtung zu schubsen. Aber ... sag mal, hörst du das auch?«

Noch immer blickte Irmgard wie gebannt hinter mich. Ich drehte mich nun vollends um und lauschte den Klängen der Insel. Aber bis auf eine kreischende Möwe, das Poltern eines Bollerwagens und das scheppernde Geräusch einer Fahrradklingel konnte ich nichts Außergewöhnliches wahrnehmen.

»Was genau hörst du denn?«

Irmgard legte abermals einen Finger auf die Lippen. Ich schwieg augenblicklich, während sie mit ihrem Blick noch immer wie in weite Ferne gerückt schien. Hochkonzentriert saß sie da. Um sie in ihrem tranceartigen Zustand nicht zu stören, wagte ich es nicht einmal, laut zu atmen oder mich zu bewegen.

»Noch Kuchen?«, fragte Irmgard wenige Minuten später mit einem strahlenden Lächeln, als wäre nichts geschehen.

»Ich hab noch«, entgegnete ich irritiert.

Die alte Frau konnte einem ganz schön Angst machen. So viel war sicher: Eine Nachtwanderung würde ich in absehbarer Zeit nicht mit ihr antreten. Da war der Grusel ja bereits vorprogrammiert.

»Gut. Das ist gut«, sagte sie sodann und wirkte irgendwie abwesend.

Vielleicht sollte ich doch allmählich zusehen, dass ich das Weite suchte. Es war eine Schnapsidee von mir gewesen, ausgerechnet sie um Rat zu fragen.

»Ich denke, ich werde dann mal wieder aufbrechen. Der Tag war ganz schön anstrengend, und ich wollte heute Abend noch ein paar Unterlagen für die Steuerberaterin zusammensuchen«, log ich.

»Ja, das ist gut. Sehr gut sogar. Du solltest jetzt wirklich dringend gehen. Sonst kommst du noch zu spät.«

Schon im nächsten Moment sprang sie unerwartet von ihrem Platz auf und machte wedelnde Bewegungen mit ihren Händen in meine Richtung, als wollte sie mich wie eine lästige Fliege aus ihrem Garten verscheuchen.

»Darf ich vielleicht erst noch den Kuchen aufessen?«, fragte ich verwundert.

»Auf gar keinen Fall. Jetzt oder nie, Caro. Jetzt oder nie.«

Kapitel 4

Kopfschüttelnd ging ich auf das kleine rote Gartentor zu, das dringend einen neuen Anstrich benötigte. Als ich dort angekommen war, wandte ich mich noch ein letztes Mal ungläubig Irmgard zu, die an ihrer Haustür stand und mir abermals mit wedelnden Händen bedeutete zu verschwinden. Ich konnte einfach nicht glauben, was hier gerade passierte.

Sicher hatte ich etwas falsch verstanden. Irmgard war einer der herzlichsten Menschen, die ich auf Hiddensee bislang kennengelernt hatte. Ihre plötzliche Ruppigkeit konnte also nur ein Missverständnis sein.

Und als wäre das alles noch nicht genug, setzte keine zwei Minuten später auch noch aus heiterem Himmel ein Regenguss ein. Anfangs waren es nur ein paar dicke Tropfen, nicht der Rede wert. Aber schon wenige Sekunden später machte es den Anschein, als hätte sich über mir eine Schleuse geöffnet, und der Regenvorrat für ein ganzes Jahr käme herunter.

In Ermangelung eines Schirms oder einer Kapuze versuchte ich, meine Augen mit den Armen abzuschirmen. Der Gehweg unter mir verwandelte sich in ein mittleres Gewässer.

Ich drehte mich um und sah zu Irmgards Haus zurück. Ich könnte zurückgehen, an ihre Tür klopfen und sie darum bitten, mir Unterschlupf zu gewähren, bis dieses apokalyptische Wetter abgezogen war. Aber ich hatte auch meinen Stolz. Außerdem war ich mir nicht wirklich sicher, ob Irmgard in ihrer momentanen Verfassung überhaupt aufmachen würde.

Zumindest die Tafel mitsamt den leckeren Kuchen- und Backwaren hatte sie retten können. Es schien fast, als hätte sie genau gewusst, dass gleich die Welt untergehen würde. Gut möglich, dass ihr das der Wind erzählt hatte.

Resigniert sah ich richtiggehende Sturzbäche, die plötzlich wie aus dem Nichts aus einer Nebenstraße auf mich zurollten.

Das alles war so surreal. Außer mir sah ich keinen anderen Menschen auf der Straße stehen oder gehen. Die Insel schien von einem auf den anderen Moment komplett leergefegt zu sein.

Nicht nur zu meinen Füßen hatten sich riesige Wassermassen angesammelt. Auch von oben regnete es so heftig, dass mein Shirt und meine Hose mittlerweile wie eine zweite Haut an mir klebten. Eiskalte Sturmböen hinderten mich am Atmen und ließen mich frösteln.

Ich wartete darauf, jeden Moment aus einem Albtraum aufzuschrecken und in meinem warmen und vor allem trockenen Bett zu liegen. Aber diesen Gefallen wollte mir das Schicksal nicht tun.

»Caro?«, hörte ich wie aus weiter Ferne eine Männerstimme meinen Namen rufen.

Meine Sicht war auf wenige Meter eingeschränkt. Ich stemmte mich mit aller Kraft gegen die Windmassen und hatte dennoch das Gefühl, jeden Moment abzuheben und weggefegt zu werden. Und das mitten im Juni!

Vor zehn Minuten hatte doch noch die Sonne geschienen. Der Himmel hatte über mir in einem superkitschigen Babyblau gestrahlt, und keine Wolke war zu sehen gewesen. Ich wusste aus Erfahrung, dass sich das Wetter auf einer Insel sehr schnell ändern konnte. Aber dass es so schnell gehen konnte, war sogar mir neu.

»Caro?«, rief die Männerstimme abermals.

Ich versuchte etwas zu erwidern, aber der Wind verschluckte meine Worte, kaum dass ich sie über die Lippen gebracht hatte.

Mit beiden Händen schirmte ich meine Augen von den Wasser- und Windmassen ab, setzte blind einen Fuß vor den anderen, ohne so genau zu wissen, wo ich überhaupt hinlief.

Plötzlich berührte mich etwas am Arm. Schützend riss ich die Arme über den Kopf, aus Sorge, ein Ziegelstein oder gleich ein ganzes Haus könnten mich schon im nächsten Moment treffen. Denn spätestens jetzt war ich mir sicher, dass kein Stein mehr auf dem anderen stehen konnte.

Das an meinem Arm entpuppte sich als Hand, die mich beherzt in einen Hauseingang zog. Erst als die Tür ins Schloss fiel und ich mir meine klatschnassen Haare aus dem Gesicht gewischt hatte, erkannte ich Hannes Leschner, unseren Inselmeteorologen.

»W-was war d-das?«, stammelte ich fassungslos.

»Ein Sturm«, erklärte er mir fachmännisch und ohne mit der Wimper zu zucken.

Entweder hatte er das wirkliche Ausmaß der Begebenheiten da draußen nicht richtig mitbekommen, oder aber der *Sturm*, wie er ihn nannte, war für Hiddensee doch nicht so ungewöhnlich, wie ich geglaubt hatte. »Nur ein Sturm?«, hakte ich dennoch nach.

Doch Hannes war bereits in sein Büro gestiefelt und hatte mich kurzerhand mir selbst überlassen.

Tropfend stand ich also im Flur des Inselmeteorologen, während dieser mit dem Rücken zu mir etwas in seinen Laptop eintippte. Neben dem Gerät stand noch ein weiterer Monitor, auf dem die aktuelle Wetterlage zu sehen war. Zumindest nahm ich das anhand des blauen Bands an, das über Hiddensee in der Vogelperspektive zog.

Ziemlich verdattert blieb ich noch einige weitere Minuten an Ort und Stelle stehen, während ich darauf wartete, dass Hannes mir ein Handtuch anbot oder mir zumindest mitteilte, wo sich das Badezimmer befand, damit ich mich dort um meine durchnässte Erscheinung kümmern konnte.

Doch Hannes machte überhaupt keine Anstalten, mir seine Hilfe anzubieten. Wäre jemand bei einem solchen Sturm ins *Traumschlösschen* hereingeweht worden, hätte ich niemals gezögert, ihm frische Kleidung, einen heißen Tee und einen Haartrockner anzubieten.

Ungläubig starrte ich in Hannes' Richtung, ehe ich mir ein Herz fasste und auf ihn zuging, um ihn zu fragen, wo sich das Badezimmer befand.

Mittlerweile war mir so kalt, dass mein ganzer Körper zitterte und meine Zähne unkoordiniert aufeinanderschlugen. Schützend legte ich meine Hände um meine Mitte, aber da auch der Stoff meines T-Shirts mit Wasser vollgesogen war, wurde mir nur noch kälter.

»Die zweite Tür auf der rechten Seite«, antwortete Hannes, ohne den Blick vom Monitor abzuwenden.

Ich wusste ja, dass Hannes ein Eigenbrötler war – ein ziemlich gut aussehender, aber das spielte jetzt keine Rolle –

und nicht besonders oft unter Menschen kam. In dem Jahr, das ich jetzt schon auf Hiddensee wohnte, hatte ich ihn nur sehr selten auf einer Feier oder einem Inselfest getroffen.

Marie hatte mir mal erzählt, dass er gern für sich war. Und ich hatte diesen Umstand nie hinterfragt. Alles, was Hannes zum Glücklichsein brauchte, war seine Wetterstation. Man traf ihn auch nur sehr selten am Strand oder bei einem Spaziergang an. Seine Wetterprognosen pflegte er am Leuchtfeuer Dornbusch aufzunehmen, dem größten Leuchtturm der Insel. Egal, ob Sturm, Hagel, Schnee oder Sonnenschein – Hannes trotzte jedem Wetter. Und der Menschheit, wenn man so wollte.

Gut möglich, dass er deshalb der Auffassung war, die Sintflut, die mich noch vor wenigen Minuten beinahe von der Insel geschwemmt hätte, wäre nichts Besonderes.

Mit einem halbherzigen »Danke« machte ich mich auf den Weg in sein Badezimmer. Als ich auch nach intensiver Suche keinen Fön finden konnte, entschied ich mich, mein Haar mit einem Handtuch trocken zu rubbeln, nachdem ich meine Jacke auf dem Badewannenrand abgelegt hatte. Den kleinen Badeofen unterm Waschbecken drehte ich auf die höchste Stufe, dann stellte ich mich direkt davor und versuchte notdürftig, T-Shirt und Hose zu trocknen.

Hannes blieb derweil in seinem Büro. Er fragte mich kein einziges Mal, ob ich etwas benötigte, oder wie es mir ging. Je länger ich über ihn nachdachte, desto unsympathischer wurde er mir.

Gut möglich, dass er sich nicht besonders gern in der Gesellschaft von anderen Menschen aufhielt. Aber mich derart zu ignorieren, war schon ein starkes Stück. Schließlich hatte er doch seine Hand nach mir ausgestreckt, um mich vor dem Sturm zu retten. Wäre es da nicht nur folgerichtig gewesen, dass er sich auch erkundigte, wie es mir ging?

Noch während ich mich mit diesen und ähnlich quälenden Fragen auseinandersetzte, begann mein Handy in meiner Hosentasche zu vibrieren. Was ich nach den Wassermengen, die noch vor wenigen Minuten auf mich eingeprasselt waren, als gutes Zeichen wertete. Allerdings nur so lange, bis ich den Namen des Anrufers im Display las.

Ich seufzte schwer, ehe ich das Gespräch widerwillig annahm. Aber ich wusste um die Konsequenzen, wenn ich es nicht tat. Also sprang ich über meinen Schatten.

»Hallo Mama! Wie geht es dir?«, bemühte ich mich, freundlich und entspannt zu klingen. Auf keinen Fall sollte sie spüren, wie sehr mich die Ereignisse des Tages aus der Bahn geworfen hatten. Für meine Mutter war Hiddensee ein einziger Fehler, und ich wollte ihr nicht das Gefühl geben, sie könnte damit auch nur ansatzweise recht haben.

»Sehr gut, mein Kind«, hörte ich meine Mutter mit glockenheller Stimme und überdurchschnittlich guter Laune sagen.

Mir schwante Übles. »Das freut mich«, erwiderte ich beunruhigt, während ich darauf wartete, zu erfahren, was der Grund für ihren Anruf war.

»Du wirst es nicht glauben, aber meine Kosmetikerin hat mich gerade angerufen.«

»Oh«, erwiderte ich nicht ganz so euphorisch.

»Eine Kundin hat ihr abgesagt, sodass sie mich schon am Donnerstag dazwischenschieben kann.« Sie jubelte vor Freude.

Ich verstand derweil nur Bahnhof. »Das ist wirklich schön«, sagte ich dennoch.

»Das ist sogar mehr als schön. Auf diese Weise kann ich schon am Freitag meine Koffer packen und zu euch kommen. Ich bin ja schon so gespannt auf deinen Verlobten. Wie hieß er noch gleich?«

Bei den Worten meiner Mutter wurde mir abwechselnd heiß und kalt. Fahrig fuhr mein Blick die weiß gekachelten Wände des Badezimmers entlang, bis er am Spiegel hängen blieb und ich mir der Panik in meinen Augen bewusst wurde.

Meine Atmung ging schneller, mein Kopf arbeitete auf Hochtouren. Was zur Hölle sollte ich ihr darauf nur antworten? Und Freitag war überhaupt keine Option. Schließlich war heute schon Montag. Montagabend, um genau zu sein. Das waren gerade mal drei Tage für die Planung. Wie sollte ich denn in der Kürze der Zeit eine Lösung für mein Problem finden? Schließlich hatte mich gerade erst Irmgard, meine letzte Hoffnung, im Regen stehen lassen. Und das nicht nur sprichwörtlich.

Jetzt war er also gekommen, der Moment, meiner Mutter einzugestehen, dass ich ihr gegenüber nicht ganz ehrlich gewesen war. Ich schluckte bei dem Gedanken gegen den Kloß im Hals an, der sich wie durch Zauberhand gebildet hatte.

Plötzlich kam ich mir furchtbar kindisch vor. Anstatt zu Irmgard zu gehen und sie um ihren Hokuspokus zu bitten, hätte ich meine Mutter anrufen und ihr reinen Wein einschenken sollen. Lügen hatten bekanntlich kurze Beine. Eine Redensart, von der ich in der Vergangenheit schon das ein oder andere Mal lernen musste, dass sie zutraf. Ich hätte es also besser wissen müssen.

Ich hätte auch wissen müssen, dass es langsam an der

Zeit war, meiner Mutter die Stirn zu bieten. Es mochte ihre Meinung sein, dass ich meine Zeit hier auf Hiddensee nur vergeudete und als alte Jungfer enden würde. Aber das hieß noch lange nicht, dass es auch so kommen musste.

Wenn sie nur erst einmal hier war und die Insel sehen würde ... Ich war mir ganz sicher, dass sie ihre Meinung ändern würde. Hiddensee hatte so viel zu bieten und war gleichzeitig ein absolutes Paradies. Die langen Sandstrände, die üppig blühenden Strandrosen, das verheißungsvolle Rauschen des Meers und die vielen glücklichen Gesichter, denen man auf der Insel begegnete, sprachen Bände.

Marie und ich hatten uns mit unserem *Traumschlösschen* einen lang gehegten Wunsch erfüllt. Das erste Mal in meinem Leben hatte ich mich gegen die Vernunft entschieden, war meinem Herzen gefolgt und war für meinen Mut belohnt worden.

Auch wenn meine Mutter der Überzeugung war, dass ich übergeschnappt war und mich einer Hippiekommune angeschlossen haben musste, war ich mit meiner Strategie dennoch erfolgreich gewesen. Marie und ich konnten Irmgard problemlos die Miete bezahlen und hatten auch bei unseren Lieferanten keinerlei Schulden. Mehr noch: Wir waren sogar in der Lage, über eine Erweiterung unseres Geschäftskonzepts nachzudenken. Ein weiteres *Traumschlösschen* war auch auf Rügen denkbar. Marie und ich hatten uns bereits geeignete Ladenlokale angesehen. So gut lief es für uns.

Das Leben auf Hiddensee war einfach perfekt. Zumindest bis zu dem Tag, an dem meine Mutter einen Fuß hierher setzen würde.

»Caro? Hörst du mich? Bist du noch dran? Wie heißt er

denn nun?«, fragte sie, jetzt schon eine Spur ungeduldiger. Ihre gute Laune war nicht mehr als ein mildes Lüftchen gewesen, das schon wieder im Begriff war, sich aufzulösen.

Händeringend überlegte ich, was ich ihr sagen sollte. Die Wahrheit? Dann konnte ich davon ausgehen, dass sie bis an ihr Lebensende keinen Fuß auf die Insel setzen und nie erfahren würde, wie schön es hier war.

Aber auch wenn sie Hiddensees Charme erliegen sollte, bestand immer noch ein Restrisiko. Schließlich ging es hier um meine Mutter. Den wohl stursten Menschen auf Erden.

Und dennoch: die Hoffnung starb bekanntlich zuletzt.

»Ja, ich bin noch dran. Wie er heißt ... ja, das ist ... gut, dass du fragst ...«

Plötzlich klopfte es an der Tür.

»Hannes?«, entfuhr es mir atemlos.

Erst als ich seinen Namen bereits ausgesprochen hatte, wurde mir klar, welch fataler Fehler mir gerade unterlaufen war.

 Kapitel 5

»Caro? Brauchst du noch lange? Ich müsste mal.«

Hannes hatte sich heute nicht nur als der schlechteste Gastgeber aller Zeiten entpuppt, sondern obendrein noch ein Timing, das ganze Existenzen vernichten konnte. In diesem speziellen Fall: meine.

»Ich bin gleich fertig«, erwiderte ich mit Blick auf mein Handy.

Mal wieder hatte meine Mutter das letzte Wort gehabt und im Anschluss daran abrupt das Gespräch beendet. Je länger ich auf das schwarze Display starrte und darüber nachdachte, was da gerade passiert war, desto größer war die Versuchung, einmal ganz laut zu schreien und mein doofes Handy im Klo zu versenken.

Meine Mutter kannte zwar genügend andere Mittel und Wege, um mit mir Kontakt aufzunehmen, aber die Vorstellung klang dennoch irgendwie verlockend.

Wie um Hannes zu beweisen, dass ich sein Badezimmer nach wie vor beanspruchte, öffnete ich den Wasserhahn und wusch mir die sauberen Hände.

Ein letzter Blick in mein noch immer vom Anruf meiner Mutter gezeichnetes Gesicht, dann fasste ich mir schließlich ein Herz, schob mein Handy zurück in die Hosentasche und machte mich auf zur Tür.

Kaum dass ich sie geöffnet hatte, blickte ich unvermittelt

in Hannes' Gesicht, so dicht stand er davor. Ich erschrak dermaßen darüber, dass ich einen Satz zurück machte und mich am liebsten erneut eingeschlossen hätte.

»Caro?«, fragte Hannes mit einem solchen Gleichmut in der Stimme, dass ich ihn am liebsten geschüttelt hätte.

Erst der verkorkste Termin bei Irmgard, dann dieser mehr als merkwürdige Sturm, der mich beinahe fortgeweht hätte, und als wäre das alles noch nicht genug gewesen, auch noch der Anruf meiner Mutter.

Ziel dieses Tages war es gewesen, meine Situation zu verbessern. Schließlich war ich zur Inselschamanin gegangen, um Abhilfe für mein Problem zu finden. Dass sich am Ende dieses Tages alles zum Schlechteren hin entwickeln würde, war niederschmetternd und ernüchternd.

So sehr ich mich auch darum bemühte, einen Ausweg aus meiner Lage zu finden, eine Lüge blieb nun mal eine Lüge. Das konnte ich nicht schönreden.

Am schwersten wog dabei die Erkenntnis, dass meine Mutter am Ende womöglich sogar recht behalten sollte, wenn sie behauptete, dass ich als alte Jungfer enden würde. Denn auch wenn ich im Moment ein sehr erfülltes Leben hatte, war ich mir der Tatsache bewusst, dass ich sicher irgendwann mehr wollte. Einen Mann, Kinder, ein kleines Häuschen am Strand …

»Caro?«, blieb Hannes beharrlich.

»Was?«, blaffte ich ihn an, weil er nicht sehen konnte, wie sehr ich innerlich mit mir rang und keinen Ausweg für mein Problem finden konnte.

Wie konnte ein Mensch nur so wenig Empathie zeigen? Er musste doch spüren, wie schlecht es mir ging.

»Ich müsste mal.«

Hannes' Miene blieb völlig gleichgültig, als wäre ihm der Vorwurf in meiner Stimme gar nicht aufgefallen. Vielleicht musste man als Meteorologe aber auch ein dickes Fell haben, um Wind und Wetter zu trotzen. Das würde zumindest erklären, warum er das Armageddon, das ich erst vor wenigen Minuten vor seiner Tür erlebt hatte, nur als simplen Sturm betitelt hatte.

»Ähm, ja. Klar. Ich wollte ohnehin gerade gehen«, erklärte ich. Plötzlich verspürte ich das Bedürfnis, so schnell wie nur möglich von hier zu verschwinden. Hannes' Pokerface blieb ungerührt. Nicht einmal, als ich ihn bei meinem Versuch, an ihm vorbeizukommen, leicht an der Schulter streifte, verzog er eine Miene.

Der Kerl hatte eine Selbstbeherrschung, wie man sie kein zweites Mal fand. So abgeklärt und selbstsicher wie ein FBI-Agent. Fehlten nur die obligatorische Sonnenbrille und ein etwas cooleres Outfit, und ich hätte ihm den Job ohne mit der Wimper zu zucken zugetraut. Special Agent Hannes Leschner.

Während ich mir Hannes in Uniform vorstellte, kam mir ein verwegener und gleichzeitig vollkommen abwegiger Gedanke. Einer von der Sorte, bei dem man nicht ganz sicher sein konnte, noch bei klarem Verstand zu sein. Aber meine Situation bewegte sich zielsicher und ungebremst auf das Schild *Ausweglos* zu. Da neigte man vermutlich dazu, ein wenig panisch zu werden.

»Ist noch was?«, fragte Hannes, als ich nach wie vor dastand und keine Anstalten machte zu gehen.

Erst jetzt fiel mir zudem auf, dass ich ihn angestarrt hatte. Die Erkenntnis darüber trieb mir die Schamesröte bis unter den Scheitel.

»N-nein«, stammelte ich verlegen und ging ein paar Schritte zurück, als stünde zu befürchten, dass ich mich noch weiter vor Hannes blamierte.

»Dann bis bald«, sagte er noch, ehe er im Badezimmer verschwand und die Tür hinter sich abschloss, ohne mir dabei noch einen abschätzigen Blick zuzuwerfen, wie es vermutlich fünfundneunzig Prozent der Bevölkerung in diesem Moment getan hätte.

Kapitel 6

Völlig übernächtigt ging ich um sechs Uhr morgens hinunter in den Laden, um auf andere Gedanken zu kommen.

Während der Nacht hatten mich nicht nur quälende Fragen rund um die baldige Ankunft meiner Mutter wachgehalten, sondern auch Gedanken an Irmgard, den Sturm und Hannes – ganz besonders Hannes – an den Rand des Wahnsinns gebracht.

Wie gut, dass erst gestern Nachmittag eine neue Lieferung Bücher eingetrudelt war, die ich auspacken und einsortieren konnte. Bücher hatten schon immer eine beruhigende Wirkung auf mich gehabt.

Schon als kleines Kind hatte ich schnell gelernt, welche Bedeutung Bücher haben konnten. Kaum dass ich lesen konnte, steckte ich zu allen nur möglichen und unmöglichen Anlässen meine Nase zwischen zwei Buchseiten und versteckte mich in dieser neuen, magischen, hoffnungsvollen und oft ermutigenden Welt. Ich fand dort Trost, Zuversicht und eine Möglichkeit, meiner Mutter aus dem Weg zu gehen.

Nicht selten schleppte ich in den Urlaub mehr Bücher als Klamotten mit. Meine Mutter verfluchte mich am Flughafen jedes Mal aufs Neue, wenn wir mal wieder Übergepäck für meinen Koffer zahlen mussten. Mein Vater hatte mich jedoch nur lächelnd angesehen und klaglos den Betrag gezahlt.

E-Reader gab es zu dieser Zeit noch keine. Aber auch wenn es sie gegeben hätte, wüsste ich nicht, ob ich sie dem physischen Buch vorgezogen hätte. Es war doch etwas ganz anderes, ein Buch in Händen zu halten, an den frisch gedruckten Seiten zu schnuppern und mit den Fingern über das Papier zu streichen.

Wenn ich so darüber nachdachte, hatte ich die Liebe zu Büchern wohl von meinem Vater geerbt. Papa hatte als Jugendlicher immer davon geträumt, Schriftsteller zu werden. Seine Familie hatte jedoch etwas anderes mit ihm vor. Er sollte Jurist werden. Und bleiben. Zeit seines Lebens hatte er sich in sein Schicksal gefügt, ohne das enge Korsett, das ihm bereits in jungen Jahren angelegt worden war, je abzulegen.

Meine Mutter hatte irgendwann für mich entschieden, was ich studieren und wie mein Weg aussehen sollte. Wenn es nach mir gegangen wäre, hätte ich Bibliothekswissenschaften studiert. Von meinem Vater hatte ich mir erhofft, dass er meinen Wunsch respektieren und verstehen würde. Aber auch er war letztlich der Meinung gewesen, dass ich mit Jura besser fahren würde.

Jung und unsicher, wie ich damals gewesen war, hatte ich mich in mein Schicksal gefügt. Und in der Folge viel zu lange in einem Beruf gearbeitet, der nicht meine Bestimmung gewesen war. Erst in seinem Testament hatte mein Vater seinen Fehler eingesehen und mir Geld vermacht, mit dem ich eine kleine Buchhandlung aufmachen sollte.

Et voilà! Hier stand ich nun. Umringt von Büchern und dem festen Glauben daran, dass das hier meine Zukunft war.

Während ich den nächsten Karton öffnete, vernahm ich

einen Laut von der Tür her. Mein Blick streifte meine Armbanduhr. Es war gerade mal sieben Uhr dreißig. Wir öffneten erst um zehn Uhr, und Marie kam meist erst gegen neun, halb zehn. Wer konnte das nur sein?

Noch während ich mir einzureden versuchte, dass es auf Hiddensee sicher keine Schwerverbrecher gab, zogen Bilder aus früheren Gerichtsakten durch meinen Kopf.

Als die Tür schließlich aufging, bewaffnete ich mich mit der Schere, mit der ich bis gerade eben noch die Kartons zu neuen Welten geöffnet hatte, und brachte mich in Position.

»Caro?«, rief Marie, einem Herzinfarkt nahe, und hielt sich die Hand an die Brust.

Offenbar hatte sie ebenfalls nicht damit gerechnet, jemanden im *Traumschlösschen* vorzufinden. Es war bereits so hell gewesen, dass ich kein Licht angemacht hatte.

»Was machst du denn hier?«, fragte sie mit vorwurfsvollem Unterton in der Stimme.

»Ich wohne und arbeite hier«, rief ich ihr in Erinnerung.

Marie zog die Tür ins Schloss.

»Das weiß ich doch. Ich wollte nur wissen, was du um diese frühe Uhrzeit hier unten machst.«

Dann lief sie hinüber zum Tresen, stellte ihre Tasche darauf ab und schenkte sich auf den Schreck erst mal ein Glas Wasser ein.

»Ich konnte nicht schlafen«, gestand ich ihr und legte die Schere zurück auf den ungeöffneten Karton.

Marie nickte. »Ging mir genauso«, erwiderte sie mit einem Hauch Sorge in der Stimme.

»Kaffee im Strandkorb?«, schlug ich vor, als ich bemerkte, dass meiner Freundin etwas auf dem Herzen lag.

Sie nickte abermals.

Während ich mich an der Maschine zu schaffen machte, öffnete Marie die Tür zum Garten und ließ neben dem Vogelgezwitscher eine milde salzige Brise in den Laden. Irgendwo in der Ferne war ein Schiffshorn zu hören. Es klang verheißungsvoll. Und gleichzeitig musste ich daran denken, dass schon in wenigen Tagen eine Fähre meine Mutter auf die Insel bringen würde.

Schweigend saßen Marie und ich einige Minuten später nebeneinander in einem der blau-weißen Strandkörbe. Der Tag war gerade erst angebrochen. Alles war noch ruhig. Die meisten Tagestouristen kamen erst später. Und auch die Gäste, die das Glück hatten, auf Hiddensee eine Bleibe auf Zeit gefunden zu haben, ließen es gemächlich angehen. Schließlich hatten sie ja Urlaub.

»Ich weiß nicht, wie ich das alles schaffen soll«, platzte es plötzlich aus Marie heraus.

»Was meinst du?«, hakte ich nach.

Marie ließ die Schultern hängen und blickte wie gebannt auf den Milchschaum in ihrer Tasse. »Die Hochzeit ... Bei allem, was ich mache, bin ich furchtbar unsicher. Ich habe das Blumenarrangement bereits vier Mal geändert, und auch beim Brautkleid habe ich das Gefühl, dass es noch nicht perfekt ist.«

Ich nahm einen Schluck aus meiner Tasse und ließ Marie nicht aus den Augen. »Ich kann total verstehen, dass du dir so viele Gedanken rund um die Hochzeit machst. Schließlich ist es ein wichtiger Tag für euch beide. Ole ist bestimmt auch schon ganz aufgeregt. Lange ist es ja auch nicht mehr hin. Aber ... wenn du dich weiter so unter Druck setzt, dann bleibt die Freude daran auf der Strecke. Du musst dich entspannen. Und glaub mir, ich weiß, wie schwierig das sein kann.«

Marie seufzte schwer. »Das ist leichter gesagt als getan.«

Währenddessen sah ich das nahende Unheil in Form eines neuerlichen quälenden Gedankenkarussells vor meinem geistigen Auge aufflackern.

»Aber was ist denn bei dir los? Ich spüre doch, dass dich auch etwas belastet. Was hat dich heute Nacht nicht schlafen lassen?«

Urplötzlich lag der Fokus auf mir. Zunächst wollte ich Ausflüchte suchen und meine schlechten Nächte auf meinen exorbitant hohen Koffeinkonsum schieben. Oder den Vollmond. Dann besann ich mich jedoch und entschied mich für die Wahrheit. »Meine Mutter kommt jetzt schon am Freitag«, sagte ich und öffnete damit das Päckchen, das ich seit einigen Tagen mit mir herumtrug.

»Diesen Freitag?«, hakte Marie nach und sah mir dabei direkt in die Augen.

Ich nickte.

»Hast du mit ihr über du weißt schon was gesprochen?«

Maries Stimme war nicht mehr als ein Flüstern. Beruhigend legte sich ihre Hand auf meinen Arm, während meine Finger zu zittern begannen.

Ich schüttelte den Kopf.

»Warum will sie denn jetzt plötzlich so schnell kommen?«

Ich seufzte und ließ den gestrigen Tag Revue passieren. »Ich hab es dir nicht erzählt, aber ich bin gestern noch zu Irmgard gegangen, um … Hilfe oder Rat zu suchen. Was sich leider als absolute Schnapsidee herausgestellt hat. Und

als ich dann gegangen bin, hat ein solcher Sturm einge-
setzt, dass ich echt geglaubt habe, es würde mich jeden Moment von der Insel fegen.«

Marie sah mich ungläubig an. »Echt? Das ist mir vollkommen entgangen. Das muss gewesen sein, als Oma Gertrud im *Traumschlösschen* vorbeigekommen ist. Wir waren
eine ganze Weile im Lager, um ihre Geburtstagsgestecke
probezubinden.«

Wenn Hannes mich nicht so beherzt zu sich ins Haus
gezogen und mich damit vor den Wassermassen gerettet
hätte, würde ich mittlerweile auch schon glauben, ich hätte
mir das alles nur eingebildet. Hannes.

»Hannes hat mich dann zu sich ins Haus gebracht. Während ich mich in seinem Badezimmer frisch gemacht habe,
hat meine Mutter angerufen. Eins führte zum anderen, und
sie hat mich nach dem Namen meines Verlobten gefragt. In
dem Moment klopfte Hannes an die Tür …« Den Rest des
Satzes ließ ich unausgesprochen. Aber es war auch gar nicht
nötig, ihn zu vollenden. Marie verstand auch so.

»Und jetzt glaubt sie …?«

Ich nickte.

»Ja, meine Mutter denkt, Hannes wäre mein Verlobter.«

Wer hatte noch mal behauptet, dass Lügen kurze Beine
hätten? Meine wurden gefühlt jeden Tag ein Stück länger,
ähnlich wie bei Pinocchios Nase.

Marie sog zischend die Luft ein. »Das ist jetzt natürlich
nicht ganz so …«, begann sie zu sprechen und hielt dann
unerwartet inne, sah mich durchdringend an, während es
hinter ihrer Stirn gewaltig zu rattern schien.

»Ich hatte bisher ja kaum Berührungspunkte mit Hannes.
Aber der Kerl ist doch schon etwas gewöhnungsbedürftig«,

meinte ich schließlich, als mir wieder einfiel, wie wenig Beachtung er mir gestern geschenkt hatte.

»Hannes ist ganz okay. Er ist nur nicht unbedingt das, was man gesellig nennt. Er ist lieber für sich«, sprang Marie für ihn in die Bresche.

Die beiden waren zusammen zur Schule gegangen.

»Aber an und für sich ist Hannes schon ein echt gut aussehender Mann. Der Dreitagebart lässt ihn ein wenig verwegen wirken. Aber nur so viel, wie gut für ihn ist. Ansonsten ist er eher der bodenständige Typ. Und er ist Meteorologe«, referierte Marie.

Mit jedem weiteren Pluspunkt, den Marie an ihrem Schulkollegen aufzeigte, schwante mir Übles. »Worauf genau möchtest du gerade hinaus?«, fragte ich.

»Hannes ist im passenden Alter, ganz nett anzusehen, hat einen festen Job, ist erfolgreich und das Beste an ihm: Er ist Single.«

Abwehrend hob ich die Hände. »O nein, Marie! Da mach ich nicht mit. Und Hannes sicher auch nicht. Der Kerl hat mich gestern klitschnass mir selbst überlassen und mich nicht mal gefragt, ob ich eine Tasse Tee möchte.«

»Vielleicht hatte er keinen da«, ergriff Marie erneut Partei für ihn.

»Du weißt ganz genau, was ich damit sagen will.« Meine Stimme überschlug sich beinahe. »Hannes ist mit Sicherheit der letzte Mann auf Erden, der meinen Verlobten spielen kann. Er schafft es ja nicht mal, mir gegenüber das geringste Maß Nettigkeit aufzubringen. Du hättest es miterleben müssen, wie er mich behandelt hat, dann wüsstest du, dass Hannes Leschner keine Option ist.«

Marie seufzte. »Sorry, Caro, dass ich dir in diesem Punkt

widersprechen muss. Aber Hannes ist deine *einzige* Option. Zumindest dann, wenn du deiner Mutter nicht doch noch die Wahrheit sagen möchtest.«

Hastig öffnete ich den Mund, um etwas zu erwidern. Ich wollte Marie klarmachen, dass sie mit ihrer Einschätzung vollkommen danebenlag. Tausend und mehr Punkte wollte ich ihr nennen, in denen sie unrecht hatte. Ich überlegte, verwarf den einen Gedanken und konzentrierte mich auf einen anderen. Doch schon nach wenigen Sekunden wurde mir klar: Marie *hatte* recht. Hannes war meine einzige Option.

 Kapitel 7

Marie und ich hatten beim Erzählen die Zeit ganz aus den Augen verloren. Als ich das erste Mal auf die Uhr sah, war es bereits kurz nach halb zehn.

»Wir sollten langsam reingehen und alles vorbereiten«, sagte Marie und legte mir die Hand auf den Arm. »Wenn du noch ein paar Minuten brauchst, bleib ruhig hier in der Sonne und genieß den ruhigen Morgen. Ich kann die Kasse auch allein anschmeißen und die Blumen nach vorne räumen.«

Ich winkte ab. »Das ist sehr lieb von dir, aber ich habe die Lieferung von gestern noch mitten im Weg stehen. Die sollte ich noch verstauen, bevor die ersten Kunden kommen und darüber stolpern.«

Marie stand bereit und bot mir ihre Hand an, um auf die Beine zu kommen. »Worauf warten wir dann noch?«

Sie lächelte, und ich konnte nicht anders, als es ihr gleichzutun.

Der Tag war viel zu schön, als sich endlos damit verrückt zu machen, was am Freitag passieren könnte. Schließlich war heute erst Dienstag. Ein ausgesprochen warmer Dienstag. Die Sonne würde vermutlich den ganzen Tag in unseren Garten scheinen. Ein herrliches Fleckchen Erde, das wir da hatten.

Zurück im Laden, blickte ich ein letztes Mal über die

Schulter. Die kleine freche Möwe, die ich am Morgen immer aus meinem Fenster beobachtete, saß bereits neben dem Strandkorb und machte Anstalten, sich hier länger niederlassen zu wollen. Möwe müsste man sein. Dann könnte man den Sommertag draußen genießen. Und einfach wegfliegen, wenn unangenehmer Besuch anstand.

Aber ich hatte keinen Grund zur Wehmut. Im Inneren des *Traumschlösschens* schien vielleicht nicht die Sonne, aber das Meer an bunten Blumen, gepaart mit den farbenfrohen Sommer- und Liebesromanen, war nicht weniger schön. Wenn ich den Laden betrat, stellte sich jedes Mal aufs Neue tief in mir das Gefühl ein, angekommen zu sein.

Marie wuchtete gerade einen großen Eimer nach draußen, in dem sie über Nacht Schnittblumen und Sträuße lagerte. Ich sprang ihr zur Hilfe.

»Ich wäre auch gern so kreativ«, gab ich neidlos zu.

Marie lächelte. »Bist du doch. Nur eben auf deine Weise.«

»Vielleicht hast du ja recht«, erwiderte ich und ging schließlich hinüber, um die letzten Bücher der gestrigen Lieferung auf die Tische zu legen und in die Regale einzusortieren.

Neben den altbekannten Namen, die immer wieder auf den Bestsellerlisten standen, waren in diesem Jahr einige Bücher erschienen, die auf den Nord- und Ostseeinseln spielten. Auch wenn ich mittlerweile selbst auf einer davon lebte, konnte ich gar nicht genug von dem Inselflair bekommen, das sie verströmten.

Das eine oder andere Exemplar hatte ich bereits gelesen. Ein paar weitere würden folgen, wenn es die Zeit zuließ. Im Sommer war immer besonders viel zu tun, da schrumpften meine Lesestunden auf ein Minimum zusammen. Aber im Winter, wenn sich kaum noch Touristen auf die Insel verirrten, würde ich wieder Gelegenheit haben, mich in anderen Welten zu verlieren. In rauen Nächten vor dem Kamin sitzend blieb nur die Erinnerung an einen warmen Sommer. Aber so hatte jede Jahreszeit auf Hiddensee ihren ganz eigenen Charme.

»Kannst du mal bitte die Tür aufschließen?«, fragte Marie. »Jemand hat gegen die Scheibe geklopft.«

»Da hat es heute aber jemand besonders eilig. Was meinst du, was dringender benötigt wird: Blumen oder Bücher?«, scherzte ich, nahm den leeren Karton und die Schere und verstaute beides im Verkaufstresen.

»Weder noch«, meinte Marie. »Das ist bestimmt Oma Gertrud. Sie wollte noch Gebäck vorbeibringen. Als ich vorhin losgegangen bin, war es noch nicht fertig.«

Schon war Marie wieder im Lager verschwunden, um ihre Blumen zu holen.

Ich ging zur Tür, um sie zu öffnen. Doch entgegen Maries Vermutung stand dort nicht Oma Gertrud.

»Hannes?«, fragte ich mit einer Mischung aus Verwunderung und Scham.

Die Ereignisse des gestrigen Tages waren mir sofort wieder so präsent, als müsste ich mich erneut durch den Orkan hindurchkämpfen und vor Nässe triefend allein in Hannes' Flur stehen.

»Du hast gestern deine Jacke auf meinem Badewannenrand vergessen«, kam er gleich auf den Grund seines Kommens.

Ich bat ihn herein, glaubte aber nicht, dass er meiner Aufforderung folgen würde. Wie ich Hannes einschätzte, wollte er nur das Kleidungsstück auf seinem Arm loswerden und dann schnellstmöglich wieder von hier verschwinden.

Als er Anstalten machte hereinzukommen, brauchte ich einen Moment, bis ich es begriff. Wie gebannt stand ich an Ort und Stelle, während er an mir vorbei ins *Traumschlösschen* kam. Dabei ging er so dicht an mir vorüber, dass ich seinen Duft wahrnahm. Eine Mischung aus salziger Seeluft und einem Hauch Zitrone.

Unsere Blicke verfingen sich für den Bruchteil einer Sekunde ineinander. Plötzlich schien mir Hannes so vertraut, als würde er jeden Tag bei uns im *Traumschlösschen* ein- und ausgehen. Als wäre das nicht gerade das erste Mal, dass er hier war.

Ich wollte dem Gefühl noch ein wenig nachspüren, sehen, was es mit mir machte. Aber da unterbrach Hannes auch schon den Blickkontakt zu mir und ging weiter in den Laden hinein, als wäre nichts passiert.

Hatte ich mir diesen besonderen Moment zwischen uns nur eingebildet? Oder Hannes' Blick womöglich falsch gedeutet? Männer waren für mich bis heute eine äußerst suspekte Spezies. Zumindest die Männer, die es in der wirklichen Welt gab.

Die Helden zwischen zwei Buchdeckeln waren da ganz anders. Die betrogen und belogen die Frau ihres Herzens nicht, gaukelten ihr nicht vor, sie zu lieben, während sie nebenher noch eine andere hatten. Warum konnten die Männerfiguren aus den Liebesromanen, die ich so gern las, nicht auch in der Realität vorkommen?

»Hallo Hannes«, begrüßte Marie unseren unerwarteten Gast und warf mir einen vielsagenden Blick zu.

»Hannes ist gekommen, um mir meine Jacke vorbeizubringen, die ich gestern bei ihm vergessen habe«, erklärte ich ihr, bevor sie falsche Schlüsse ziehen konnte.

»Ich verstehe«, erwiderte sie.

Dann standen wir drei ein wenig unbeholfen im Raum herum.

Während Hannes vermutlich am liebsten schnellstmöglich wieder gegangen wäre und seine Entscheidung zu bleiben schon bereute, machte sich Marie sicher Gedanken über das Gespräch, das wir im Garten geführt hatten. Und ich wünschte mir einfach ein Loch im Boden, durch das ich verschwinden und meine Probleme hinter mir lassen konnte.

Die Spannung im sonst so ruhigen und entspannten *Traumschlösschen* war nicht nur sprichwörtlich mit Händen greifbar.

Als Marie den Mund öffnete, schlug mein Herz so wild in meiner Brust, dass ich den Drang verspürte, ganz laut »Stopp!« zu rufen und das Ganze hier zu beenden.

Hannes würde mich dann auf diese unbeteiligte stoische Art ansehen und sich wer weiß was über mich denken. Aber die Vorstellung, Marie könnte ihn gleich fragen, ob er sich vorstellen könnte, meinen Verlobten auf Zeit zu spielen, zerrte an meinen Nerven.

Marie hielt meinem Blick stand und war gerade dabei, etwas zu sagen, als das Glöckchen über der Tür klingelte und Oma Gertrud in den Laden hereinschneite.

»Guten Morgen, ihr Lieben. Hier sind die leckeren Sanddornschokoladenkekse mit Banane, die ich für euch gebacken habe.«

Mit einem breiten Lächeln stürmte Oma Gertrud an uns

dreien vorbei in Richtung Verkaufstresen. Dort legte sie die große Schüssel ab, die sie unterm Arm getragen hatte. Auf dem Kopf trug sie einen weißen Helm mit bunten Blumen darauf. Offenbar war sie auch heute wieder mit dem Rad unterwegs.

Marie begrüßte ihre Großmutter und dankte ihr für die Kekse.

»Das mache ich doch gern.«

Dann erst fiel ihr auf, dass neben Marie und mir auch Hannes im *Traumschlösschen* war.

»Ach, Hannes, wie schön, dich mal wiederzusehen. Wie geht es dir denn jetzt?« Ihre Stimme wurde ernster, während sich das Lächeln verabschiedete. Sorge blitzte auf in ihrem sonst so heiteren Gemüt.

Der Wechsel von sonnig und unbekümmert zu stürmisch und besorgt kam so abrupt, dass weder Marie noch ich wussten, wie wir darauf reagieren sollten.

»Es wird schon«, erwiderte Hannes knapp und blieb ganz seiner Gewohnheit treu, nicht mehr Worte zu verwenden als unbedingt nötig.

»Die Sache mit dem Eigenbedarf kam für dich bestimmt furchtbar unerwartet. Wo kommst du denn jetzt mit deiner Wetterstation unter? Hast du schon Pläne, wie es weitergehen soll?«

Nach außen hin wirkte Hannes zunächst so cool und unbeteiligt wie eh und je. Erst als er sich mit der Hand am Hinterkopf kratzte, wurde mir klar, dass ihm die Situation unangenehm war. Er wollte sich keine Gedanken zu seiner Lage machen. Und vor allem wollte er nicht mit jemandem darüber reden. Nicht mal mit Oma Gertrud, die es wahrlich mit jedem immer nur gut meinte und mit Rat und Tat parat stand. Ob man wollte oder nicht.

Doch die meisten wollten. Schließlich tat es gut, sich mit seinen Problemen und den kleinen Nöten des Alltags an jemanden wenden zu können. Hannes schien da anderer Meinung zu sein. Er machte die Dinge lieber mit sich aus. Dementsprechend unwohl musste er sich gerade in seiner Haut fühlen.

Als ich spürte, dass es ihm zu viel wurde, sprang ich für ihn in die Bresche. »Marie hat mir von den wunderschönen Gestecken für deinen Geburtstag vorgeschwärmt. Ich bin schon ganz gespannt, wie sie sich auf den Tischen in deinem Garten machen werden. Hast du wieder so viele Gäste eingeladen wie im letzten Jahr?«

Als die Sprache auf ihren nahenden Geburtstag kam, erschien auch ihr Lächeln wieder. Oma Gertrud sah voller Rührung in Richtung ihrer Enkelin und hielt sich eine Hand an die Brust, als könnte sie ihr Glück nicht fassen. »Marie hat genau das umgesetzt, was ich mir vorgestellt habe, ohne dass ich es so recht hatte erklären können.«

Die Stimmung im Raum entspannte sich allmählich. Ich wagte einen verstohlenen Blick hinüber zu Hannes, der noch immer wie angewurzelt dastand und dem Treiben um sich herum als stiller Beobachter folgte.

Seine Stirn war leicht gefurcht, als wäre er mit seinen Gedanken ganz woanders. Erst jetzt fiel mir auf, dass seine Kieferknochen zu mahlen begonnen hatten. Oma Gertruds Worte mussten ihn ziemlich aufgewühlt haben. Wenn ich es richtig verstanden hatte, war durch den Eigenbedarf, den der Eigentümer angemeldet hatte, Hannes' Existenz bedroht.

Wohnraum auf Hiddensee war Mangelware. Wenn er nicht schnell etwas anderes fand, würde er Hiddensee wohl oder übel verlassen müssen.

Plötzlich tat er mir schrecklich leid, Eigenbrötler hin oder her. Allein die Vorstellung, diese wunderschöne Insel, die für Hannes zugleich die Heimat war, verlassen zu müssen, machte mich schrecklich traurig. Wie musste es da erst ihm ergehen?

»So, ihr Lieben, ich muss mich dann auch wieder verabschieden. Heute kommen neue Gäste für die Ferienwohnung. Die Steiners aus Franken«, erklärte Oma Gertrud.

Als ihr Blick wieder auf Hannes fiel, kamen die Gewitterwolken schneller zurück, als uns allen lieb war.

»Ach, Hannes, wenn ich dir irgendwie helfen kann, melde dich. Ja? Kurzfristig habe ich leider kein Zimmer frei. Hast du dich denn mal bei den anderen Hotelbesitzern und Ferienwohnungsvermietern umgehört?«

Hannes räusperte sich. »In der Hochsaison ist da wohl eher weniger zu machen.«

Oma Gertrud seufzte. »Ja, da hast du vermutlich recht. Wenn sich der alte Petersen doch nur ein bisschen später dafür entschieden hätte, zurück auf die Insel zu kommen. Der Herbst auf Hiddensee ist doch auch eine schöne Zeit. Und vor allem hätte ich dann ein Zimmer für dich, mein lieber Hannes.«

Die Betroffenheit, die Oma Gertrud offen zur Schau stellte, war nicht gespielt. Es tat ihr wirklich von ganzem Herzen leid, dass sie dem Inselmeteorologen nicht helfen konnte.

»Wenn ich dennoch etwas für dich machen kann, melde

dich bitte. Ja?« Und an Marie und mich gewandt meinte sie noch: »Wir sehen uns, ihr Lieben. Ich muss jetzt wirklich los. Fragt besser nicht, wie ich meine Küche zurückgelassen habe.«

Noch ehe wir etwas erwidern konnten, waren wir wieder zu dritt und Oma Gertrud zur Tür hinaus.

»Ich werde dann wohl auch mal besser wieder gehen«, sagte Hannes.

Marie sah mich fordernd an, als wolle sie mir sagen, dass jetzt der Moment gekommen war, auf den wir gehofft hatten. Oder sollte ich besser sagen, auf den *sie* gehofft hatte? Denn ich war mir nach wie vor sehr unschlüssig darüber, ob ich Hannes tatsächlich in die Angelegenheit mit meiner Mutter hineinziehen sollte. Der Ärmste hatte kaum Kontakt zu anderen Menschen. Wie würde er da erst auf meine Mutter reagieren, die in der Lage dazu war, jedes laue Lüftchen in einen tosenden Sturm zu verwandeln? Konnte ich ihm das wirklich zumuten? Und was sollte ich ihm als Gegenleistung anbieten? Es gab überhaupt keinen Grund für Hannes, mir einen Gefallen zu tun und meinen Verlobten zu spielen. Keinen einzigen.

»Hinter dem Laden gibt es im *Traumschlösschen* noch eine Lagerfläche«, begann Marie aus heiterem Himmel.

Ich bekam eine Vorstellung davon, was sie vorhatte, und bedeutete ihr mit meinen Blicken, von ihrem Vorhaben abzulassen. Doch sie ließ sich von mir nicht irritieren und sprach einfach weiter.

»Angrenzend ans Lager befindet sich noch ein kleines Büro, das wir nicht nutzen. Sogar ein kleines Badezimmer ist vorhanden.«

Hannes sah unschlüssig zwischen Marie und mir hin

und her. »Das ist wirklich sehr nett von euch beiden, aber ich will euch nicht zur Last fallen.«

Marie winkte ab. »Das geht schon in Ordnung und wäre ja auch nur übergangsweise. Spätestens im Herbst wirst du sicher eine neue Bleibe finden.«

Hannes nickte. »Die Lokalpolitik setzt sich dafür ein, dass meine Wetterstation auf der Insel bleiben kann. Aber die können eben auch nicht hexen und Wohnraum aus dem Nichts erschaffen, wenn aktuell keiner da ist.«

Marie sah auffordernd in meine Richtung. Offenbar erwartete sie von mir, dass ich nun auf mein Problem zu sprechen kam. Doch das war gar nicht so einfach. Schließlich kannte ich Hannes nicht bereits mein ganzes Leben lang. Wir beide waren Fremde, die das Schicksal mal eben zusammengewürfelt hatte. Eine Zweckgemeinschaft, von der Hannes noch nichts wusste und die ich nur äußerst ungern ansprechen wollte.

Denn so einfach, wie Marie eben tat, war die Sache nicht. Mir war es unangenehm, Hannes um einen Gefallen dieser Dimension zu bitten. Und ich war mir nicht ganz sicher, wie er darauf reagieren würde. Vor allem, wenn ich daran dachte, dass er mich gestern nass bis auf die Haut mir selbst überlassen hatte. War ein solcher Mensch überhaupt in der Lage, den perfekten Verlobten zu mimen? Würde meine Mutter nicht schon beim Verlassen der Gangway den Braten sieben Meilen gegen den Wind riechen?

»Ja, das kann ich gut nachempfinden«, sagte Marie, während ihr Blick noch immer fest auf mich gerichtet war und mir schallend »Jetzt oder nie« signalisierte.

Bevor es mir gelang, meinen Mut zusammenzunehmen, atmete ich ein letztes Mal ganz tief ein und wieder aus.

Auch wenn ich mich vor Hannes womöglich gleich bis auf die Knochen blamieren sollte, konnte ich doch davon ausgehen, dass er die Sache für sich behielt. Das war das Gute daran.

Das weniger Gute war, dass ich auf das komplizierte Verhältnis zwischen mir und meiner Mutter zu sprechen kommen musste. Ein Thema, das ich schon im engen Freundeskreis nur sehr ungern ansprach. Marie und Silke waren im Grunde die Einzigen, die wussten, wie meine Mutter wirklich war. Und auch ihnen gegenüber hatte es gedauert, bis ich mich geöffnet hatte.

»Hannes, ich …«, begann ich unbeholfen, während ich spürte, wie mir die Schamesröte bis unter den Scheitel stieg.

Das war doch eine bescheuerte Idee. Meine Mutter würde uns den Schwindel ganz sicher nicht abkaufen. Wozu sich also schon vor ihrer Ankunft zum Idioten machen und riskieren, dass doch noch jemand Wind von meiner Notlüge bekam?

»Caros Mutter kommt in wenigen Tagen her«, erklärte Marie an meiner Stelle.

Hannes sah irritiert drein. »Ich würde das Büro ohnehin erst in vier Wochen brauchen«, erklärte er, da er nicht verstand, was Marie ihm zu sagen versuchte.

»Hannes, ich brauche jemanden, der meinen Verlobten spielt«, platzte es plötzlich und ungefiltert aus mir heraus.

Es gab nichts zu beschönigen oder zu verharmlosen. Also konnte ich auch bei der Wahrheit bleiben. Hannes würde ohnehin nie diesem Teil einer wie auch immer gearteten Abmachung zustimmen. Das sagte mir mein Bauchgefühl. Und dass er mich ansah, als wäre ich nicht mehr bei klarem Verstand. Zumindest für den Bruchteil einer

Sekunde. Danach hatte er sich wieder vollends unter Kontrolle und ließ mich nicht hinter sein Pokerface blicken.

»Okay«, sagte er schließlich.

Nur dieses eine Wort.

Dann verabschiedete er sich und ging in Richtung Tür.

Kapitel 8

»Okay? Was genau soll das heißen? *Okay*«, fragte ich Marie, nachdem Hannes zur Tür hinaus war und mich mit tausend Fragen zurückgelassen hatte.

»Nun, ins Deutsche übersetzt spricht man im Allgemeinen von *in Ordnung*, würde ich sagen«, referierte Marie, als hätte sie gerade einen Duden zur Hand, den sie an der passenden Stelle aufgeschlagen hatte.

»Du weißt ganz genau, was ich meine«, erwiderte ich und blickte Hannes fragend hinterher, der gemächlich die Straße entlanglief.

»Wenn Hannes sagt, etwas geht okay, dann kannst du davon ausgehen, dass er zu seinem Wort steht«, erklärte Marie und machte sich daran, ihre Blumen in Position zu bringen.

Schließlich war jeden Moment mit den ersten Kunden des Tages zu rechnen.

»Aber ... ich ... wie ... Marie!«

Als sie meine Verzweiflung spürte, stellte sie die Vase, die sie in der Hand hielt, auf einem ihrer Verkaufstische ab und kam zu mir gelaufen. »Mach dir nicht so viele Gedanken, Caro! Wir haben Hannes angeboten, dass er für eine bestimmte Zeit bei uns im *Traumschlösschen* unterkommen kann. Im Gegenzug haben wir ihn um einen Gefallen gebeten. Er ist bereit, darauf einzugehen. Also alles in Butter.

Hier ist man nämlich füreinander da. Wenn dir jemand etwas zusichert, kannst du davon ausgehen, dass er auch sein Wort halten wird.«

Die Gedanken rauschten wie die Wassermassen eines herabstürzenden Gebirgsbachs durch meinen Kopf. Die Lösung für mein Problem war so abrupt gekommen, dass ich mir noch gar nicht eingestehen wollte, dass es eine gab. Viel zu viele schlaflose Nächte hatte ich mit der Frage verbracht, wen ich meiner Mutter als potenziellen Verlobten präsentieren sollte. Und plötzlich hatte sich alles von allein gefügt.

»Ich weiß nicht ... War das nicht alles irgendwie ... zu einfach?«, hakte ich nach, als ich mein Glück gar nicht fassen konnte.

Marie lachte. »Warum muss es denn immer kompliziert sein?«, fragte sie und legte ihre Hände auf meine, während sie mir fest in die Augen sah. »Gut, deine Mutter ist vielleicht nicht der umgänglichste Mensch dieses Planeten.«

»Das ist die Untertreibung des Jahrhunderts«, unterbrach ich sie, woraufhin Marie zu kichern begann.

»So oder so, Hannes wird einige Tage deinen Verlobten spielen, sie wird es schlucken, unser *Traumschlösschen* kennenlernen, sich in Hiddensee verlieben und schließlich wieder nach Hause aufbrechen. Ende der Geschichte.«

»Ich weiß nicht«, warf ich ein, »schließlich geht es hierbei um meine Mutter.«

»Hab ein bisschen Selbstvertrauen und leg noch eine Schippe voll Zuversicht drauf«, ermutigte sie mich. Und im Grunde war ich ein optimistischer Mensch, der Vertrauen in das hatte, was er tat. Aber wenn es um meine Mutter ging, schrillten bei mir die Alarmglocken auf voller Lautstärke.

Dann war ich plötzlich wieder fünf Jahre alt und fragte sie, ob sie mit mir spielen wollte. »Wenn das doch nur so leicht wäre«, seufzte ich und bemerkte selbst, wie weinerlich ich mich anhörte.

Das passte überhaupt nicht zu mir. Schließlich war ich eine erwachsene Frau. Ich hatte ein Studium absolviert, in einer der renommiertesten Anwaltskanzleien Münchens gearbeitet und mir jetzt mit meiner Buchhandlung etwas Eigenes aufgebaut. Der Hauch von Zweifel mischte sich unter meine Gedanken. Machte ich mir vielleicht insgeheim doch Sorgen, meine Entscheidung, gemeinsam mit Marie das *Traumschlösschen* zu eröffnen, wäre am Ende falsch gewesen?

Unsinn. Unser Laden war genau das, was ich brauchte, um auf die Bremse zu treten, mich und meine Umwelt viel bewusster wahrnehmen zu können und das Leben zu leben, das ich mir insgeheim schon immer gewünscht hatte. Schließlich arbeitete ich dort, wo andere Menschen Urlaub machten. Das hier war wie ein wahr gewordener Traum. Blieb nur zu hoffen, dass er nicht wie eine Seifenblase zerplatzte.

»Kopf hoch!«, ermahnte mich Marie. »Wie würde Oma Gertrud sagen? Deine Mutter kocht auch nur mit Wasser. Und ich bin mir ganz sicher, wenn sie erst mal hier ist und sieht, wie gut und schön du es bei uns hast, wird sie einsehen, dass du die richtige Wahl getroffen hast.«

Sie lächelte mir aufmunternd zu.

»Manchmal komme ich mir vor, als wäre ich noch das schüchterne kleine Kind, das teilweise den Mund nicht aufgemacht hat, weil seine Mutter es so unter Druck gesetzt hat. Aber das Kind von damals bin ich nicht mehr. Trotzdem ist da noch immer dieses Gefühl in mir … Es ist so schwer zu beschreiben. Ich meine, ich müsste längst über all das hinweg sein und da darüberstehen. Verstehst du, was ich meine? Meine Mutter ist nicht die Inquisition. Es geht nicht um Leben oder Tod. Und dennoch … Ich wünsche mir, endlich von ihr gesehen zu werden. So wie ich bin. Ohne Wenn und Aber. Nur ich. Caro.«

Marie nahm mich ganz fest in die Arme. Ihre Wärme, das Gefühl, jemanden zu haben, der für mich da war, bedeutete mir in diesem Moment alles.

Dicht neben meinem Ohr flüsterte sie schließlich: »Sie wird dich sehen, Caro. So, wie du bist. Und nicht anders. Ganz sicher.«

Bei ihren Worten traten mir Tränen in die Augen. Tränen der Erleichterung. Tränen der Zuversicht. Tränen der Freude, jemanden in meinem Leben zu wissen, der so fest an mich glaubte.

Erst als das Glöckchen über der Tür zu hören war, löste Marie ihre Umarmung, während ich eilig meine Tränen wegwischte. Doch es war ein gutes Gefühl, sich wieder dem Alltag zu stellen und das zu machen, was ich am liebsten tat. Nämlich Menschen die Welt der Bücher näherbringen, ihnen anhand ihrer Lesegewohnheiten Tipps zu geben und bei der Auswahl zu helfen.

Lächelnd erkannte ich die Kundin, der ich erst vor wenigen Tagen mit Rat und Tat – nicht nur in Sachen Bücher – zur Seite gestanden hatte.

Mit einem freundlichen und offenen »Hallo« kam sie direkt auf mich zu.

»Wie schön, Sie wiederzusehen. Ich hoffe, die Auswahl, die ich Ihnen herausgesucht habe, hat Ihnen gefallen.«

Sie lächelte. »Mehr als das. Sie hat mich nachts wachge-halten. So gern wollte ich wissen, wie es denn weitergeht. Und was soll ich sagen? Mir ist der Lesestoff ausgegangen. Ich bräuchte also dringend neue Bücher.«

Das war einer dieser Momente, den ich gern festhal-ten und meiner Mutter zeigen wollte. Denn es bekräftigte mich darin, dass mein Weg richtig war und ich das, was ich tat, gut machte. Ganz unabhängig davon, was ich studiert hatte.

Wenn man etwas mit Leidenschaft betrieb, spielte es keine Rolle, ob man dafür ein Staatsexamen bestanden oder einen Meisterbrief erhalten hatte. Der Erfolg spiegelte sich in zufriedenen Kundinnen und Kunden wider. So wie hier.

»Wenn Sie möchten, können Sie gern allein stöbern – oder aber Sie setzen sich nach draußen in den Garten, ge-nießen ein paar Sanddornschokoladenkekse und einen Cappuccino, und ich bringe Ihnen dann wieder eine Aus-wahl.«

Die Augen meiner Kundin begannen zu leuchten. »Bei dem Wort Sanddornschokoladenkekse habe ich mich spon-tan dafür entschieden, in den Garten zu gehen«, sagte sie lachend.

»Das hätte ich an Ihrer Stelle nicht anders gemacht«, be-stätigte ich ihr.

Ich wollte mich schon an die Arbeit machen und die neue Lieferung für sie sichten, als ich bemerkte, dass meine Kundin noch immer an Ort und Stelle stand.

»Kann ich noch etwas für Sie tun?«, fragte ich freund-lich.

»Es ist nur … Ihre Augen sind leicht gerötet, und weil Sie

mir ja auch vor einigen Tagen so gut zugeredet haben, wollte ich fragen, ob alles okay bei Ihnen ist.«

Da war es wieder. Das Wort, das heute augenscheinlich zu meinem Mantra wurde.

»Es geht mir gut. Vielen Dank. Machen Sie sich keine Sorgen. Meine Mutter hat nur ihren Besuch angekündigt«, erklärte ich mit einer gewissen Ironie in der Stimme, die ihre Wirkung nicht verfehlte.

Die junge Frau verdrehte wissend die Augen. »Wenn Ihre Mutter ähnlich gestrickt ist wie meine, haben Sie mein vollstes Mitgefühl.«

Das war das erste Mal in meinem Leben, dass ich auf jemanden traf, der auch keine gute Mutter-Tochter-Beziehung hatte.

»Es wird schon nicht so schlimm werden«, milderte ich die Situation ab.

Das Letzte, was ich wollte, war, meiner Kundin das Gefühl zu geben, sich um mich kümmern zu müssen. Auch wenn ich spürte, dass sie bereit dazu war. Wir kannten uns nicht, und unsere Wege würden sich nach ihrem Urlaub wahrscheinlich so schnell nicht wieder kreuzen. Ich wollte ihr nicht mehr Ballast aufladen, als sie ohnehin schon mit sich herumtrug.

»Sie sollten ihr am Tag ihrer Ankunft einen Stapel druckfrischer Bücher überreichen. Dann wird sie gar keine Zeit haben, etwas nicht gut zu finden«, sagte sie augenzwinkernd.

»Den Tipp werde ich beherzigen«, erwiderte ich.

Meine Kundin verabschiedete sich in den Garten, während das Glöckchen über der Tür abermals ertönte. Eine von Maries treuen Stammkundinnen, Frau Dithmarschen, kam strahlend in den Laden und ging zielstrebig auf sie zu.

Ich machte mich an die Arbeit und versuchte, dabei weder an Hannes und sein undurchschaubares Pokerface noch an den Besuch meiner Mutter zu denken. Kein leichtes Unterfangen. Aber die Welt der Bücher half mir dabei. Wie sie es immer getan hatte.

 Kapitel 9

Am Mittwochmorgen hatte ich schließlich entschieden, dass es nun vorbei war mit den ewigen Sorgen, und nahm kurzentschlossen mein Leben wieder selbst in die Hand.

»Marie, kommst du für ein Stündchen ohne mich aus?«, fragte ich meine Freundin um die Mittagszeit.

Marie hob den Blick von ihrer Bestellung. Die meisten meiner Kunden kamen gleich in den ersten beiden Stunden, um sich mit Büchern für einen Tag am Strand einzudecken. Um den Mittag herum herrschte oft gähnende Leere bei uns im Laden, sodass wir uns den organisatorischen Dingen wie Bestellungen, dem Auf- und Einräumen oder dem Dekorieren widmen konnten.

»Na klar«, sagte sie mit einem Lächeln. »Was hast du denn vor?«

Seit Hannes den Laden gestern verlassen hatte, waren wir nicht mehr auf den Urlaub meiner Mutter zu sprechen gekommen. Aber die Art, wie Marie mich ansah, ließ mich befürchten, dass sie gerade im Begriff war, das nachzuholen.

»Ich wollte nur ein bisschen unten am Strand spazieren gehen. Das Wetter ist so schön, und ich habe in dieser Woche gefühlt noch viel zu wenig Zeit barfuß im Sand verbracht.«

Marie lachte. »O ja, das Gefühl kenne ich nur zu gut.

Gestern Abend wollte ich auch kurz ans Meer, habe aber dann Oma Gertrud noch geholfen, ein Picknick für ihre Gäste vorzubereiten. Sie bietet jetzt nämlich auch geführte Fahrradtouren an. Kannst du dir das vorstellen?«

Dankbar für die Richtung, die unsere Unterhaltung eingeschlagen hatte, schüttelte ich lachend den Kopf.

»Oma Gertrud ist einfach immer für eine Überraschung gut.«

Marie nickte. »Da sagst du was. Ich habe mir echt den Mund fusselig geredet, um sie davon abzubringen. Ich meine, sie ist jetzt schon über achtzig und mutet sich von Jahr zu Jahr mehr zu, statt einen Gang zurückzuschalten.«

Oma Gertrud lebte ihr Leben so intensiv wie ein achtzehnjähriges Mädchen, das im Begriff war, in einer anderen Stadt zu studieren. Die Aufregung und Spannung waren mit Händen greifbar. Sie genoss genau dieses Gefühl des Aufbruchs und der Veränderung und fühlte sich mit jeder Faser ihres Körpers lebendig.

»Ich glaube, deine Großmutter wird bis zu ihrem letzten Tag immer in Bewegung sein, sich Dinge ausdenken und etwas Neues auf den Weg bringen.« Wenn ich so über sie nachdachte, wurde mir bewusst, wie vorwärtsgerichtet ihr Blick war. Sie sah nicht zurück, sondern machte sich immer neue Gedanken darüber, was sie verändern könnte.

»Ja, gut möglich. Meine Sorge ist nur, dass sie mit all diesen Neuerungen riskiert, dass dieser Tag früher kommt, als eigentlich vorbestimmt«, offenbarte mir Marie ihre Sorgen.

»Aber auch wenn du ihr das sagst, bin ich mir ganz sicher, wirst du nichts ändern können.«

Marie winkte ab. »Das ist unser Dauerstreitthema. Also

ja, ich werde definitiv nichts ändern können. Siehe geführte Radtour mit integriertem Picknick.« Marie seufzte.

»Oma Gertrud ist robust«, warf ich ein.

»O ja, das ist sie.« Sie lächelte. »Aber ich halte dich auf. Entschuldige bitte.«

Ich winkte ab. »Alles gut. Mir bleibt noch Zeit, bis die Urlauber und Urlauberinnen heute Nachmittag ihre Strandmuscheln aus dem Sand abbauen oder ihre gemieteten Strandkörbe aufgeben, um einen Abstecher zu uns zu machen.«

»Und die sollst du ausgiebig genießen«, bemerkte Marie augenzwinkernd, ehe sie mir mit ihren Händen bedeutete, endlich zu verschwinden.

Ich tat ihr den Gefallen und fand mich nur wenige Minuten später in den Dünen wieder. Die Strandrosen blühten. Ich zog meine Schuhe aus, kaum dass ich den schmalen, mit Sand bedeckten Weg hinunter zum Strand einbog. Links und rechts von mir wuchs neben den üppigen Strandrosen auch Sanddorn. Lächelnd musste ich an Oma Gertrud denken, die eine so feste und zielstrebige Persönlichkeit war. Beneidenswert.

Meine nackten Füße gruben sich bei jedem Schritt ein bisschen tiefer in den Sand. In der Ferne war eine Fähre zu sehen, die auf uns zusteuerte. Kinder tollten im Wasser. Ihr Lachen übertönte das Kreischen der Möwen, die emsig auf der Suche nach Nahrung an mir vorbeistaksten und mich abschätzig musterten. Als sie erkannten, dass ich nichts zu essen dabeihatte, liefen sie einfach weiter und überließen mich wieder mir selbst.

Bevor ich den Weg verließ und auf die weite Strandfläche traf, hielt ich einen Moment inne, schloss die Augen und sog die frische Meeresluft ganz tief in meine Lunge. Mit meiner Zunge fuhr ich mir erwartungsvoll über die Lippen. Der salzige Geschmack breitete sich in Sekundenschnelle in meinem Mund aus.

Der Wind wehte, war aber nicht unangenehm. Ganz im Gegenteil. Auf diese Weise ließ es sich gut im Strandkorb aushalten, ohne zu schwitzen.

Ich ging weiter und ließ die Dünen hinter mir. Meine Sandalen hielt ich in der Hand. Die Strandkörbe, die links und rechts des Wegs standen, waren offen und mit farbenfrohen Handtüchern ausgelegt. Manch einer hatte noch eine große Picknickdecke davorgelegt, um zusätzlich die Möglichkeit zu haben, darauf ausgiebig Sonne zu tanken.

Eine Gruppe Kinder spielte Fangen, und ein Mädchen stürzte über eine verlassene Sandburg, die das Wasser bereits umspült hatte. Der Sand unter meinen Füßen war nicht mehr fein und trocken, sondern hatte sich zu einer klumpigen, nassen Masse zusammengezogen. Bei jedem Schritt hinterließ ich Fußabdrücke am Strand. Dabei behielt ich den Horizont immer vor Augen.

»Caro, mein Kind, wie ist es dir ergangen?«

Trotz ihres pinken Fischerhuts, dem gebatikten knielangen Rock und dem weißen Shirt mit der neonfarbenen Aufschrift »Gib Schamanismus eine Chance« war mir Irmgard bisher nicht aufgefallen. So sehr hatte ich in mir geruht.

»Hallo Irmgard«, erwiderte ich eine Spur zu kühl. Ich hatte nicht vergessen, wie sie mich erst vorgestern von ihrem Grundstück verscheucht hatte.

»Du bist mir doch nicht böse, oder?«

Der freudige Ausdruck auf ihrem Gesicht trübte sich. Sie schien besorgt.

»Na ja, der Sturm war ganz schön heftig. Wäre Hannes mir nicht zur Hilfe geeilt, ich wäre mit Sicherheit von der Insel gefegt worden«, gab ich schmollend zur Antwort.

»Dann hat das Ganze also seinen Zweck erfüllt. Schön. Schön. Das freut mich.«

Ich wollte darauf erwidern, dass es mich ganz und gar nicht gefreut hat, pitschnass bis auf die Haut und fröstelnd bei Hannes Unterschlupf suchen zu müssen. Aber Irmgard kam mir zuvor.

»Dann ist für Freitag ja alles geklärt. Das wird alles gut. Wirst sehen. Und nicht vergessen: Immer schön auf den Wind hören.«

Augenzwinkernd und ohne meine Reaktion abzuwarten, setzte sie ihren Weg fort und war schon wenige Schritte später nicht mehr als ein gebatikter Punkt in der Ferne.

Kopfschüttelnd sah ich ihr noch eine Weile nach, ehe es Zeit für mich wurde, langsam wieder zurückzugehen.

Auf halber Strecke zwischen dem Meer und den Dünen klingelte mein Handy. Silke.

»Hey, Silke! Wie geht's dir? Was machen deine Männer?«

Silke war die Dritte in unserem Bunde. Wir drei Frauen hatten in München zusammengehalten wie Pech und Schwefel, uns gemeinsam über die Männerwelt aufgeregt und unzählige wundervolle Nachmittage und Abende in Kneipen, Cafés und Diskotheken verbracht. Zumindest bis Silke schwanger wurde und den wohl süßesten Jungen diesseits und jenseits der Hemisphäre bekommen hatte.

»Paul verweigert noch immer seinen Brei. Und was Frank gerade macht, kann ich dir so genau gar nicht sagen. Er wird sicher etwas mächtig Geschäftiges tun und mir heute

Abend wieder davon erzählen, während ich versuche, ihm zu erklären, dass ich noch durchdrehe, wenn Paul seinen verdammten Brei nicht endlich isst.«

Silke war von uns dreien auch diejenige, die am offensten über ihre Gefühle sprach. Sie nahm wirklich nie ein Blatt vor den Mund. Aber ihre direkte Art machte sie mir besonders sympathisch. Bei ihr wusste man immer genau, woran man war.

»Hast du es mal mit einer anderen Sorte probiert oder ihn selbst essen lassen?«

Silke seufzte. »Ich habe alles versucht, was man sich vorstellen kann, habe Ratgeber gewälzt und Mamablogs gelesen. Eins kann ich dir nach meinem umfangreichen Studium auf jeden Fall schon mal sagen: Mein Sohn ist anders.« Silke lachte so erfrischend auf wie der Wind, der mir gerade um die Nase wehte. »Aber das ist nicht der Grund, weswegen ich anrufe. Deine Mutter war bei mir.«

Mir wurde ganz anders zumute. »Sie war bei dir?«

»Ja, Traudel stand heute Morgen vor meiner Tür. Hat sich mal eben selbst zum Kaffee eingeladen. Ihren Charme hat sie in der Zeit, in der wir uns nicht gesehen haben, definitiv nicht verloren. Sarkasmus off.«

Ein unnachgiebiger Kloß hatte sich plötzlich in meinem Hals gebildet. Ich versuchte dagegen anzuschlucken, bevor ich daran zu ersticken drohte. »Was wollte sie denn von dir?«, presste ich schließlich hervor, während ich mich eilig auf den Rückweg zum *Traumschlösschen* machte. Ganz so, als wäre ein Ungeheuer hinter mir her, das mich jeden Moment mit sich in die Tiefen des Meeres ziehen wollte.

»Sie hat mich nach allen Regeln der Kunst ausgefragt. Besonders über Hannes. Hannes, den ich, wohlgemerkt, nicht mal kenne. Wer ist der Kerl? Und warum erfahre ich erst von deiner Mutter, dass du verlobt bist?«

Mit jedem Wort, das Silke sagte, hörte ich überdeutlich ein Rauschen in meinen Ohren. Leider nicht das des Meeres. »Was hast du ihr gesagt?«, hakte ich atemlos nach, als ich bei den Dünen angekommen war und kaum noch die Kraft besaß, mich auf den Füßen zu halten.

Entmutigt setzte ich mich auf den feinen warmen Sand, schloss die Augen und wartete mit angehaltenem Atem ab, was Silke mir gleich sagen würde.

»Dass Hannes ein total netter Kerl ist, der in seinem Job gut verdient und dich auf Händen trägt, natürlich.«

Erleichtert atmete ich auf.

»Viel mehr konnte ich ihr über deinen Verlobten nicht sagen. Und das, was ich ihr erzählt habe, war im Hinblick darauf, dass ich bis zu ihrem Besuch keinen blassen Schimmer davon hatte, dass du überhaupt einen Freund hast, ziemlich lückenhaft.«

Silke machte keinen Hehl daraus, wie enttäuscht sie darüber war, dass ich ihr nichts von Hannes erzählt hatte. Hannes, mit dem ich bis vor wenigen Tagen kaum ein Wort gewechselt hatte.

»Hannes ist mir so rausgerutscht«, startete ich einen unbeholfenen Versuch, Silke über alles ins rechte Licht zu setzen.

»Er ist dir *rausgerutscht*?«, fragte sie ungläubig.

Ich seufzte schwer und ließ ein wenig Sand durch meine freie Hand rieseln. »Vor einigen Tagen hat mich meine Mutter angerufen und mal wieder kein gutes Haar an mir und dem *Traumschlösschen* gelassen. Du weißt ja, wie sie sein kann. Keine Ahnung, warum, aber plötzlich ist mir die Hutschnur gerissen und ich habe Hannes erfunden.«

»Ihn gibt es also gar nicht wirklich?«

Ich konzentrierte mich auf den Sand in meinen Händen und versuchte die passenden Worte zu finden. »Doch, Hannes existiert. Er ist ein Mensch aus Fleisch und Blut. Aber als ich meiner Mutter gegenüber behauptet habe, verlobt zu sein, habe ich dabei nicht an Hannes gedacht.« Während ich immer mehr Sand aufnahm und zwischen meinen Fingern hindurchrieseln ließ, erzählte ich Silke von dem Sturm und den Folgen, die daraus für mich entstanden waren.

»Und Hannes hat wirklich eingewilligt, deinen Verlobten zu spielen?«

Das war eine Frage, die ich nicht mit absoluter Gewissheit bestätigen konnte. »Er meinte lediglich *okay*. So genau kann ich dir das also gar nicht beantworten. Aber Marie meinte, dass Hannes jemand ist, der sein Wort hält.«

Bei Silke am anderen Ende der Leitung wurde es plötzlich still.

»Bist du noch dran?«, fragte ich nach einer Weile. Silke und Marie waren meine besten Freundinnen. Ich hielt viel von ihrer Meinung. Sie waren mir in den vergangenen Jahren sehr wichtig geworden.

»Ja, ich bin da. Ich musste nur schnell nach Paul sehen. Das Babyphone ist mal wieder ausgefallen, und ich war mir nicht sicher, ob er noch schläft.« Leise zog sie eine Tür ins Schloss. »Weißt du, was ich an der Sache am meisten bedaure?«, fragte Silke plötzlich unvermittelt.

»Dass ich gelogen habe und damit geradewegs in die Hölle fahren werde, während Marie und du auf einer Wolke sitzen werdet und mir lediglich zuwinken könnt?« Hörte sich das nur in meinen Ohren völlig überzogen an?

»Was? Quatsch! Ich bedauere natürlich, nicht da sein zu können und das alles live und in Farbe mitzubekommen. Was gäbe ich nur dafür, wenn ich schon diese Woche kommen könnte?«

Silke klang regelrecht abenteuerlustig, während sich mir allein schon beim Gedanken daran, was mir am Freitag bevorstand, der Magen umdrehte.

»Meine Mutter wird mich in der Luft zerreißen, wenn sie hinter mein kleines Geheimnis kommen sollte. Du weißt doch, wie sie ist.« Ich seufzte und warf die übrigen Sandkörner in meiner Hand mit einem Schwung zurück zu den anderen.

»Und ich weiß auch, dass du überhaupt keinen Grund hast, dich von ihr so einschüchtern zu lassen, Caro. Ich liebe dich wie eine Schwester. Ich hoffe, du weißt das. Und für meine Schwester wünsche ich mir, dass sie endlich aus dem überragend großen Schatten ihrer Mutter heraustritt und ihre Liebe in den buntesten Farben lebt.«

Bei Silkes Worten traten mir Tränen in die Augen. »Ich hab dich lieb«, krächzte ich zur Antwort, weil mir jeden Moment die Stimme zu versagen drohte.

»Ich dich auch, meine Süße. Ich dich auch.«

 # Kapitel 10

»Ich weiß nicht, ob das so eine gute Idee war«, krächzte ich nun bereits zum gefühlt hundertsten Mal.

Marie legte ihren Arm um meine Schultern und zog mich an sich.

»Alles wird gut. Du wirst sehen.«

Meine Hände zitterten leicht, und auch meinen Knien konnte ich nicht mehr recht vertrauen, dass sie der Situation standhalten und mich tragen würden.

»Vielleicht ist es doch besser, wenn ich meine Mutter anrufe und das alles abblase. Hannes und ich … wir kennen uns doch gar nicht«, gab ich zu bedenken.

»Und genau aus diesem Grund kommt er gleich bei dir vorbei, dann könnt ihr euch besser kennenlernen und euch abstimmen.«

Der Gedanke an das bevorstehende Treffen mit Hannes machte mich nur noch unruhiger.

»Was wird Hannes nur von mir denken?«

Marie seufzte und legte dann ihre Hände auf meine Wangen, sodass wir uns direkt in die Augen sahen. »Hannes ist auf deiner Seite. Er kommt heute nicht vorbei, um das, was du machst, zu bewerten. Er ist einfach für dich da, wie ein … Freund.«

»Mit dem Unterschied, dass man sich erst anfreundet, bevor man jemanden um einen Gefallen bittet.«

Außerdem sollte man sich für so ein Vorhaben zumindest ansatzweise kennen. Hannes war für mich wie ein Buch mit sieben Siegeln. Wir beide hatten rein gar nichts miteinander zu tun. Ich kannte weder seine Vorlieben, noch wusste ich, was er nicht leiden konnte. Hatte er Allergien oder war er Asthmatiker? Mochte er Fisch oder war er Veganer?

»Alles wird gut«, wiederholte Marie, die spürte, wie unsicher ich gerade war.

Noch ehe ich etwas erwidern konnte, kündigte das Glöckchen über der Tür einen neuen Kunden an. Mit angehaltenem Atem blickte ich hinüber.

»Ich lass euch dann mal allein«, sagte Marie und war schon auf halbem Weg zur Kassentheke, ehe sie Hannes ein freundliches »Hallo« zurief.

»Hey«, begrüßte er uns und wirkte ähnlich aufgeregt wie ich.

»Hey«, hörte ich mich im nächsten Moment reflexartig erwidern.

Danach standen wir uns mehrere Sekunden schweigend gegenüber. Die Situation wurde mit jedem Wimpernschlag unangenehmer.

»Wollen wir vielleicht nach draußen in den Garten gehen?«, schlug ich deshalb vor.

»Okay«, antwortete Hannes.

Da war es wieder. Dieses eine Wort. Es klang so harmlos. Dabei konnte es ganze Welten verändern. Vor allem meine.

Bevor die Erinnerungen an den Tag unserer Abmachung wie eine riesige Welle über mir hereinbrechen konnte, eilte ich fluchtartig in den Garten. Hannes hatte große Mühe, mit mir Schritt zu halten.

Da ich meinen Beinen nicht weiter zumuten konnte, mein ganzes Gewicht zu tragen, steuerte ich zielsicher auf den ersten Strandkorb zu und ließ mich schwer darin nieder. Hannes setzte sich nur wenige Augenblicke später neben mich.

Da saßen wir nun.

»Also ...«, begann ich und wusste doch nicht so genau, was ich eigentlich sagen wollte.

Hannes machte ebenfalls keine Anstalten, die Konversation in Schwung zu bringen. Aber wenn ich überhaupt etwas über ihn wusste, dann, dass er kein Mann vieler Worte war.

»Meine Mutter kommt ja bald«, lenkte ich den Fokus auf das Wesentliche.

»Okay«, hörte ich Hannes schon im nächsten Moment erneut sagen.

Ihm so nahe zu sein, war ungewohnt. Ich war mir noch unsicher, was ich davon hielt. Wie beim Pendel einer Wanduhr, das mal zur einen, dann wieder zur anderen Seite ausschlug, wechselte sich das Bedürfnis, mehr Distanz zwischen uns zu schaffen, mit der Neugier ab, was wohl passieren würde, wenn wir länger so eng beieinandersaßen.

»Sie wird Fragen stellen. Viele Fragen. Und je besser wir darauf vorbereitet sind, desto leichter wird es werden«, fasste ich zusammen, was da auf uns zukam. Die besonderen Eigenarten meiner Mutter erwähnte ich vorerst nicht. Die würde Hannes, sollte er nach diesem Gespräch noch immer bereit sein, mir zu helfen, noch früh genug selbst erforschen können.

»Okay«, erwiderte er betont lässig.

Hatte ich mir das vorher womöglich nur eingebildet, und Hannes war überhaupt nicht aufgeregt gewesen?

»Nun, ich würde vorschlagen, wir sagen meiner Mutter einfach, wir hätten uns über Freunde hier auf der Insel kennengelernt. Das klingt nachvollziehbar, und so verstricken wir uns am wenigsten in irgendwelche Widersprüche. Details sollten wir ohnehin vermeiden. Ebenso wie das Ausschmücken von Geschichten. Wir haben uns getroffen, nett gefunden und danach immer öfter Zeit miteinander verbracht, bis wir zu dem Schluss kamen, heiraten zu wollen. Punkt.«

Hannes grinste mich schief an. Die erste menschliche Regung seinerseits. Für einen Moment brachte mich das aus dem Konzept.

»Also, verstehe ich dich richtig? Ich soll mich so emotionslos wie nur möglich geben und dennoch so wirken, als wärst du die große Liebe meines Lebens?«

Ein berechtigter Einwand. »Hm, vielleicht hast du recht. Wir könnten dabei ... Händchen halten«, schlug ich vor.

»Wie in der ersten Klasse, wenn es zum Wandertag ging und man sich einen Partner suchen sollte?«

Hannes grinste nach wie vor, während sich auf meiner Stirn immer mehr Schweißperlen bildeten.

»Im Grunde ... ich denke ... vielleicht sollten wir den Rest einfach dem Zufall überlassen. Nur keine Details. Und nicht zu blumig.«

Hannes nickte und kam zu seinem altbewährten »Okay« zurück.

»Sonst noch was?«, hakte er nach.

»Meine Mutter kann sehr ... dominant sein. Ich sollte dich vor ihr warnen.«

Hannes lächelte mir zuversichtlich zu. Dann erhob er sich von seinem Platz. »Ich werde mir deine Worte zu Herzen nehmen. Jetzt muss ich leider weg. Die Wettervorhersagen für den morgigen Tag müssen noch aufgenommen werden. Fühlst du dich jetzt besser?«

Eine gute Frage. Eine wirklich gute Frage. Ich versuchte in mich hineinzuhören, war aber zu aufgewühlt, um eine finale Entscheidung über mein Befinden treffen zu können. Also entschied ich mich für ein ziemlich unschlüssiges »Jein.«

Hannes lachte und wandte sich zum Gehen. »Bis morgen dann. Okay?«

Ich atmete mehrmals tief ein und wieder aus, ehe ich erwiderte: »Okay.«

Kapitel 11

»Was zur Hölle machen denn diese Viecher hier im Hafen?«

Meine Mutter hatte noch nicht mal einen Fuß von der Gangway gesetzt, als sie die Pferde im Hafen von Kloster erblickte und ihren Unmut darüber kundtat. Natürlich so laut, dass nicht nur ihre Mitreisenden jedes Wort verstehen konnten, sondern auch die Menschen, die mit Marie, Hannes und mir an die Anlegestelle gekommen waren, um Gäste, Freunde und Familienangehörige willkommen zu heißen.

Die meisten schüttelten den Kopf über die meckernde Frau, die nach wie vor die Gangway blockierte und keine Anstalten machte, sie in absehbarer Zeit zu verlassen. Marie, Hannes und ich hätten uns am liebsten ein Loch im Boden gewünscht, in dem wir hätten verschwinden können.

Marie strich mir fürsorglich mit der Hand über den Arm und lächelte mir aufmunternd zu, als wollte sie mir sagen, dass alles schon nicht so schlimm werden würde.

Hannes hingegen blickte stoisch in Mutters Richtung, ohne auch nur ansatzweise die Miene zu verziehen. Ihn schien wirklich nichts aus der Fassung zu bringen. Ganz im Gegenteil.

Anstatt wie Marie und ich wie festgewurzelt auf der Stelle zu stehen, ging Hannes auf die Fähre zu, sagte etwas zu meiner Mutter, das ihr ein Lächeln auf die Lippen zauberte, und rollte schon wenige Minuten später ihren Koffer in unsere Richtung.

Keine Ahnung, wie Hannes das angestellt hatte. Aber ich zollte ihm für seinen Einsatz meinen größten Respekt. Von mir aus konnte er bis ans Ende seiner Tage in den angrenzenden Räumen zum Lager hausen.

Als die beiden bei uns ankamen, lachte Mutter gerade über etwas, das Hannes gesagt hatte. Ich hatte ja mit vielem gerechnet, aber dass der sonst so verschlossene Inselmeteorologe mit seinem Charme Polkappen zum Schmelzen bringen konnte, war neu für mich.

Mein Blick haftete schwer auf ihm, als müsste ich mir jede seiner Regungen genauestens einprägen. Denn auch Hannes lächelte, was er nur sehr selten tat. Als er bemerkte, dass ich ihn ansah, verschwand der freudige Ausdruck aus seinem Gesicht. Das Leuchten seiner Augen wollte nicht ganz so schnell erlöschen. Zum Glück. Denn es sah so warm und tiefgründig aus. Hannes offenbarte mir eine ganz neue Seite an sich, und ich fragte mich, ob ich ihn nicht falsch eingeschätzt hatte.

»Caro, mein Kind, warum hast du mir deinen äußerst charmanten Verlobten nur so lange vorenthalten?«

Marie legte unterstützend eine Hand auf meinen Rücken, aber trotz ihres Zuspruchs fehlten mir die richtigen Worte. Was sollte ich darauf erwidern? Die Dinge hatten sich anders entwickelt als erwartet. Als ich mir Gedanken über die erste Begegnung zwischen meiner Mutter und Hannes gemacht hatte, hatte ich mir immer überlegt, wie ich die beiden einander vorstellen würde. Nur waren wir längst schon beim übernächsten Schritt angekommen, für den ich mir nichts zurechtgelegt hatte.

»Hannes war im Ausland«, kam es mir selbst für mich ziemlich unerwartet über die Lippen.

Hannes, der hinter meiner Mutter stand, zog die Brauen bis zum Scheitelansatz in die Höhe. Ungläubig starrte er mich an, als wollte er mich fragen, ob ich noch bei klarem Verstand war. Was hatte ich bloß getan? Jetzt musste sich der Ärmste auch noch eine stimmige Vita zusammenbasteln, um vor meiner Mutter bestehen zu können. Und das, obwohl ich ja diejenige war, die ihn ermahnt hatte, nicht zu sehr ins Detail zu gehen.

»Ach, tatsächlich? Wo waren Sie denn?«, fragte meine Mutter ganz unverfroren, nachdem sie mit ihrem bohrenden Blick bis zum Grund meiner Seele geblickt hatte.

»Island«, behauptete Hannes.

»Schönes Land«, sagte meine Mutter und sah Hannes so durchdringend an, als wollte sie ihn einer Lüge überführen.

Doch der blieb die Ruhe selbst. »Ein bisschen rau, aber das war genau nach meinem Geschmack.«

Meine Mutter nickte, obwohl sie in ihrem ganzen Leben noch nicht auf Island gewesen war.

»Wie wäre es jetzt mit einem leckeren Sanddornmandelkuchen? Oma Gertrud hat extra für Ihre Ankunft gebacken. Sie wartet schon auf uns«, warf Marie ein, die sich bemüßigt fühlte, die Stimmung wieder ein wenig zu kitten.

Meine Mutter ging nicht sofort darauf ein. Vielmehr haftete ihr Blick erneut auf den Pferden und deren Hinterlassenschaften im Hafengebiet. »Wo sind denn die ganzen Taxen?«, fragte sie mit leicht zusammengekniffenen Augen.

»Hiddensee ist eine autofreie Insel«, erklärte Marie mit besonders viel Liebenswürdigkeit in der Stimme.

»Keine Autos?«, hakte meine Mutter ungläubig nach.

Erst als Marie, Hannes und ich geschlossen die Köpfe schüttelten, wollte sie es glauben.

»Das ist ja was. Und wie kommen wir jetzt von hier zu dieser Oma Gerlinde?«

»Gertrud«, verbesserte ich sie.

»Sag ich doch«, behauptete meine Mutter.

»Zu Fuß«, erwiderte ich mit zuckenden Schultern, nachdem ich einmal tief ein- und wieder ausgeatmet hatte.

Ungläubig sah meine Mutter zu Hannes, als wollte sie sich von ihm bestätigen lassen, dass ihre Tochter zwischenzeitlich übergeschnappt war.

Aber der legte aus heiterem Himmel bekräftigend seinen Arm um meine Schultern und zog mich fest an sich.

»So ein kleiner Spaziergang wird Ihnen nach der langen Fahrt sicher guttun. Um das Gepäck kümmere selbstverständlich ich mich.«

Hannes stand so dicht bei mir, dass ich seinen Atem auf meiner Haut spüren konnte, während er sprach. Sein inzwischen vertrauter Duft nach herber Seeluft und einer fruchtigen Zitrusnote stieg mir in die Nase und beruhigte mich. Plötzlich kam er mir gar nicht mehr so fremd vor, wie ich noch Silke gegenüber behauptet hatte. Ganz im Gegenteil.

Hannes' Nähe hätte mir unangenehm sein können. Aber das war sie nicht. Ich genoss es, ihm so nah zu sein, und wunderte mich selbst ein wenig darüber. Wir kannten uns kaum. Und dennoch war da diese Verbundenheit, die ich in seiner Gegenwart verspürte.

Und nicht verspüren sollte. Schließlich wusste ich ja, dass Hannes nur seine Rolle spielte und dafür alle Register zog. Er musste ziemlich verzweifelt sein, was seinen Verbleib hier auf der Insel anging.

Der Blick meiner Mutter kreiste nach wie vor über dem Platz, als wartete sie nur darauf, das Produktionsteam der *Versteckten Kamera* aus einem der angrenzenden Gebüsche springen zu sehen. Offenbar wollte sie uns nicht so recht glauben.

»Können wir dann?«, schubste sie Hannes verbal in die richtige Richtung.

Meine Mutter schien so überrumpelt, dass sie darüber ganz vergaß zu widersprechen und einfach mitkam.

Marie zwinkerte mir verschwörerisch zu, während Hannes sich meiner Mutter und ihrem Koffer annahm.

»Das läuft ja wie am Schnürchen«, behauptete Marie, als wir etwas außer Hörweite der beiden waren.

»Beschrei es nicht! Schließlich haben wir es hier mit meiner Mutter zu tun.«

Marie verdrehte die Augen. »Du alte Schwarzseherin. Manchmal hab ich das Gefühl, du willst gar nicht daran glauben, dass alles gut wird.«

Maries Worte trafen mich so unvermittelt, dass ich einen Moment innehielt, während sie schon weiterlief. Tatsächlich hatte ich trotz der guten Voraussetzungen und der Mithilfe von so vielen lieben Menschen kein gutes Gefühl bei der Sache. Anstatt sie alle in dieses immer größere Lügenkonstrukt mit einzubinden, hätte ich meiner Mutter schon im Hafen klipp und klar sagen müssen, was Sache war.

Dass Hannes nicht mein Verlobter war und sich auch auf keiner Reise in Island befunden hat. Dass es gut war, auf Hiddensee keine Autos zu haben. Dass ich erwachsen und selbst für mein Leben verantwortlich war.

Plötzlich fasste ich einen Entschluss. Sobald wir bei Oma Gertrud angekommen waren, würde ich reinen Tisch machen und meiner Mutter alles sagen. Es war nicht richtig von mir, Hannes, Marie, Irmgard, Oma Gertrud und wen noch alles dazu anzuhalten, für mich zu lügen. Auch wenn ich sie gar nicht darum hatte bitten müssen.

Ja, meine Mutter war nicht ganz einfach. Das vorhin im Hafen war ziemlich charakteristisch für sie. Sie verstand sich darauf, im Mittelpunkt zu stehen, und hielt mit ihrer Meinung nie hinterm Berg. Sie war oft anstrengend, besserwisserisch und schwierig. Aber sie war letztlich doch meine Mutter und damit ein Teil meiner Familie.

Bevor ich am Gerhard-Hauptmann-Haus vorbeiging und zu den anderen aufschloss, atmete ich ein letztes Mal die salzige Meeresluft ganz tief ein und gab sie nur stoßweise wieder frei.

Mein Entschluss stand fest.

Kapitel 12

»Wie schön, dass ihr alle da seid«, begrüßte uns Oma Gertrud in ihrem Garten mit all der Herzlichkeit, für die ich sie so mochte.

Meine Mutter erwiderte die Begrüßung zwar mit einem mehr oder minder freundlichen Lächeln, aber mir entging nicht, wie sie den Garten und das mit Reet gedeckte Haus abschätzig musterte.

»Kann ich dir in der Küche helfen?«, bot Marie ihrer Großmutter gerade an, während Hannes den Koffer meiner Mutter beiseitestellte.

Ich rang innerlich mit mir, wann wohl der beste Zeitpunkt gekommen war, um die Karten auf den Tisch zu legen, und wog das Für und Wider ab. Es wäre nicht fair von mir, jetzt schon mit der Sprache herauszurücken. Oma Gertrud und Marie hatten sich so viel Mühe gegeben. Und das, obwohl beide mit ihren anstehenden Festivitäten genug um die Ohren hatten.

»Das ist also Hiddensee«, bemerkte meine Mutter und sah sich nach allen Seiten hin um.

Ich mochte die Weite der Insel. Denn auch wenn sie nicht zu den größten zählte, hatte man hier nie das enge, beklemmende Gefühl, das sich in einer Münchner U-Bahn zur Rushhour einstellte.

Meine Mutter wollte allerdings ausdrücken, dass sie nicht

glauben konnte, dass ich die Vorzüge der Großstadt gegen diese autofreie Provinz eingetauscht hatte. Das musste sie mir gar nicht sagen. Das verstand ich auch so.

»Wie wäre es zum Einstieg erst mal mit einem kleinen Sanddornlikörchen?«, schlug Oma Gertrud mit einem Tablett in der Hand vor, auf dem die Gläser klirrend aneinanderstießen.

»Für gewöhnlich trinke ich nicht«, sagte meine Mutter. »Aber außergewöhnliche Umstände erfordern außergewöhnliche Maßnahmen.« Daraufhin nahm sie sich eines der Gläser vom Tablett und schüttete den Inhalt in einem Zug die Kehle hinunter.

Marie, Hannes, Oma Gertrud und ich standen sprachlos daneben.

Oma Gertrud war die Erste von uns, die sich wieder fasste und die übrigen Gläser verteilte, bevor ihr meine Mutter zuvorkommen konnte.

Ohne zu fragen, füllte meine Mutter ihr Glas abermals bis kurz unter den Rand und erhob es nun jedoch gemeinsam mit uns feierlich in die Höhe, um ihre Ankunft auf Hiddensee zu begießen.

»Wo kann ich mir denn die Hände waschen?«, fragte sie kurz darauf, und Oma Gertrud war so lieb, ihr das Badezimmer zu zeigen.

»Ihr hättet mich vorwarnen können. Die Frau hat Haare auf den Zähnen. Und das ist noch beschönigend ausgedrückt«, beklagte sich Hannes, kaum dass sie außer Reichweite war.

»Ach, komm schon, Hannes, wenn das jemand schaffen kann, dann du«, behauptete Marie. »Wenn ich überlege, was du dir in unserer Schulzeit immer für Geschichten überlegt hast, wenn du mal wieder die Hausaufgaben nicht erledigt hattest, dann ist das hier doch ein Klacks für dich.« Ein glucksender Laut entwich ihrem Mund.

Marie hatte mir schon von seiner Spitzmaus Felix erzählt. Die Ärmste hatte in so mancher seiner Erzählungen mehr Abenteuer zu bestehen als der sagenumwobene Held in einem Epos.

»Das war anders«, erklärte Hannes mit nachdenklichem Blick in Richtung Haustür. Dann sah er mich an. »Ist sie immer so?«, fragte er direkt.

Als Oma Gertrud ohne meine Mutter im Schlepptau, dafür aber mit einem vollbepackten Tablett wieder aus dem Haus kam, bedeutete Marie mir, dass sie ihr zur Hilfe eilen wolle.

Sie war der Ansicht, ich solle besser mit Hannes besprechen, wie es weiterging. Und damit hatte sie wohl letztlich recht.

Ist sie immer so? war eine der Fragen, die mich schon mein ganzes Leben lang begleiten, und ich war müde. In der Vergangenheit habe ich viel beschönigt, Ausreden erfunden und das Gespräch schnellstmöglich auf ein unverfänglicheres Thema gelenkt.

Aber dazu hatte ich keine Lust mehr. Ich war so müde vom Aufrechterhalten der perfekten Illusion, nur um einem Ideal zu entsprechen, das meine Mutter für erstrebenswert hielt. So sehr ich mich auch bemühte, letztlich würde ich ihren Vorstellungen und Ansprüchen ohnehin nie genügen können. Dafür war ich einfach viel zu viel ich selbst.

Also entschied ich mich Hannes gegenüber zum ersten Mal für die Wahrheit. »Ja. Leider.«

Hannes sah mich lange an, ohne etwas zu sagen. Ich befürchtete bereits, dass er mir eröffnen würde, mir in dieser Angelegenheit nicht länger helfen zu können. Dass die Bedingungen nicht ganz die waren, die er sich vorgestellt hatte, als er mir gegenüber sein lapidares *Okay* leichtfertig geäußert hatte.

Doch stattdessen sagte er einfach gar nichts.

»Sobald meine Mutter zurück ist, werde ich ihr sagen, was Sache ist.«

Hannes' Blick, der sich für den Moment hinter Oma Gertruds Sanddornbüschen verloren hatte, schoss augenblicklich in meine Richtung. »Bist du dir ganz sicher?«, fragte er mit so viel Nachdruck in der Stimme, dass ich Zweifel bekam.

Denn auch wenn ich auf dem Weg hierher einen Entschluss gefasst hatte, haderte ich nach wie vor mit mir. Noch konnte ich die Gelegenheit nutzen, um meiner Mutter das *Traumschlösschen* zu zeigen und ihr zu erklären, was daran mich so erfüllte.

Wenn mein Vater noch gelebt hätte, da war ich ganz sicher, wäre er mächtig stolz auf mich gewesen. Er hätte für mich Partei ergriffen. So aber musste ich das selbst tun. Und wie konnte ich das, wenn ich meiner Mutter gegenüber einen Fehler eingestand, der sie unweigerlich dazu bringen würde, schnellstmöglich wieder zu fahren?

Als ich bemerkte, dass Hannes mich nach wie vor nicht aus den Augen ließ, schüttelte ich zur Antwort den Kopf und blickte auf meine rot lackierten Fußnägel. Es war mir peinlich, einem mehr oder minder fremden erwachsenen Mann eingestehen zu müssen, dass ich nicht so recht wusste, was ich wollte. Und das in unserer ach so emanzipierten Welt, in der Frauen spielend leicht Kinder bekamen und hüteten, einen Fulltimejob wuppten und nebenbei noch Zeit fanden, den Garten umzujäten und dreimal die Woche zum Sport zu gehen. Natürlich summten sie dabei ein fröhliches Lied, waren nie gestresst oder gar müde und verführten ihren Ehegatten nach allen Regeln der Kunst.

»Okay.«

Wieder nur dieses eine Wort, das für mich bereits ganz eng mit Hannes verknüpft war.

»Schrecklich, oder?« Meine Unentschlossenheit machte mich selbst ganz kirre. Wie zum Beweis legte ich meine Hände vors Gesicht und gab einen resignierten Laut von mir.

»Was genau meinst du?«, warf Hannes ein. »Deine Mutter oder die Tatsache, dass du nicht so recht weißt, was du willst?«

In seinen Worten schwang kein Vorwurf mit. Langsam nahm ich meine Hände wieder vom Gesicht und sah ihm das erste Mal an diesem Tag direkt in die Augen.

Er hielt meinem Blick stand und sah mich weder abschätzig noch wertend an. Geduldig wartete er auf meine Antwort, ohne genervt zu sein. Christian, mein Ex, hätte mir ohne Umschweife auf den Kopf zugesagt, dass ich mich mal entscheiden müsse. Zeit war schließlich Geld und nichts, was man zu verschenken hatte. Nicht mal in einer Beziehung.

Hannes war ganz anders. Ja, er war ruhig, in sich gekehrt und wirkte leicht nerdig. Auf der anderen Seite hörte er zu, verurteilte niemanden vorschnell und war für mich da.

»Beides. Irgendwie.«

Hannes nickte. »Du wirst deine Gründe haben, deiner Mutter eine Lüge auf die Nase zu binden. Jetzt, da ich sie kennengelernt habe, würden mir auf Anhieb mindestens fünf einfallen.«

Bei seinen Worten musste ich lachen.

Hannes tat mir den Gefallen und grinste ebenfalls. Dabei strahlten seine himmelblauen Augen so schön, dass ich mich ertappte, dieses Leuchten öfter sehen zu wollen.

Verlegen strich ich mir eine Haarsträhne hinters Ohr, während ich mir wünschte, dieser Moment würde nie enden.

»Na, na, ihr beiden! Oma Gerlinde hat sich so viel Mühe mit allem hier gemacht. Anschmachten könnt ihr euch auch noch später«, tönte meine Mutter und killte damit die Stimmung zwischen uns.

Hannes sah zu ihr. »Oma Gertrud«, berichtigte er sie und reichte ihr dann den Arm, um sie zur reich gedeckten Kuchentafel zu begleiten.

Maries Oma hatte sich mal wieder selbst übertroffen. Neben dem Sanddornmandelkuchen standen noch ein Erdbeerkuchen und ein gedeckter Apfelkuchen auf dem Tisch.

Es war mir ein Rätsel, woher die Frau so viel Energie nahm und neben ihren Hotelgästen und den geführten Radtouren nun auch noch Zeit fand, dreierlei Kuchen zu backen. Ich wäre schon mit der Herstellung von einem in die Bredouille gekommen. Fürs Kochen und Backen hatte mir irgendwie immer die Zeit gefehlt.

»Das sieht unglaublich lecker aus.«

Oma Gertrud sah mich freudestrahlend an. »Komm, mein Kind, setz dich! Wir wollen es uns gemütlich machen und dabei Kuchen essen und Kaffee trinken.«

Das musste sie mir nicht zweimal sagen.

»Ist da irgendwo Butter, Milch oder Sahne drin?«, fragte Mutter, nachdem auch Hannes und Marie Platz genommen hatten und sich freudig über das üppige Büfett hermachen wollten.

»Haben Sie eine Allergie?«, stellte Oma Gertrud die Gegenfrage.

»Ich habe eine Laktoseintoleranz«, erwiderte sie mit erhobener Nase, als würde sie das in irgendeiner Form auszeichnen.

»Seit wann denn das?«, hakte ich nach. Eine wie auch immer geartete Intoleranz gegenüber Milchprodukten war mir völlig neu.

Etwas aus dem Konzept gebracht, fuhr sie sich über ihr straff nach hinten gebundenes Haar. »Ich war doch vor Kurzem bei diesem Check-up beim Hausarzt. Dabei wurde es diagnostiziert«, behauptete sie, während sie sich Kaffee in ihre Tasse goss und mir nicht in die Augen zu sehen wagte.

Das war so typisch für meine Mutter. Sie suchte eine Ausrede, um den Kuchen von Oma Gertrud nicht probieren zu müssen. Wahrscheinlich war ihr die Auswahl nicht schick genug. Meine Mutter war Besseres gewohnt. Und sie machte keinen Hehl daraus, mir genau das permanent unter die Nase reiben zu wollen.

War sie deswegen hergekommen? Wollte sie mit eigenen Augen das provinzielle Ambiente sehen, in dem ich nun lebte, um es mir mit jedem Bissen und jedem Schluck Kaffee madig machen zu können? War der eigentliche Grund für ihr Kommen gar nicht Hannes, sondern vielmehr die Absicht, mir vor Augen zu führen, was für einen riesengroßen Fehler ich mit meinem Umzug begangen hatte?

Noch ehe ich meinen Gedanken weiterspinnen konnte, erhob sich Oma Gertrud von ihrem Platz. »Das ist gar kein Problem. Ich gehe schnell in die Küche und hole ein Stück Marmorkuchen. Den habe ich heute Morgen für meine Hotelgäste gebacken. Eine der Damen ist auch laktoseintolerant.«

Das liebte ich so an Oma Gertrud. Sie fand bereits Lösungen, während alle noch über das Problem nachdachten und sich daran festbissen.

»Das kann ich doch schnell für dich machen«, warf Marie ein.

Doch Oma Gertrud winkte ab. »Jeder Schritt hält mich fit«, sagte sie lächelnd und war schon im Haus verschwunden.

»Wirklich eine sehr adrette alte Dame, diese Oma Gerlinde«, sagte meine Mutter mit diesem schnippischen Lächeln.

»Gertrud«, erwiderte ich.

»Wie bitte?«

Ich seufzte. »Sie heißt Oma Gertrud. Und nicht Gerlinde.«

Meine Mutter sog die Luft zischend durch die Nase ein. »Gertrud oder Gerlinde, das kann man doch schon mal verwechseln.«

Das konnte man durchaus. Aber nicht mehrmals in kürzester Zeit.

Ihr offenkundiges Desinteresse an den Menschen, die mich hier auf Hiddensee in ihren Kreis aufgenommen hatten, schmerzte mich bis ins Mark. Warum musste meine Mutter nur so verletzend sein?

»Nicht, wenn man sich für die Menschen, die einen umgeben, interessiert«, hielt ich dagegen.

Mit Besorgnis verspürte ich, wie die Wut über die Ignoranz meiner Mutter in mir immer weiter brodelte. Zwei, drei Sekunden noch, und ich würde hochgehen wie eine Rakete.

Da spürte ich plötzlich eine Hand auf meinem Oberschenkel, die mich zu beschwichtigen versuchte. Hannes sah mir fest in die Augen, als wollte er mir sagen, dass ich meinen Ärger für den Moment besser hinunterschlucken sollte, weil es das nicht wert war und ich meine Mutter und ihre Art ohnehin nicht ändern würde.

Mit angehaltenem Atem beobachtete Marie die ganze Szenerie. Offenbar hatte sie nicht damit gerechnet, dass es schon an Oma Gertruds Gartentisch zwischen meiner Mutter und mir zum Eklat kommen könnte. Nun, was das anging, waren wir wohl ein wenig naiv gewesen.

»Was soll denn das wieder heißen?«, echauffierte sich derweil meine Mutter und zupfte an ihrer Rüschenbluse herum. »Willst du etwa behaupten, dass ich mir ihren Namen mit Absicht nicht gemerkt habe?«

So weit wäre ich nicht mal gegangen. Meine Mutter hatte sich schon immer nur Dinge gemerkt, die wichtig für sie waren. Während sie sich in all den Jahren, die ich zum Hip-Hop-Tanzen gegangen war, nicht merken konnte, wie meine Tanzlehrerin hieß, wusste sie bis heute ohne Probleme die Namen meiner Dozenten an der Uni.

»So, hier ist nun auch der Marmorkuchen. Guten Appetit, ihr Lieben. Lasst es euch schmecken.«

Oma Gertrud strahlte mit der Nachmittagssonne um die Wette. Ihre Stimmung konnte wirklich nichts und niemand trüben. Nicht einmal meine Mutter.

Dankbar und erleichtert begannen wir, Kuchen auf unsere

Teller zu legen und Kaffee in unsere Tassen zu gießen. Nur meine Mutter zögerte nach wie vor, gab sich dann jedoch einen Ruck, als Oma Gertrud ihr, ohne sie vorher zu fragen, ein Stück Marmorkuchen auf den Teller legte.

Das konnte ja noch heiter werden.

Kapitel 13

Oma Gertruds Garten war wie ein kleines Paradies auf Erden. Neben den üppigen Rhododendronbüschen, den Rosen und dem alten Baumbestand gefiel mir besonders das Natürliche daran. Der Rasen war zwar gemäht und die Hecken geschnitten, nichts wirkte jedoch künstlich oder drapiert.

Wenn ich mich so umsah und mir Oma Gertruds immer freundliche und hilfsbereite Art vor Augen führte, konnte ich gut verstehen, warum viele ihrer Gäste jedes Jahr aufs Neue in ihrem Reetdach-Hotel Urlaub machten.

»Das Haus hat sicher schon den ein oder anderen Sturm erlebt«, platzte Mutter mit ihrer Meinung heraus.

Oma Gertrud war zum Glück gerade mit Marie im Haus verschwunden, und Hannes hatte einen Anruf reinbekommen, den er annehmen musste. Entschuldigend hatte er sich rüber zu der alten Esche verabschiedet, an deren knorrigem Ast eine Schaukel hing. Früher hatte Marie darauf gesessen, hatte sie erzählt. Heute freuten sich die Kinder darüber, die hier zu Besuch waren.

»Das Inselhotel ist schon seit einigen Generationen in Familienbesitz«, erwiderte ich, ohne auf ihre Spitze einzugehen. Ich hatte es so satt, mich ihr gegenüber behaupten und alles und jeden verteidigen zu müssen, der meiner Mutter nicht in den Kram passte.

»So nennt man das heute also, wenn man einen Renovierungsstau hat.«

Anstatt darauf zu antworten, zog ich es vor, so zu tun, als hätte ich sie gar nicht gehört. Schon in diesem Moment, knapp zwei Stunden nach ihrer Ankunft, war ich mir hinreichend im Klaren darüber, dass meine Mutter nicht gekommen war, um dem Ganzen hier eine Chance zu geben.

In der Verlobung mit Hannes sah sie die Endgültigkeit meiner Entscheidung. Die Hoffnungen, die ich an ihren Besuch auf Hiddensee geknüpft hatte, waren von vornherein zum Scheitern verurteilt gewesen. Mittlerweile ärgerte ich mich über mich selbst, wie ich nur so blauäugig hatte sein können. Die Erfahrungen der vergangenen Jahre hätten mich eines Besseren belehren müssen.

»Entschuldigt bitte, den Anruf musste ich annehmen. Ich erwarte kommende Woche eine Lieferung für meine Arbeit. Es gab noch ein paar Kleinigkeiten abzustimmen«, erklärte Hannes aufgeregt wie ein Kleinkind, das sich auf die baldige Bescherung freute.

»Da wären wir direkt beim Thema«, klinkte meine Mutter sich ein, während sie den Teller mit dem nur zur Hälfte verspeisten Marmorkuchen von sich schob. »Was sind Sie eigentlich von Beruf?«

Hannes lächelte in ihre Richtung und blieb ganz er selbst. Beneidenswert, wie gut er sich im Griff hatte.

»Ich bin Meteorologe«, sagte Hannes mit einem gewissen Stolz in der Stimme.

Ohne Hannes näher zu kennen, wusste ich doch, wie wichtig ihm sein Job war. Dabei ging es nicht nur um bloße Pflichterfüllung. Bei ihm hatte Beruf etwas mit Berufung zu tun. Er lebte seine Arbeit und liebte, was er tagtäglich tun durfte.

Erst seit ich das *Traumschlösschen* gemeinsam mit Marie eröffnet hatte, bekam ich ein Gefühl dafür, wie schön es war, sich jeden Tag aufs Neue auf seine Aufgaben zu freuen. Früher hatte mir so mancher Tag in der Kanzlei alles abverlangt. Gerade dann, wenn ich mal wieder vor Gericht erscheinen musste. Teilweise war ich so antriebslos in meinen Alltag gestolpert, dass ich mich nach wie vor wunderte, wie gut ich meine Zeit dort absolviert hatte.

Mein Glück über das *Traumschlösschen* konnte ich bis heute noch nicht so recht in Worte fassen. Keinen einzigen Tag hatte ich mich bisher in den Laden zwingen müssen. Ganz im Gegenteil. Sogar an den Sonntagen hatte ich schon Lieferungen eingeräumt oder mir Gedanken über neue Deko oder Werbeaktionen gemacht.

»Meteorologe also.«

Die Art, wie meine Mutter es sagte, zeugte davon, dass sie nicht so recht wusste, was sie gegen den Berufsstand vorbringen sollte. Anerkennung fand Hannes dennoch nicht dafür.

»Hannes macht das Wetter für die ganze Region«, ergriff ich ungefragt Partei für ihn.

Hannes lachte. »Ich *mache* das Wetter nicht. Ich sage es nur voraus.« Dabei sah er mir fest in die Augen, als wollte er prüfen, wie es gerade um mich stand. Sein Blick war so durchdringend, als würde er bis in die Tiefen meiner Seele schauen wollen.

»Kann man davon denn leben?«, durchbrach meine Mutter unseren gemeinsamen Kosmos.

Das beinahe schwerelose Gefühl, das ich eben noch verspürt hatte, war wie verflogen. Plötzlich spürte ich den Boden unter meinen Füßen wieder überdeutlich.

Wenn Hannes sich durch ihre Frage angegriffen fühlte, ließ er sich davon nichts anmerken. Gelassen setzte er sich zurück auf seinen Platz und nahm einen Schluck Kaffee.

»Mein Beruf erfüllt mich, und ich habe alles, was ich zum Leben brauche.«

Das war nicht ganz die Antwort, mit der meine Mutter gerechnet hatte. »Ein teures Auto braucht man auf der Insel ja ohnehin nicht«, stichelte sie abermals.

Sie konnte es einfach nicht lassen.

»Dafür habe ich ein kleines Boot«, offenbarte Hannes und zwinkerte mir vielsagend zu.

Die Lippen meiner Mutter bildeten sofort ein anerkennendes O. »Das hört sich ja mal gar nicht so schlecht an. Wie definiert sich denn *kleines Boot*?«, hakte sie nach und ließ erkennen, dass sie nicht davon ausging, es könnte sich dabei um eine vorzeigbare Yacht handeln.

Mit jedem ihrer Widerworte, Fragen und taktisch genau gesetzten Sticheleien war ich sie und ihre Anwesenheit auf Hiddensee mehr leid.

Wollte ich mir das wirklich antun? War es das denn überhaupt wert? Sie hatte sich ja ohnehin schon ihr Bild gemacht. Und das nicht erst, seit sie einen Fuß auf die Insel gesetzt hatte. Für sie war Hiddensee schon in ihrem Starnberger Einfamilienhaus ein Graus gewesen. Die arme Insel, die aus der Vogelperspektive wie ein Seepferdchen aussah, hatte nie eine Chance gehabt.

»Man kann damit prima aufs Meer hinaus, um zum Beispiel angeln zu gehen«, erklärte Hannes noch immer bereitwillig.

Wenn ihn ihre Art ebenso wie mich auf die Palme brachte, konnte er es sehr gut kaschieren.

»*Angeln*«, wiederholte meine Mutter und schob ihren Teller demonstrativ noch ein Stück weiter von sich, als hätte sich in der Zwischenzeit ein Fisch darauf verirrt.

»Sehr entspannend, kann ich Ihnen sagen. Es gibt kaum etwas, wobei man besser seinen Gedanken nachhängen kann.« Dabei sah er bedeutungsvoll in meine Richtung.

»Wir sollten demnächst mal eine Tour machen«, schlug ich lächelnd vor.

»Nur über meine Leiche.« Mutter legte ihre Hand theatralisch auf ihre Brust, als hätte sie Sorge, es könnte jeden Moment aufhören zu schlagen. »Ein erwachsener Mann sollte sich in seiner Freizeit nicht mit solch unwichtigen Dingen wie dem Fischen beschäftigen. Schließlich gibt es in Ihrem Leben viel grundlegendere Dinge zu klären. Wie wollen Sie beispielsweise Ihre Familie durchbringen? Caro mit ihrer fixen Idee von einer Buchhandlung wird sicher nicht genügend verdienen, um sich ein Haus und Kinder leisten zu können.«

Während ich in den vergangenen Minuten regelrecht stolz auf mich gewesen war, weil ich mit den Antworten meiner Mutter so ruhig und gelassen umgegangen war, spürte ich jetzt, dass ich mich nicht länger zurückhalten konnte. Außerdem hatte ich das Bedürfnis, endlich reinen Tisch mit ihr zu machen. Je eher sie erfuhr, dass Hannes und ich gar nicht verlobt waren, desto schneller würde sie sich ihre Sachen schnappen und von hier verschwinden. Mittlerweile hatte ich keinen sehnlicheren Wunsch mehr.

»Oh, da scheinen Sie leider vollkommen falsch informiert

zu sein. Caro und Marie sind sehr erfolgreich mit ihrem *Traumschlösschen*. Viele ihrer Kunden kommen regelmäßig. Manche sogar vom Festland oder der Nachbarinsel Rügen«, ergriff Hannes Partei für uns, was ich ihm hoch anrechnete.

Ohnehin gab er seit mehr als zwei Stunden sein Bestes, um meiner Mutter gegenüber den perfekten Verlobten zu mimen. Das, was er in dieser Zeit bereits geleistet hatte, konnte ich in Gold gar nicht aufwiegen. Dafür würde ich ihm nicht weniger als mein ganzes Leben lang dankbar sein.

»*Traumschlösschen*«, wiederholte meine Mutter erbittert mit offenkundigem Widerwillen in der Stimme. »Wenn ich das schon höre. Träume sind Schäume und nichts, worauf sich eine Zukunft aufbauen ließe.«

»Es reicht!«, blaffte ich sie unverhohlen an, woraufhin mich Hannes besorgt ansah.

»Wie bitte?«, fragte sie ungläubig mit weit aufgerissenen Augen.

»Es reicht jetzt. Du kannst gern auf mir und meinem *Traumschlösschen* herumhacken, solange du willst. Aber lass Hannes aus der Sache raus. Er hat ohnehin nichts damit zu tun.«

Nun war der Moment gekommen, Klartext zu reden. Ich konnte und wollte nicht länger jedes Widerwort, das mir bereits auf der Zunge gelegen hatte, herunterschlucken. Meine Mutter musste in ihre Schranken verwiesen werden.

»Wie darf ich das denn verstehen: *Er hat ohnehin nichts mit der Sache zu tun?*« Abschätzend sah sie zwischen Hannes und mir hin und her, als stünde auf dem Weg zwischen uns die Antwort auf ihre Frage geschrieben.

»Hannes und ich, wir sind …«, begann ich zu erklären.

»... für getrennte Kassen«, fiel Hannes mir ins Wort.

Meine Mutter zog die Augenbrauen bis zum Scheitelansatz.

»Getrennte Kassen?«, hakte sie nach, als wäre allein die Vorstellung für sie mit dem Untergang des Abendlands vergleichbar.

Irritiert blickte ich zu Hannes, der mir in der Zwischenzeit abermals beschwichtigend die Hand aufs Knie gelegt hatte. Doch diesmal wollte ich mir Mutters Allüren nicht länger gefallen lassen. Sie hatte kein Recht, ihre schlechte Laune permanent an allem und jedem auszulassen. Wenn sie nur gekommen war, um alles schlechtzureden, konnte sie auch gern wieder verschwinden.

»Was ich eigentlich sagen wollte ...«, versuchte ich abermals die Fakten auf den Tisch zu legen.

Doch diesmal war es nicht Hannes, der mich vom Weiterreden abhielt. Wie aus dem Nichts fuhr plötzlich ein so heftiger Wind durch uns hindurch, dass mir für einen Moment das Atmen schwerfiel.

Hannes zog die Tischdecke nach unten, die wie wild zu flattern begann, während meine Mutter verstört zu allen Seiten blickte und ihre Hände schützend an den Kopf legte.

Oma Gertrud und Marie kamen aus dem Haus gerannt. Gemeinsam verfrachteten wir die Kaffeekanne, die übrigen Tassen und Teller und vor allem den guten Kuchen ins Innere des Hauses, bevor sich die schwarzen Wolken über uns ergießen konnten.

Das Wetter schien in der letzten Zeit verrückt zu spielen. Zwar konnte sich strahlender Sonnenschein recht schnell in Regen verwandeln oder umgekehrt, aber einen solch abrupten Wandel hatte ich bisher noch nicht erlebt. Hannes wusste sicher, was für diese wunderliche Wetterlage verantwortlich war.

»Da draußen geht die Welt unter«, behauptete Mutter mit festem Blick hinaus zum Garten.

»Das ist nur ein kleiner Sommersturm«, behauptete indes Oma Gertrud, die von uns allen am längsten auf der Insel lebte und somit als gesetzte Instanz galt.

»Und nun?«, fragte meine Mutter mit Blick auf ihren Koffer.

»Wir warten, bis das Unwetter vorbei ist«, schlug ich vor, konnte aber am Blick meiner Mutter erkennen, dass sie keine Minute länger in dem Inselhotel bleiben wollte.

Zu enge Räume hatten von jeher eine bedrückende Wirkung auf sie. Zudem waren die Decken im Inselhotel sehr niedrig. Sie musste sich hier sehr unwohl fühlen.

Als ich noch klein gewesen war, waren wir beide im Aufzug im Haus meines Kinderarztes stecken geblieben. Die ganze Rettungsaktion hatte nicht mehr als eine halbe Stunde gedauert, aber meine Mutter war schweißnass aus der Kabine geklettert und seither nie wieder in einen Aufzug gestiegen.

»Könnten wir uns vielleicht ein paar Schirme leihen?«, bat ich Oma Gertrud.

»Das ist gar kein Problem, mein Kind.«

Schon machte sich Oma Gertrud auf die Suche.

Ich war ihr so dankbar, dass sie meine Vorgehensweise nicht hinterfragte oder gar gekränkt darüber war, dass wir trotz des Regens lieber gehen wollten.

Irgendwann würde ich ihr erklären, warum. Heute wollte ich erst mal einen Weg finden, um mit allem zurechtzukommen. Noch wusste ich nicht, ob er mit oder ohne meine

Mutter weitergehen würde. Denn es war nun mal so: Sie war alles, was mir von meiner Familie noch geblieben war.

Nachdem sowohl Hannes als auch der Ostseewind alles dafür getan hatten, dass es zwischen meiner Mutter und mir nicht eskaliert war, schuldete ich es den beiden, mir noch einmal ausgiebig Gedanken über alles zu machen.

»Da sind sie schon. Wollt ihr auch das Gepäck mitnehmen? Oder später noch mal vorbeischauen, wenn der Sturm nachgelassen hat?«, fragte Oma Gertrud mit einem Lächeln.

»Der Koffer kommt mit«, bestimmte meine Mutter und besiegelte damit unser aller Schicksal.

Denn natürlich schleppte sie das schwere Ding nicht selbst. Das taten Hannes und ich im Wechsel. Schon nach wenigen Schritten waren wir beide klitschnass. Mein weißes Sommerkleid mit den vielen kleinen Blumendrucken darauf klebte wie eine zweite Haut an mir.

Das alles hatten wir auf uns genommen, nur um bei unserer Ankunft am *Traumschlösschen* von Mutters kritischem Gesichtsausdruck und den Worten »Das ist es also« in Empfang genommen zu werden.

Kapitel 14

Migräne gepaart mit akutem Inselkoller, so die Diagnose für meine Mutter, die ich selbst am dritten Tag ihres Besuchs gestellt hatte.

»Was macht sie eigentlich den ganzen Tag da oben in deinem Schlafzimmer?«, fragte Marie mich gerade, und das hätte ich selbst gern gewusst.

»Ich habe keinen blassen Schimmer«, erwiderte ich vollkommen ehrlich und ließ mich mit einem schweren Seufzer im Strandkorb nieder. Meine letzte Kundin war soeben gegangen.

Marie dekorierte mit ein paar bunten Schnittblumen einzelne Gestecke für die Tische. Rosafarbene, gelbe und rote Calla flocht sie dabei zu einer Art Kranz. Dazwischen steckte sie einzelne Strandrosen und grünen Farn. Dann band sie noch einen großen Strauß für die Theke, auf der sich unsere Kundinnen und Kunden ihre Erfrischungen holen konnten. Neben Pfingstrosen, Calla und Orchideen erkannte ich noch Ranunkeln. Damit war mein floristisches Wissen allerdings auch schon erschöpft.

Marie warf mir einen mitleidigen Blick zu.

»Ole kommt später vorbei«, verkündete sie im nächsten Moment.

»Das ist ja schön, dass er uns mal wieder besuchen kommt. Dafür, dass er gleich nebenan seinen Hof hat, sehe ich ihn viel zu selten. Das muss sich ändern, wenn ihr verheiratet seid«, sagte ich mit erhobenem Zeigefinger.

Ein Schatten huschte über Maries Gesicht.

»Was ist los? Habt ihr Streit?«, hakte ich nach, als mich ihr Schweigen stutzig machte.

»Nein, bei uns ist alles okay. Zumindest so weit«, erwiderte Marie.

»Sind es immer noch die Hochzeitsvorbereitungen?«

Marie schüttelte den Kopf. »Das ist so weit in trockenen Tüchern.« Sie seufzte schwer und arrangierte den Strauß in einer hohen weißen Vase, an deren Seiten lauter kleine Muscheln zu sehen waren. »Wir haben uns gestern Abend darüber unterhalten, wie es nach der Hochzeit weitergehen soll.«

Als sie nicht weitersprach, hakte ich nach einigen Minuten nach.

»Und?«

Ihr abermaliges Seufzen ließ nichts Gutes vermuten. »Ole geht davon aus, dass ich bei ihm und seinen Eltern auf dem Hof einziehe.«

Wo Marie nach der Hochzeit wohnen würde, darüber hatte ich mir bei all der Aufregung um den Besuch meiner Mutter tatsächlich noch gar keine Gedanken gemacht. »Und das möchtest du nicht?«

Marie überlegte kurz. »Rein rational betrachtet ist es natürlich die schlüssigste Lösung für uns. Oles Wohnung ist groß genug. Bei Bedarf könnten wir sogar noch den Dachboden ausbauen.« Marie nahm alle Blumen wieder aus der Vase und legte sie sich neu zurecht.

»Das klingt doch gut. Oder möchtest du nicht mit seiner Familie unter einem Dach wohnen?«, warf ich ein, weil ich noch nicht so ganz verstand, wo ihr Problem lag.

»Doch. Ich mag seine Familie. Sehr sogar. Seine Eltern kümmern sich so rührend um mich. Seine Mutter ist zu mir wie zu einer Tochter. Ich hätte es mit den beiden echt nicht besser treffen können.«

»Aber?«, bohrte ich weiter.

»Oma Gertrud ... Was wird aus ihr, wenn ich zu Ole ziehe? Ich weiß nicht, ob ich es übers Herz bringe, sie noch einmal allein zu lassen.«

Marie spielte darauf an, dass sie unmittelbar nach ihrem achtzehnten Geburtstag von der Insel abgehauen und erst knapp zehn Jahre später wiedergekommen war. Sie bereute es sehr, dass sie ihre Großmutter mit allem alleingelassen hatte. Gerade im Hinblick darauf, dass Oma Gertrud ihre einzige noch lebende Verwandte war, konnte ich das gut nachvollziehen.

»Hast du schon mal mit Oma Gertrud darüber gesprochen?«

Marie war gerade dabei, die Blumen erneut in der Vase anzurichten, als die Tür zum Garten so abrupt aufgerissen wurde, dass wir beide erschraken.

»Was steht heute auf der Agenda?«, fragte meine Mutter, ohne uns einen schönen Tag zu wünschen oder uns gar nach unserem Befinden zu fragen.

Wie eine Diva stand sie mit ihren weißen Handschuhen passend zu dem weißen Kleid und dem weißen ausladenden Hut auf dem Kopf in der Tür. Die schwarze Sonnenbrille mit den großen runden Gläsern setzte ihrem Outfit noch das Krönchen auf.

»Hallo, Frau Baumgartner«, begrüßte Marie meine Mutter und ließ kurz von den Blumen ab.

»Ähm, ja ... hallo.«

Ohne Marie auch nur eines Blickes zu würdigen, stöckelte sie auf ihren High Heels durch unseren Rasen und hielt geradewegs auf mich zu. Die Löcher im Rasen würden uns noch weit nach ihrer Abreise an ihren Besuch erinnern.

Als sie schließlich bei mir ankam, hob sie ihre Brille und sah mich unverwandt an. »Also?«

Nachdem meine Mutter die letzten beiden Tage keine Anstalten gemacht hatte, sich Insel und Insulaner auch nur ansatzweise näher ansehen zu wollen, hatte ich alle Planungen auf Eis gelegt und war kurzerhand zur Tagesordnung übergegangen. Schließlich hatte ich nicht nur den Besuch meiner Mutter zu koordinieren, sondern auch ein Geschäft zu führen. Auch wenn sie der Meinung war, dass das alles hier nur ein Hobby war.

»Wir könnten eine von Oma Gertruds Radtouren machen und dabei Hiddensee entdecken. Sie fährt verschiedene Stationen an, und am Ende gibt es ein Picknick zusammen mit all den anderen Teilnehmern oben beim Leuchtturm Dornbusch. Dort serviert sie gute Hiddenseer Hausmannskost und erzählt ein bisschen aus der Vergangenheit«, zauberte ich eine Idee aus dem Hut, die zwar noch nicht ausgereift gewesen war, mit der ich mich aber schon vor ihrer Ankunft getragen hatte.

»Oma Gertrud würde die Tour sicher auch nur für uns machen, ohne weitere Gäste«, merkte Marie an, als sich das Gesicht meiner Mutter zu verfinstern begann.

»Und wenn du möchtest, kann ich uns vorab noch ein paar Köstlichkeiten beim *Kleinen Prinzen* auf Hiddensee besorgen. Dort gibt es nicht nur die köstlichsten Macarons, die du dir nur vorstellen kannst, sondern auch Kuchen und Torten, die geschmacklich mit jeder pikfeinen Sterne-

küche mithalten können«, versuchte ich ihr die Spazier-
fahrt über die Insel schmackhaft zu machen.

Noch vor wenigen Minuten war ich davon ausgegangen,
dass meine Mutter ihre Zeit hier einfach absitzen wollte.
Nun zu sehen, dass es vielleicht doch noch Hoffnung gab
und ich zumindest eine Chance hatte, ihr meine neue Heimat etwas näherzubringen, weckte den Kampfgeist in mir.

»Wir könnten auch einen Abstecher zum *Kleinen Prinzen*
machen und uns auf die schöne Terrasse setzen«, schlug
Marie weiter vor.

»Ich weiß nicht«, ließ meine Mutter sich weiter bitten,
was mir die ganze Sache zunehmend madiger machte.

»Anstatt Fahrrad zu fahren, könnten wir auch eine Pferde-
kutsche mieten«, äußerte ich meinen nächsten Gedanken.

»Die stinken immer so furchtbar«, jammerte sie daraufhin.

Marie, die in ihrem Rücken stand, verdrehte die Augen.
Sie schien nicht minder genervt von meiner Mutter zu sein.

»Oder wir machen einen schönen Spaziergang und keh-
ren dann eben beim *Kleinen Prinzen* ein. Was meint ihr?«

Der Vorschlag kam von der Tür her. Doch statt Ole, den
wir bereits erwartet hatten, tauchte dort plötzlich Hannes
auf.

Sein Blick suchte meinen. Als er ihn fand, grinste er mich
unverhohlen an. Ich mochte das Kribbeln, das er damit in
mir hervorrief. Und ich freute mich, ihn wiederzusehen.
Zwei Tage waren seit Oma Gertruds Kaffeekränzchen vergangen. Zwei Tage, in denen ich nicht wusste, ob er noch
im selben Boot saß wie ich oder es sich doch anders überlegt hatte.

Nachdem sich meine Mutter bei ihrer Ankunft nur von

ihrer schlechtesten Seite gezeigt hatte, hätte ich es durchaus verstanden, wenn er mich angerufen und mir mitgeteilt hätte, dass er auf den Zirkus keine Lust hatte.

Andererseits musste ich daran denken, dass er mich davon abgehalten hatte, meine Karten offenzulegen.

Je länger ich darüber nachdachte, desto schöner fand ich die Vorstellung, mit Hannes verlobt zu sein. Nicht dass ich mit so was in absehbarer Zeit gerechnet hätte. Aber man durfte ja wohl noch träumen. Dazu konnte meine Mutter zumindest schon mal nicht ihren Senf geben.

»Hannes, wie schön, dich mal wiederzusehen«, neckte sie ihn.

Hannes trat aus dem Haus und gesellte sich zu uns. Sein Blick streifte ab und an meinen. Wie blau seine Augen doch waren. Ähnlich wie beim Himmel über Hiddensee zogen weiße Wölkchen hindurch. Mal mehr, mal weniger. Heute schien die Wetterlage heiter bis wolkig zu sein. Noch. Schließlich hatte er bisher noch nicht allzu viel Zeit mit meiner Mutter verbracht.

»Ich war beruflich ein paar Tage eingespannt. Aber jetzt stehe ich euch wieder voll und ganz zur Verfügung«, vermeldete er, während er einen Arm über meine Schulter legte.

Die Wärme, die von ihm ausging, fühlte sich vertraut an. Gleichzeitig spürte ich das Bedürfnis, mich ganz eng an ihn zu schmiegen, um möglichst viel davon abzubekommen.

Der frische Duft aus Seeluft und einer zitruslastigen Note umspielten augenblicklich meine Nase. Nur sehr schwerfällig widerstand ich dem Drang, die Augen zu schließen und mich nur auf diesen Moment und Hannes' Geruch zu konzentrieren.

Das Gefühl von Geborgenheit, das nach und nach von mir

Besitz ergriff, war plötzlich mit Händen greifbar. In Hannes' Nähe veränderte sich etwas in mir. Die Ruhe, die sich in seiner Gegenwart in mir einstellte, war unbeschreiblich. Egal, was vorher passiert war oder wie unwohl ich mich gefühlt hatte, in seinen Armen war es jedes Mal so, als könnte mir nichts und niemand etwas anhaben.

»Ich denke, das Beste wird sein, wenn wir heute Abend nur eine Kleinigkeit essen gehen und morgen Nachmittag eine größere Runde über die Insel drehen. Allzu lange kann es ja nicht dauern. Egal, ob wir dann zu Fuß, zu Pferd oder auf dem Fahrrad unterwegs sind.«

An und für sich eine gute Idee, hätte da nicht dieser spöttische Unterton in der Stimme meiner Mutter gelegen. Ja, Hiddensee war nicht besonders groß. Na und?

Der Groll tief in mir, der sich bei jeder ihrer Sticheleien zu Wort meldete, flaute jedoch augenblicklich ab, als ich in Hannes' grinsendes Gesicht blickte. Aufmunternd zwinkerte er mir zu, und ich entspannte mich sofort.

»Ich habe einen Bärenhunger«, hörte ich mich plötzlich sagen.

»Das trifft sich gut«, meinte daraufhin Ole, der in diesem Moment ebenfalls im Türrahmen erschien. »Könnte ich mich euch vielleicht noch anschließen? Ich hatte heute nicht mal Zeit für eine Mittagspause«, jammerte er, woraufhin Marie zu ihm eilte und ihn in den Arm nahm.

»Dann mal alle auf zum *Großen König*«, vermeldete meine Mutter.

»Zum *Kleinen Prinzen*«, verbesserte ich sie.

»Sag ich doch«, erwiderte sie, um das letzte Wort zu behalten.

Alles beim Alten also.

Nur diesmal musste ich mich ihr nicht allein stellen. Ich hatte Hannes an meiner Seite. Eng umschlungen gingen wir Ole, Marie und meiner Mutter hinterher, nachdem ich das Schild in der Tür von »Geöffnet« auf »Geschlossen« gedreht und sie abgeschlossen hatte.

Und während wir da so liefen, wünschte ich mir fast, Hannes würde das alles nicht nur spielen, um meiner Mutter die perfekte Show zu bieten …

Kapitel 15

»Was hast du für Hobbys?«, fragte mich Hannes völlig unerwartet, während wir im *Kleinen Prinzen* auf das Essen warteten.

Ich hatte mir eine Maronen-Birnen-Suppe, mit Trüffel gefüllte Tortellini und eine Lemontarte bestellt. Allein der Gedanke an die leckere Auswahl ließ mir das Wasser im Mund zusammenlaufen.

Dankenswerterweise hatten sich Marie und Ole dazu bereiterklärt, als Bollwerk zwischen meiner Mutter und mir zu fungieren, sodass Hannes und ich uns nach der Suppe und in Erwartung der Hauptspeise zumindest für den Moment ungestört unterhalten konnten.

Das erste Mal, seit meine Mutter auf der Insel war, schien sie auch nicht alles doof und einfältig zu finden. Bisher hatte sie weder über die Speisekarte geschimpft noch Oles Job kleingemacht. Ein Bernsteinschmied stand offenbar hoch im Kurs bei ihr.

Sollte mir nur recht sein. Auf diese Weise bekam ich die so dringend benötigte Verschnaufpause, von der ich die restlichen Tage ihres Aufenthalts hoffentlich würde zehren können.

»Du meinst neben dem Lesen?«, hakte ich nach.

Hannes grinste und sah mich mit seinen leuchtend blauen Augen an. Die weißen Tupfer darin waren verschwunden. Jetzt strahlte mir ein makellos blauer Himmel entgegen.

»Es wird sicher noch andere Dinge geben, die dich interessieren«, lehnte er sich aus dem Fenster.

»Ich verreise sehr gern. Außerdem verbringe ich so viel Zeit wie nur möglich mit meinen Freundinnen. Neuerdings am liebsten am Strand.«

Hannes nickte. »Ja, das kann ich sehr gut verstehen. Hiddensee liefert dafür ja auch die perfekte Kulisse.«

»Definitiv! Ich wusste gar nicht, dass man so leben kann«, offenbarte ich.

Hannes sah mich irritiert an.

»Na ja, für mich waren Strände, Meer und dieses Inselfeeling früher verbunden mit Urlaub. Und jetzt gehört das alles plötzlich zu meinem Alltag. Ich darf wohnen, wo andere Menschen ihre Ferien machen. Das ist verrückt!«

Hannes lächelte. »Ich weiß ganz genau, was du meinst«, sagte er. »Mir geht es nicht anders, und das, obwohl ich hier geboren und aufgewachsen bin. Deshalb möchte ich auch so ungern von hier weg.«

Erst jetzt fiel mir wieder ein, warum sich Hannes überhaupt bereit erklärt hatte, das kleine Schauspiel für meine Mutter mit aufzuführen. »Glaubst du wirklich, dass du längerfristig die Insel verlassen musst?«

Hannes zuckte mit den Schultern. »Wenn es nach mir ginge, würde ich für immer hierbleiben. Dass mein Vermieter je Eigenbedarf anmelden würde, damit hatte ich nicht gerechnet. Aber der Wohnraum ist hier knapp. Wenn es eine andere Lösung für ihn gegeben hätte, würde ich nach wie vor in seinem Haus wohnen bleiben können. So aber …«

»Wir finden sicher eine Lösung«, bekräftigte ich und legte ein wenig verlegen meine Hand auf seine.

Kaum dass ich seine Haut berührt hatte, sah er mich so durchdringend an, dass ich nicht wusste, ob ich richtig gehandelt hatte. Im Grunde wollte ich ihm nur signalisieren, dass ich für ihn da war und ihm helfen würde, so wie er mir jetzt half.

»Also ich meine, du kommst ja jetzt erst mal im *Traumschlösschen* unter«, holte ich weiter aus und nahm meine Hand von seiner. »Wenn alle Stricke reißen, kannst du sicher auch länger bleiben. Marie und ich sind uns da einig.«

Hannes nickte und sah mir dabei noch immer fest in die Augen.

»Wie lange wird deine Mutter denn noch bleiben?«, wechselte er unvermittelt das Thema.

Ich seufzte. »Wenn ich das nur wüsste. Sie hat mir zwar gesagt, wann sie anreisen würde, aber von ihrer Abreise war bisher noch nicht die Rede. Wenn ich Pech habe, bleibt sie noch Wochen. Meine Mutter ist Rentnerin und lebt ganz allein in einem viel zu großen Einfamilienhaus am Starnberger See. Sie hat keinerlei Verpflichtungen. Außer vielleicht den nächsten Besuch ihrer Kosmetikerin.«

Hannes lachte. »Meinst du, du stehst das durch?«

»Ich habe keine Ahnung!«, antwortete ich ehrlich. »Gut möglich, dass ich es irgendwann nicht mehr mit ihr aushalte.«

Hannes warf einen Blick zu ihr hinüber. Sie unterhielt sich noch immer ganz angeregt mit Ole und fachsimpelte über Bernstein im Allgemeinen und Schmuck im Besonderen.

»Es wäre falsch gewesen, ihr schon bei Oma Gertruds

Kaffeekränzchen zu sagen, dass das mit unserer Verlobung nicht ganz der Wahrheit entsprochen hat. Und das sage ich jetzt nicht nur aus gekränkter Eitelkeit.«

Ich musste lachen. »Ach, nicht?«, hakte ich nach.

»Ich bin nämlich eigentlich ganz gern mit dir verlobt«, flachste er.

Doch irgendwas an der Art, wie er es sagte, ließ mich glauben, dass es sich nicht nur um einen Scherz handelte.

»Und das sagst du jetzt nicht nur, weil du ohne mich demnächst auf der Straße sitzen würdest?«

»Ohne dich und Marie«, verbesserte er mich. »Aber nein, das ist nicht der Grund. Ich … kann dich ganz gut leiden, schätze ich.«

»Wow! Das ist das größte Kompliment seit Menschengedenken«, bemerkte ich mit einem Hauch Ironie in der Stimme.

Hannes grinste und sah mich dabei erneut so innig an, dass mir fast die Luft wegblieb.

»So, ich hätte da noch eine Portion Tortellini und eine Portion Fisch mit frischen Bratkartoffeln«, riss uns Sonja, die wie aus dem Nichts unvermittelt neben mir stand, aus unserer kleinen Blase.

Ich konnte Hannes ansehen, wie widerwillig er den Blick von mir löste. »Der Fisch ist für mich«, erklärte er dann.

»Und die Tortellini für mich«, ergänzte ich.

»Guten Appetit!«, wünschte uns Sonja augenzwinkernd, die zu meinen Stammkundinnen gehörte und sich gemeinsam mit ihrem Mann den Traum vom eigenen Restaurant auf Hiddensee erfüllt hatte.

Mir entgingen ihre fragenden Blicke nicht. Seit Sonja mit ihrem Mann den *Kleinen Prinzen* führte, gab es in regelmäßigen Abständen in ihren Räumlichkeiten Inselspeed-datings. Auf diese Weise wollten sie ihren Beitrag leisten, damit sich die Singles unter den Neuinsulanern verliebten und dauerhaft auf der Insel blieben.

An ihrer leicht gefurchten Stirn konnte ich ihr ansehen, wie sie fieberhaft überlegte, ob Hannes und ich uns wohl bei einem dieser Termine, an denen ich sporadisch teilnahm, kennengelernt hatten.

Als sie gegangen war, erhob meine Mutter ihr Weinglas.

»Auf einen schönen Abend!«

Wir anderen hoben ebenfalls unsere Gläser. Dann stießen wir an und machten uns ans Essen.

Schon bei meinem ersten Bissen merkte ich, wie cremig die Füllung der kleinen Teigtaschen war und wie perfekt die leicht säuerliche Strauchtomatensauce dazu harmonierte.

Abwartend blickte ich in die Runde, um zu sehen, wie es den anderen schmeckte. Besonderes Augenmerk hatte ich auf meine Mutter. Wenn das Essen nicht nach ihrem Geschmack war, zögerte sie keine Sekunde, ihre Meinung mit uns zu teilen.

Mit angehaltenem Atem sah ich zu ihr hinüber und bemerkte dabei ihre leicht gefurchte Stirn. Wenn sie Sonja jetzt gleich eine Szene machte, wollte ich mich augenblicklich in Luft auflösen, so peinlich wäre es mir.

Es gab nicht sehr viele Menschen auf Hiddensee. Nur rund tausend Seelen lebten hier. Wenn meine Mutter heute Abend hier im Restaurant ausfällig werden würde, konnte ich damit rechnen, dass sich die Angelegenheit wie ein Lauffeuer verbreiten würde.

Das bedeutete nicht nur, dass ich von da an mit eingezogenem Kopf über die Wege laufen müsste, sondern dass mir im schlimmsten Fall die Kunden wegblieben. Mir und Marie. Sie hing da genauso mit drin.

Schlagartig war ich mir nicht mehr ganz so sicher, ob es wirklich eine gute Idee gewesen war, heute im *Kleinen Prinzen* essen zu gehen.

»Etwas eigenwillig …«, bemerkte meine Mutter in diesem Moment, was mich bereits das Schlimmste vermuten ließ. »… aber ausgesprochen gut. Was sagst du zu den Tortellini?«, fragte sie mich.

»Ich bin total begeistert«, erwiderte ich wie aus der Pistole geschossen und aß eilig weiter.

Ausnahmslos alle lobten das Essen, als Sonja schließlich abräumte. Diejenigen von uns, die zu Beginn des Abends noch keine Nachspeise bestellt hatten, holten das jetzt nach. Hannes orderte lediglich einen Espresso.

»Was ist mit dir?«, fragte er. »Trinkst du keinen Kaffee?«

Ich winkte ab. »Viel zu viel in letzter Zeit. Was das Koffein angeht, sollte ich wohl ein wenig auf die Bremse treten und abends ganz darauf verzichten.«

Hannes nickte verständnisvoll. »Dabei kann es auch mal ganz schön sein, die Nacht zum Tag zu machen«, erwiderte er nebulös und rief ein Kribbeln ganz tief in mir hervor.

Während ich fieberhaft überlegte, was er mir damit sagen wollte, begann er abermals zu erzählen.

»Ich mag es ja total, nachts zu arbeiten. Die Ruhe, die man da hat, ist unbezahlbar.«

Okay. Daher wehte der Wind. Nur gut, dass ich nicht näher auf seine vorausgegangene Bemerkung eingegangen war. Ich schluckte die Enttäuschung hinunter und erwiderte: »Ruhig ist es doch eigentlich immer auf der Insel.«

Hannes lachte. »Ja, das stimmt. Aber nachts klingelt nur selten das Telefon. Mails kommen in der Regel auch nicht rein.«

Während Hannes so erzählte, bekam ich ein Gefühl dafür, wie er lebte. Unwillkürlich musste ich mich schließlich fragen, ob er wohl auch arbeiten würde, wenn er eine Freundin hätte. Würde er sie allein im Bett zurücklassen und sich an den Rechner setzen? Oder war er in einer Beziehung mehr der fürsorgliche Typ, der ihr jeden Wunsch von den Augen ablas und sie auf Händen trug?

»Dein Dessert ist da«, weckte mich Hannes aus meinen Tagträumen und sah mich schelmisch grinsend an.

Hannes wollte gerade an seinem Espresso nippen, als sein Handy klingelte. Entschuldigend erhob er sich und verschwand nach draußen.

»Huch, der hat es aber eilig, von dir wegzukommen.«

Über ihren eigenen Scherz lachend hielt meine Mutter sich den Bauch und blickte Beifall heischend in die Runde.

»Sehr witzig, Mutter. Selten so gelacht«, erwiderte ich ungläubig.

Hatte ich nicht erst noch vor wenigen Minuten geglaubt, dass das heute der Anfang von etwas Neuem und Besserem zwischen uns sein könnte? Nun, da hatte ich mich offenbar grundlegend getäuscht.

Aber was hatte ich auch erwartet? Dass meine Mutter etwas Leckeres zu essen vorgesetzt bekam und darüber vergaß, wie garstig sie sein konnte? Wohl kaum! Schließlich ging es hierbei um Traudel Baumgartner. Die Traudel Baumgartner, die Clowns zum Weinen brachte und kleinen Kindern erzählte, das Christkind sei nur eine Erfindung der Konsumgesellschaft.

»Ich muss mich leider verabschieden«, vermeldete Hannes hinter mir ganz außer Atem.

Ich drehte mich zu ihm um. »Was ist denn passiert?«, hakte ich nach.

»Meine Wohnung steht unter Wasser. Es läuft schon zur Haustür heraus. Ich muss schnell nach Hause, um zu sehen, was noch zu retten ist.«

Ein bedauerndes Raunen ging über den Tisch. Sogar meine Mutter verkniff sich einen bissigen Kommentar, wofür ich ihr sehr dankbar war.

»Ich komme mit, um dir zu helfen«, schlug ich vor.

»Das musst du nicht«, wiegelte Hannes ab.

»Ich möchte aber«, sagte ich und erhob mich zeitgleich von meinem Stuhl. Bevor ich ging, wandte ich mich noch an Marie. »Könntet ihr meine Mutter vielleicht nach Hause bringen?«, bat ich sie und Ole.

»Das machen wir sehr gern«, erwiderte Ole. »Und die Rechnung übernehmen wir auch«, ergänzte er augenzwinkernd.

»Falls ihr weitere Hilfe benötigt, meldet euch bei uns. Ja?«, bat Marie, die sich offenbar gerade vorstellte, was eine solche Hiobsbotschaft in unserem *Traumschlösschen* bedeuten würde. Nicht auszudenken. Ein Schauer überkam mich allein beim Gedanken.

»Das machen wir«, antwortete ich an Hannes statt, der bereits auf dem Weg zur Tür war. Dann stürmte ich ihm hinterher.

»Es wird schon nicht so schlimm sein«, versuchte ich ihn zu beschwichtigen, während ich mir seine Wohnung ins Gedächtnis zu rufen versuchte.

Das Büro war nicht besonders weit vom Badezimmer

entfernt. Blieb nur zu hoffen, dass seine teuren Geräte nichts abbekommen hatten. Zwar kannte ich mich damit nicht wirklich aus, aber ich konnte aus Erfahrung sagen, dass es mitunter eine ganze Weile dauern konnte, wenn man auf Hiddensee auf eine dringende Lieferung wartete.

Hannes sah mich unschlüssig an. Einerseits wollte er vermutlich nichts lieber tun, als mir zu glauben. Andererseits schien ihn der bloße Gedanke an das Wasser in seiner Wohnung in Panik zu versetzen.

»Bist du sicher, dass du mitkommen willst?«, hakte er nach. »Ich würde es verstehen, wenn du lieber mit deinen Freunden und deiner Mutter im *Kleinen Prinzen* bleiben möchtest. Du hast dein Dessert ja noch nicht mal probiert.«

Entschlossen sah ich ihn an. »Ganz sicher! Und was die Lemontarte anbelangt, dafür wird sich sicher ein Abnehmer gefunden haben. Da bin ich mir ganz sicher.«

Hannes überlegte kurz, nickte jedoch und beschleunigte seinen Schritt noch eine Spur mehr, als wollte er jeden Moment abheben und zu seiner Wohnung fliegen.

Als wir dort ankamen, war ich ein wenig außer Puste. Es hatte mir ganz schön was abverlangt, mit Hannes Schritt zu halten. Ein sicheres Indiz dafür, dass ich dringend mehr Sport in meinen Alltag integrieren sollte. Schon sah ich mich mit einer Yogamatte bei Sonnenaufgang allein am Strand. Sanfte beruhigende Klänge wären meine einzigen Begleiter zu dieser frühen Tagesstunde. Ein paar Möwen würden sich am ersten Tag über mich wundern, doch schon beim nächsten Mal würden sie mich keines Blickes mehr würdigen. Viel zu …

»Danke, Caro«, hauchte Hannes mir entgegen, als er den Schlüssel ins Schloss steckte und die Tür öffnete, unter der

bereits Wasser hervortrat und uns unverblümt einen Vor-
geschmack darauf gab, was uns im Inneren erwarten würde.
»Es ist wirklich sehr lieb von dir, dass du mir hilfst.«

Ich lächelte ihn an. »Natürlich helfe ich dir. So wie du
mir ja auch bei der Sache mit meiner Mutter hilfst.«

Daraufhin verfinsterte sich seine Miene ein wenig. Doch
er warf den Schatten schnell wieder ab, nickte mir zu und
bedeutete mir schließlich, ihm ins Innere des Hauses zu
folgen.

Kapitel 16

Kaum dass wir das Haus betreten hatten, standen wir auch schon in einer Wasserlache. Das war nicht gut. Ganz und gar nicht gut.

Hannes und ich wechselten einen Blick. Ich zog meine Jacke aus und hängte sie an die Garderobe, während Hannes panisch auf sein Büro zuwatete. »So ein Mist!«, rief er, als er dort ankam.

Ich ahnte Schlimmes und stapfte ihm durchs Wasser hinter.

Anstatt meiner offenen Sandalen wären jetzt wohl besser Regenstiefel angebracht gewesen. Es roch nach Weichspüler. Gut möglich, dass die Waschmaschine der Ursprung für dieses Chaos war.

»Alles okay?«, fragte ich schließlich, als ich bei Hannes angekommen war und mir selbst einen Überblick verschaffen konnte, der mir leider bestätigte, dass eben nichts okay war.

Hannes hob gerade eine Kiste mit Ordnern in die Höhe. Das Wasser stürzte zu Boden wie ein Wasserfall.

Auf seiner Stirn hatte sich eine tiefe Furche gebildet. Hannes antwortete nicht. Das brauchte er auch gar nicht. Der Anblick seines Büros machte ihn fassungslos.

»Die Unterlagen kriegen wir sicher wieder trocken«, bemühte ich mich um etwas positive Energie an diesem so trübsinnigen Ort.

Hannes seufzte.

»Wo lagerst du denn alte Handtücher, Lappen, Reinigungsmittel und einen Wischmopp?«

Ich krempelte die Ärmel meines Kleids hoch und demonstrierte damit meinen Willen, es anzupacken. Verrückt machen konnten wir uns auch später noch. Jetzt ging es darum, den Schaden zu beheben und nachzusehen, was noch zu retten war.

»Handtücher findest du im Bad. Alles andere in dem kleinen Vorratsraum neben der Küche«, erklärte er mir, während er noch immer wie versteinert dastand und die Kiste in seinen Händen mit den Augen begutachtete. Er stand sicher unter Schock.

Zwar konnte ich nicht zur Gänze ermessen, was dieses Unglück für Hannes bedeutete. Aber ich sah ihm deutlich an, wie sehr er jedem Blatt Papier nachtrauerte. Das waren sicher die Aufzeichnungen von Jahren. Vielleicht hatte er sogar daran geforscht. Marie hatte mir vor Kurzem erst erzählt, dass Hannes mit der Hochschule in Stralsund zusammenarbeitete.

»Ich mache mich jetzt mal an die Arbeit.« Mit Blick auf die Steckdosenleiste, die seitlich an einem der Schreibtischbeine angebracht war, meinte ich: »Du solltest vorher vielleicht noch Wasser und Storm abstellen.«

Hannes schüttelte leicht den Kopf und sah mich fragend an, als hätte er bis gerade eben noch in einem Paralleluniversum festgesteckt. Eines, in dem sein Büro und seine komplette Wohnung nicht unter Wasser standen, nahm ich an.

»Der Stromkasten ist im Flur. Ich kümmere mich darum. Das Wasser stell ich auch sofort ab. Zu dumm, dass ich nicht gleich daran gedacht habe. Ich wollte mir nur erst einen Überblick verschaffen, wie es hier aussieht. Tja …« Er wirkte ein wenig verloren, während er sich abermals im Raum umblickte.

»Das wird schon«, versuchte ich ihn zu beschwichtigen. »Ich bin mir ganz sicher, dass alles erst mal schlimmer aussieht, als es letztlich ist«, stellte ich eine gewagte Prognose auf.

Hannes' Mundwinkel hoben sich bei meinen Worten ein wenig an, fielen dann jedoch wieder ganz schnell herunter. »Deinen Optimismus hätte ich auch gern.«

Ich zuckte mit den Schultern. »Hey, ich bin bei meiner Mutter aufgewachsen. Wenn ich da nicht positiv geblieben wäre, wüsste ich nicht, wo ich heute stünde.«

Während Hannes mich fest im Blick behielt, lachte ich übertrieben. Dabei wussten wir beide, dass es sich bei meinen Worten um die reine Wahrheit handelte.

»Ich bin sehr froh, dass du so bist, wie du bist«, sagte Hannes.

Wir kamen nicht dazu, das Thema weiter zu vertiefen. Hannes stellte Strom und Wasser ab, während ich einen Blick auf die Uhr warf. Lange würde es draußen nicht mehr hell sein. Wir hatten nicht nur den Kampf gegen das Wasser aufzunehmen, sondern auch gegen die Zeit. Ohne Strom, kein Licht. Und ohne Licht keine Chance, hier Klarschiff zu machen.

Als Erstes machte ich mich auf den Weg ins Badezimmer. Das Wasser reichte mir bis knapp unter den Knöchel. Mit einem Eimer machte ich mich daran, das Wasser aufzufangen und in die Badewanne zu gießen. Hannes tat es mir im Flur gleich.

Nach einer Weile, ich hatte inzwischen jedes Gefühl für Zeit verloren, klingelte es an der Tür. Als Hannes öffnete und ich Oles und Maries Stimmen vernahm, atmete ich erleichtert auf. Jede helfende Hand war jetzt Gold wert, denn auch wenn ich versuchte, mich Hannes gegenüber positiv zu geben: Es war klar, dass Hannes auf absehbare Zeit nicht mehr hier wohnen konnte. Die Räume mussten professionell getrocknet werden, sonst konnte sich Schimmel bilden.

»Hey, Caro! Hast du Handtücher und Lappen für mich? Hannes hat mich an dich verwiesen.«

Marie stand barfuß im Türrahmen. Ole war offenbar bei Hannes geblieben. Gut möglich, dass die beiden Männer erst noch ein paar der Gerätschaften und Unterlagen nach draußen bringen wollten, um zu retten, was noch zu retten war.

»Sieht nicht gut aus«, meinte Marie, als ich ihr ein frisches Handtuch reichte.

Ich schüttelte den Kopf. »Wohnen kann er hier in der nächsten Zeit auf gar keinen Fall«, äußerte ich meine Bedenken.

Marie nickte. »Dann wird uns wohl nichts anderes übrig bleiben, als ihn schon jetzt bei uns einzuquartieren«, fasste Marie in Worte, was mir auch durch den Kopf gespukt war.

»Aber meine Mutter ist auch dort«, warf ich ein.

Marie zuckte mit den Schultern. »Na und?«

»Wenn wir alle unter einem Dach wohnen, wird es sicher schwierig werden, ihr Hannes und mich als das glücklich verlobte Paar zu verkaufen«, merkte ich an.

»Du hättest ja nicht gleich sagen müssen, dass ihr verlobt seid«, entgegnete Marie und begann mit dem Aufwischen des Bodens.

»Das weiß ich jetzt auch. Aber als sie mich damals anrief,

wollte ich meiner Mutter beweisen, dass sie unrecht hat und ich sehr wohl in der Lage bin, eine dauerhafte Beziehung zu führen. Eine bloße Partnerschaft ohne jedwede Verpflichtungen hätte sie nur mit einem Lächeln quittiert und sich weiterhin über mich und meinen Lebensstil ausgelassen. Du weißt doch, wie sie sein kann«, versuchte ich mich zu rechtfertigen.

»Ich finde ja, dass Hannes seinen Teil der Abmachung ganz wundervoll erfüllt. Wie er dich immer ansieht … Manchmal habe ich echt das Gefühl, dass er das alles gar nicht spielt.«

Marie warf mir einen vielsagenden Blick zu.

Meine Wangen wurden ganz heiß. Schnell drehte ich mich von ihr weg und wrang das Handtuch in die Badewanne aus. »Das musst du dir nur eingebildet haben«, schmetterte ich ihre Gedanken ab.

Das Letzte, was ich mir gerade vorstellen wollte, war Hannes, der nicht nur vorgab, mich zu mögen, sondern wirklich Gefühle für mich hegte.

Grundsätzlich war an dieser Möglichkeit ja nichts Schlechtes. Ganz im Gegenteil. Ich mochte Hannes ja auch irgendwie, auch wenn ich das zwischen uns noch nicht so richtig auf den Punkt bringen konnte. Wie auch, während meine Mutter mit Argusaugen danebenstand und jede unserer Regungen genauestens beobachtete?

Wenn sich jetzt also wahrhaftig etwas zwischen uns entwickeln würde, dann würde es die ganze Sache nur unnötig verkomplizieren. Dinge würden passieren, die ich nicht absehen oder einschätzen konnte. Gefühle waren nichts, was man längerfristig planen oder unter Kontrolle behalten konnte.

»Wieso denkst du, ich bilde mir das alles nur ein?«, hakte Marie nach, während ich das Handtuch bereits zum wiederholten Mal ausdrückte.

»Ich bin bestimmt gar nicht sein Typ. Hannes steht auf Frauen, die ähnlich fasziniert von Naturwissenschaften sind wie er. Mit denen kann er sich dann über seine Forschungen unterhalten. Ich würde dabei nur Bahnhof verstehen«, redete ich Marie und mir ein.

»Na ja, nur weil man zusammen ist, heißt das noch lange nicht, dass man auch die gleichen Interessen teilen muss. Ole fertigt Schmuckstücke aus Bernstein. Das könnte ich mit Sicherheit nicht halb so gut wie er. Dennoch hat mich das nie an unserer Liebe zweifeln lassen.«

»Ihr beiden schwärmt schon seit der Schulzeit füreinander. Das ist etwas ganz anderes«, setzte ich mich zur Wehr.

»Warum sollte das etwas anderes sein?«, bohrte Marie weiter.

»Weil ich eben nichts für Hannes empfinde«, sagte ich und bereute es schon im selben Moment. Es war falsch von mir zu behaupten, ich hätte keine Gefühle für Hannes. Aber meine letzten Beziehungen waren alle so katastrophal verlaufen, dass ich mir dessen, was ich in Hannes' Gegenwart verspürte, erst mal ganz sicher sein wollte.

»Ole hat mir gerade angeboten, bei ihm in der Werkstatt unterzukommen«, durchbrach plötzlich Hannes' Stimme den Raum.

Betretendes Schweigen setzte ein. Erschrocken sah ich zu ihm, musste aber gar nicht lange in seiner Miene lesen, um zu wissen, dass er jedes Wort gehört hatte.

Marie sah mich schuldbewusst an.

»Du kannst auch gern schon mit zu uns ins *Traum-*

schlösschen kommen«, bot ich ihm schließlich an, wobei ich nur schwerlich den Blickkontakt zu ihm halten konnte.

Hannes zögerte.

»Das Nötigste hast du sicher schnell zusammengepackt. Steht dein Schlafzimmer auch unter Wasser? Ansonsten könnten wir einfach die Matratze und dein Bettzeug mitnehmen«, schlug Marie vor. »Das wird für die ersten Nächte vollkommen ausreichen. Es ist ja Sommer. Zu kalt wird dir also sicher nicht werden.«

Schwer vorstellbar, wenn man bis zu den Knöcheln im Wasser stand und es sich nicht ums Meer handelte.

»Das wäre natürlich die weitaus bessere Lösung«, mischte sich nun auch Ole ein. »In der Werkstatt arbeiten ja sowohl mein Vater als auch ich. Ich bin mir nicht sicher, ob du dort genügend Ruhe finden würdest.«

Hannes fuhr sich mit den Händen durchs Haar. Die Situation schien ihn zu überfordern. An seiner Stelle würde es mir nicht anders ergehen.

Doch dann kam ein lapidar klingendes »Okay« aus seinem Mund. Ganz so, als hätte er sich in sein Schicksal gefügt.

Kapitel 17

Bis weit in die Nacht hinein schleppten wir Kisten voller Klamotten und Unterlagen aus Hannes' Wohnung hinüber ins *Traumschlösschen*.

Als Ole und Marie gegangen waren und Hannes nicht den Anschein machte, als würde er mit mir noch irgendwas besprechen wollen, verlor ich den Mut, den ich mir beim Kistenschleppen angesammelt hatte, und ging bedröppelt hinauf in meine Wohnung.

Der Fernseher lief. Das konnte ich schon an der Tür hören. Meine Mutter war also noch wach. Wie schade! Hatte ich doch gehofft, schnell unter die Dusche hüpfen und dann gleich im Bett verschwinden zu können.

»Ach, was sehen meine alten Augen da! Die verlorene Tochter ist zurückgekehrt.«

»Der Wasserschaden war größer als erwartet«, erklärte ich und ging gar nicht auf ihre Worte ein.

Meine Mutter griff nach der Fernbedienung zu ihrer Linken und schaltete den Fernseher aus. Die Stille, die plötzlich zwischen uns lag, ließ Raum für Mutmaßungen und Spekulationen.

»Wo ist denn dein Hannes jetzt? Warum hast du ihn denn nicht mitgebracht? Er kann ja wohl schlecht in seiner Wohnung übernachten.«

Wenn man meiner Mutter eins nicht vorhalten konnte,

dann, dass sie sich keine Gedanken über Menschen und Ereignisse machte. Sie verwechselte zwar gut und gern mal Namen und Orte, aber wenn es wirklich drauf ankam, hatte sie Augen und Ohren wie ein Luchs.

»Hannes schläft heute Nacht hier im *Traumschlösschen*«, hörte ich mich auch schon sagen.

Was zur Hölle hatte ich mir nur dabei gedacht? Warum hatte ich nicht behauptet, Hannes wäre bei Ole untergekommen? Bis meine Mutter sich das nächste Mal dazu bequemt hätte, diese Räumlichkeiten zu verlassen, wäre Hannes vermutlich schon wieder in seine Wohnung gezogen.

Suchend blickte sich meine Mutter um und versuchte, an mir vorbeizuschielen. »Versteckt er sich hinter dir, oder warum kann ich ihn dann nicht sehen?«

Ich seufzte. Alles, was ich gewollt hatte, waren eine heiße Dusche und mein Bett. »Er schläft unten im Lager.«

Während ich meine Antwort in Gedanken formulierte, wusste ich bereits, dass sie den Raum für Spekulationen und Mutmaßungen nur noch erweitern würde. Und ich wusste auch, dass meine Mutter wie ein Trüffelschwein anschlagen und den Braten sieben Meilen gegen den Wind riechen würde.

»Er wollte uns hier oben nicht stören«, ergänzte ich schließlich und ließ sowohl Hannes als auch mich in einem guten Licht dastehen.

Puh, zum Glück hatte ich gerade noch die Kurve gekriegt. Meine Mutter würde sich über Hannes' Sorgfalt freuen, mir erklären, dass es ja kaum noch Männer gab, die so zuvorkommend waren und …

»Mama?«, fragte ich entsetzt, als ich bemerkte, dass sie

in ihrem Schlafanzug an mir vorbeizog und bereits an der Tür war. »Was hast du vor?«

»Der arme Junge braucht ein anständiges Bett für die Nacht«, behauptete sie und entschwand auch schon zur Tür hinaus.

Zwei, drei tiefe Atemzüge nehmend, versuchte ich mich auf das vorzubereiten, was nun unweigerlich folgen würde. Ändern konnte ich daran ohnehin nichts mehr.

Schon war ein Poltern auf der Treppe zu hören, ehe meine Mutter Hannes in den Raum schubste.

»Kommt ja gar nicht in Frage, dass mein Schwiegersohn in spe da unten in der Kälte ausharren muss.«

»Es ist Sommer«, wiederholte ich Maries Worte.

Doch auf meine Mutter hatten sie leider nicht ganz die erhoffte Wirkung. »Papperlapapp! Hannes wird heute Nacht nicht im Keller schlafen. Ich weiß ganz genau, dass du den Fischers-Jungen mit sechzehn durchs Fenster in dein Zimmer eingeschleust hast. Also sag mir jetzt bitte nicht, dass du mit dem Sex noch bis zur Ehe warten willst.«

Diese wenigen Sätze waren gleich mehrfach verstörend für mich. Einerseits war ich mir bis zum heutigen Tag sicher gewesen, dass meine Mutter keinen blassen Schimmer von der Sache zwischen Aron und mir hatte. Ich hätte Stein und Bein darauf geschworen, dass wir beide so vorsichtig gewesen waren, dass sie nichts davon mitbekommen hatte. Und andererseits hatte meine Mutter das Wort mit den drei Buchstaben in meiner Gegenwart noch nie in den Mund genommen. Aufgeklärt hatte mich die ältere Schwester einer Freundin. Sex war in unserer Familie ein Thema, das totgeschwiegen wurde. Ganz so, als hätten sich meine Eltern nicht diesem widerlichen Akt hingegeben, um mich zu zeugen. Unbefleckte Empfängnis 2.0, wenn man so wollte.

»Es ist wirklich kein Problem für mich, Traudel«, behauptete Hannes indes.

»Aber für mich«, entgegnete meine Mutter rabiat und ließ damit keine Widerworte gelten. »Und jetzt seht zu, dass ihr nach oben ins Bad und dann ins Bett kommt. Ich brauche meinen Schönheitsschlaf.«

Erst jetzt wurde mir klar, dass meine Mutter hier unten auf der Couch schlafen würde, während Hannes und ich oben in meinem Schlafzimmer die Nacht verbringen würden. In meinem Schlafzimmer, wohlgemerkt, das keine Tür hatte und somit auch nicht abgeschlossen werden konnte ...

Kapitel 18

Da das Badezimmer der einzige Raum im Obergeschoss meiner Wohnung war, den ich abschließen konnte, zog ich Hannes kurzerhand mit mir hinein und verbarrikadierte uns beide vor den Widrigkeiten des Tages.

Hannes sah mich mit einem Schmunzeln an.

»Was?«, fragte ich verblüfft.

Augenscheinlich fand Hannes die ganze Situation äußerst amüsant. Ganz im Gegensatz zu mir.

»Heute ist einer dieser Tage, die man sich in einem ganzen Leben nicht so vorstellen könnte. Findest du nicht auch?«

»Wie meinst du das?«, hakte ich nach.

»Na ja, für gewöhnlich steht man auf und weiß schon vor dem ersten Kaffee, was im weiteren Verlauf des Tages so auf einen zukommt.«

Ich seufzte und ließ mich schwer auf dem Wannenrand nieder. »Willst du mir jetzt etwa sagen, dass du etwas Positives daran findest, dass deine Wohnung unter Wasser stand und meine Mutter uns beide dazu nötigt, heute Nacht in einem Bett zu schlafen?«

Hannes legte seinen Zeigefinger an die Lippen und bedeutete mir, etwas leiser zu sprechen. Kein schlechter Einwand, wenn man bedachte, dass meine Mutter unten auf der Couch saß.

»Ich will damit nur sagen, dass der Mensch, so gern er es

auch möchte, die Dinge meist nicht in der Hand hat. Man kann noch so sehr überlegen, Pläne schmieden und alles haarklein festhalten, am Ende kommt es dann oft doch ganz anders.«

Ich schnaubte. »Wusste gar nicht, was für ein Philosoph in dir steckt.«

Hannes lachte. »Sieh es als Chance«, meinte er dann.

Daraufhin hob ich ungläubig meine Brauen. »Was genau? Die Sache mit der heutigen Schlafsituation?«

Hannes schüttelte den Kopf. »Eher die Beziehung zu deiner Mutter.«

Ich seufzte.

»Vielleicht solltest du ihr gegenüber einfach mal ganz offen ansprechen, was dich stört. Ich kann mir zwar gut vorstellen, dass sie sich nur ungern etwas sagen lässt, aber auf einen Versuch käme es doch an. Oder?«

Unschlüssig wiegte ich den Kopf. »Ich denke, wir sollten … jetzt schlafen gehen«, beendete ich seinen Gedankengang. Bevor ich mich mit dem Verhältnis zu meiner Mutter auseinandersetzen konnte, musste ich erst mal die Nacht mit Hannes überstehen. In einem gerade mal ein Meter vierzig breiten Bett.

Bis vor wenigen Tagen hatten wir beide kaum ein Wort gewechselt, und nun würden wir die Nacht miteinander verbringen. Das war … Neuland. Und etwas, mit dem ich so schnell nicht gerechnet hätte.

Aber wie Hannes schon sagte, man konnte Pläne schmieden und so viele Eventualitäten wie nur möglich berücksichtigen. Am Ende machte das Leben das, was es wollte.

»Gute Idee. Ich würde nur gern noch duschen und mir die Zähne putzen, wenn das okay für dich ist«, sagte Hannes.

»Ich muss auch noch in die Dusche«, bemerkte ich.

Hannes sah mich ein wenig irritiert an. Ganz so, als meinte er, ich hätte ihm gerade vorgeschlagen, gemeinsam in die Wanne zu steigen.

»Ich, ähm, … warte dann mal draußen, bis du fertig bist«, schlug ich vor.

Hannes grinste schelmisch. »Von mir aus kannst du gern hier drinnen warten. Ich habe nichts dagegen«, gestand er mir großmütig zu.

»Es gibt Grenzen«, erwiderte ich und ging zur Tür. »Auch an außergewöhnlichen und unplanbaren Tagen.«

Als ich das Badezimmer verließ, hörte ich Hannes lachen.

Als wir beide geduscht waren und uns bettfertig gemacht hatten, lagen wir wie zwei Stockfische nebeneinander. Keiner von uns wagte, eine unsichtbare, nicht genauer definierte Linie zu übertreten.

»Caro?«, fragte Hannes in die Stille hinein, die nur gelegentlich vom Schnarchen meiner Mutter unterbrochen wurde.

»Ja?«, erwiderte ich zögerlich.

»Danke.«

»Wofür?«

»Es war sehr nett von dir, dass du mir heute mit dem Wasser in der Wohnung geholfen hast«, erklärte er.

»Das war doch selbstverständlich«, erwiderte ich.

Hannes blieb still. Für den Moment glaubte ich schon, er wäre eingeschlafen, und drehte mich auf die Seite.

»Nein, das war es nicht«, sagte er schließlich und drehte sich ebenfalls um, als wollte er mir damit signalisieren, dass er über diesen Punkt nicht debattieren wollte.

Sollte mir recht sein. Mittlerweile war ich nämlich so müde, dass mir nicht einmal die beengte Schlafsituation etwas ausmachte. Meine Lider wurden so schwer, dass ich sie schloss und schon wenige Minuten später ins Land der Träume übersiedelte.

Wach wurde ich am kommenden Morgen von einem merkwürdigen Ziehen im Nacken und einem unangenehmen Geräusch aus der Küche. Hörte sich an wie der Staubsauger, nur eine Oktave höher und weitaus penetranter.

»Was ist das?«, fragte eine Männerstimme ganz dicht neben mir.

Schlagartig riss ich die Augen auf und bemerkte erst jetzt, was für den Schmerz in meinem Nacken verantwortlich war.

Heimlich, still und leise hatte ich heute Nacht offenbar die unsichtbare Linie im Bett übertreten. Nicht nur das. Ich hatte mich im Schlaf auf Hannes' Brust gelegt und ihm aufs Shirt gesabbert. Wie peinlich!

»Der Entsafter meiner Mutter«, sagte ich und brachte etwas Abstand zwischen uns, indem ich mich auf mein Kissen zurückzog.

»Sie hat ihren eigenen Entsafter mitgebracht?«, fragte Hannes, während er seinen Arm aufstützte und mich auf diese neugierige und gleichsam verheißungsvolle Art ansah.

Ich zuckte mit den Achseln. »Mittlerweile sollte dir aufgefallen sein, dass sie ein wenig ... eigenwillig ist.«

Er lachte und strahlte mit der Morgensonne um die Wette. Wie konnte man nur am frühen Morgen so gut aussehen und dabei auch noch so gut gelaunt sein? Das war ein Widerspruch in sich, fand ich.

»Touché!«, erwiderte er und machte Anstalten, aufzu-stehen.

»Wo willst du hin?«, fragte ich panisch.

»Ins Bad. Oder spricht etwas dagegen?«

Hannes sah mich mit leicht geweiteten Augen an und wartete darauf, was ich ihm zu sagen hatte.

»Könnten wir vielleicht vorher nur kurz den weiteren Ablauf besprechen?«, bat ich flehentlich.

»Klar.«

»Auf dem Balkon?«, ergänzte ich so leise ich nur konnte.

Der Entsafter hatte offenbar seinen Dienst getan. Sein Dröhnen verstummte. Aber mein Nacken tat immer noch weh.

Hannes sah an sich hinab, ehe er mich mit diesem Das-ist-nicht-dein-Ernst-Blick streifte. Schließlich trug er lediglich Boxershorts und ein einfaches graues Shirt.

»Niemand wird uns sehen, und du kannst ja schnell noch in deine Jeans schlüpfen«, bot ich ihm freimütig an.

Für den Bruchteil einer Sekunde hatte ich das Gefühl, dass er etwas erwidern wollte. Dann schluckte er die Worte jedoch wieder hinunter, schlüpfte in seine Jeans und watete in Richtung Balkontür.

Eilig stülpte ich die Bettdecke zur Seite und zog mir meinen Morgenmantel über, ehe ich Hannes auf den Balkon folgte.

»Also?«, fragte er ein wenig ungeduldig.

»Meine Mutter wird vermutlich gleich Anspielungen auf unsere gemeinsame Nacht machen«, wagte ich eine Tendenz über den Verlauf des nahenden Frühstücks abzu-geben.

Hannes sah mich an, ohne eine Miene zu verziehen.

»Wir sollten einfach … ganz locker und gelassen bleiben.«

Dummerweise hörte ich mich weder locker noch gelassen an. Das musste daran liegen, dass mich die erste gemeinsame Nacht mit Hannes doch mehr aus der Bahn geworfen hatte, als ich bereit war, mir einzugestehen. Und das nicht nur, weil ich heute Morgen nicht neben ihm, sondern auf ihm aufgewacht war.

»Kein Problem«, meinte daraufhin der Mann, den offenbar nichts aus der Bahn werfen konnte. Nicht einmal eine überflutete Wohnung.

»Hast du gestern eigentlich noch sichten können, wie hoch der Schaden ist?«, fragte ich.

Hannes fuhr sich mit der Hand durchs Haar. »Das meiste wird sich schon retten lassen. Zum Glück ist der Großteil meiner Unterlagen auch noch auf dem Server gespeichert. Und die Gerätschaften sollten so weit auch nichts abbekommen haben. Das wird schon wieder«, gab er sich hoffnungsvoll.

»Wenn ich dir noch irgendwie behilflich sein kann, sag es gern.«

Hannes winkte ab. »Ich werde später erst mal mit der Versicherung telefonieren und mich dann unten häuslich einrichten. Das war gestern dann doch ein wenig zu überstürzt.« Er lachte.

»Ja, war nicht ganz so geplant«, stimmte ich mit ein.

»Aber jetzt machen wir das Beste daraus. Was ist denn die nächsten Tage noch mit deiner Mutter geplant? Machen wir eine dieser Inseltouren mit Oma Gertrud?«

»Ich sag dir Bescheid, wenn ich Genaueres weiß. Erst mal abwarten, wie die Stimmung da unten ist.« Ich deutete in Richtung Küche.

»Wie machen wir das eigentlich die nächsten Tage? Soll ich da auch … mit dir in einem Bett schlafen?«

Himmel, darüber hatte ich ja noch gar nicht nachgedacht. Wann auch? Die Ereignisse schienen sich gerade zu überschlagen. Da blieb keine Zeit, um sich über irgendwas im Voraus Gedanken zu machen.

»Mir fällt schon was ein.«

Bildete ich es mir nur ein, oder hörten sich meine Worte nicht ganz so hoffnungsvoll an, wie ich sie gern hätte klingen lassen?

Hannes nickte und sah mir ganz fest in die Augen.

»Wenn ich irgendetwas tun kann, dann lass es mich wissen. Ja?«, bot er an.

Ich lachte. »Ich denke, du hast jetzt erst mal genug um die Ohren. Ich rede mit meiner Mutter und plane die weiteren Tage mit ihr. Neben ihrem Besuch muss ich ja auch noch arbeiten. Auch wenn sie das, was ich tue, nicht unbedingt für Arbeit hält.« Ich seufzte und warf dabei das erste Mal einen Blick hinaus aufs Meer. Die Gischt schäumte. Das Wasser rollte wie ein Donnergrollen auf die Insel zu, verlor sich dann jedoch im Sand und zog sich eilig wieder zurück. Ganz so, als hätte es sich an Land verbrannt.

Der Himmel war heute Morgen voller weißer Tupfer. Ähnlich wie die in Hannes' Augen. Ein Unwetter zog auf. Oder weg. So genau konnte man das auf einer Insel nie sagen.

»Warum ist das eigentlich so? Was hat sie gegen das *Traumschlösschen*?«, fragte Hannes vorsichtig nach. »Wenn du darüber nicht sprechen möchtest, ist das aber auch okay«, ergänzte er eilig.

Offenbar spürte er, dass er mit seiner Frage eine unsichtbare Linie übertreten hatte. Auch schon egal. Schließlich hatte ich die imaginäre Linie heute Nacht auch ziemlich schnell hinter mir gelassen.

»Meine Mutter hat mir schon von klein auf eingebläut, dass ich studieren muss, um später eigenständig sein zu können. Während die meisten meiner Mitschüler in den Ferien zu Verwandten oder in den Urlaub gefahren sind, war ich oft bei Privatlehrern und habe den Stoff fürs nächste Schuljahr gebüffelt.«

Hannes sah mich ungläubig an.

»Tja, meine Mutter hat noch nie etwas dem Zufall überlassen«, wandte ich lächelnd ein, obwohl mich die Erinnerung an diese Zeit nach wie vor belastete.

»Dann lastet also schon dein ganzes Leben lang ein enormer Druck auf dir.«

Ich nickte. »Mein Abitur hab ich mit 1,0 gemacht. Das Jurastudium summa cum laude abgeschlossen. Ich bin ihren vorgezeichneten Weg brav abgelaufen. Bis zu dem Tag, als mein Vater mir in seinem Testament Geld vermachte, mit dem ich meinen wirklichen Traum leben sollte. Er hat mich immer verstanden. Nur konnte er sich leider nicht so wirklich gegen meine Mutter durchsetzen. Zumindest nicht, als er noch gelebt hat.«

Hannes schwieg und wartete, ob ich noch etwas ergänzen wollte.

»Das *Traumschlösschen* und meine Tätigkeit als Buchhändlerin sind für meine Mutter wie eine Bankrotterklärung. Sie hat das Gefühl, ich hätte versagt. Dabei mache ich endlich das, was mich erfüllt. Ich liebe meinen Job.«

Mit einem »Okay« signalisierte mir Hannes, dass er verstand, worum es zwischen meiner Mutter und mir ging.

Während ich vor wenigen Tagen noch regelrecht eingeschnapft darüber gewesen war, dass er so knapp antwortete, verstand ich jetzt erst, wie viel sein *Okay* wirklich bedeutete. Es war ehrlich. Es war verständnisvoll. Und brachte gleichzeitig alles auf den Punkt, was zu sagen war.

Schweigend standen wir noch eine Weile nebeneinander, während jeder von uns seinen eigenen Gedanken nachhing. Hannes sah aufs Meer hinaus und ließ sich nicht anmerken, was er über das, was ich ihm gerade offenbart hatte, dachte.

Ich beobachtete derweil das rege Treiben auf dem Gehweg entlang des Hauses. Eine Familie mit drei kleinen Kindern marschierte laut lachend und wild durcheinander erzählend mit Bollerwagen und Hund im Gepäck in Richtung Strand. Die Stimmung war so ausgelassen, dass ich mich dabei ertappte, wie sich ein Lächeln auf meine Lippen stahl.

Hannes sah mich just in diesem Augenblick an. Wenn er verwundert darüber war, dass ich plötzlich lächelte, ließ er es sich nicht anmerken.

»Wir sollten uns langsam wieder in die Höhle der Löwin zurückwagen. Oder was meinst du?«

Er lächelte ebenfalls.

Wenn es nach mir gegangen wäre, hätte ich noch ewig im Morgenmantel auf dem Balkon stehen und mir Land und Leute ansehen können. Aber im Grunde ging es mir natürlich darum, meiner Mutter aus dem Weg zu gehen.

»Je eher, desto besser. Am Ende hatte sie sonst zu viel Zeit, um über uns und die vergangene Nacht nachzudenken. Dann wird sie uns mit ihren Fragen regelrecht durchlöchern. Ein Schweizer Käse ist nichts dagegen.«

Hannes grinste. »Ich wusste gar nicht, wie witzig du sein kannst.« Dabei klang er plötzlich ganz ernst.

Unsere Blicke verfingen sich ineinander, und mit einem Mal spielte nichts und niemand um uns herum noch eine Rolle.

Zielsicher bewegte ich mich auf Hannes zu. Er tat es mir gleich, ohne den Blick von mir zu nehmen. Das alles passierte wie in Zeitlupe.

Hannes Lippen öffneten sich leicht. Ich befürchtete bereits, er könnte etwas sagen und damit diesen wunderbaren Moment zwischen uns zerstören. Aber er schwieg. Sah mich nur weiter so durchdringend an, dass mir abwechselnd heiß und kalt wurde.

Als sich sein Kopf ein wenig zur Seite neigte, beugte ich meinen wie selbstverständlich zur anderen. Unsere Lippen waren sich mittlerweile so nahe, dass das Unausweichliche unmittelbar bevorstand.

Noch widerstand ich dem Bedürfnis, meine Lider zu schließen. Ich nahm Hannes' Duft wahr. Der Mann hatte noch nicht mal geduscht und roch dennoch so unvergleichlich nach Meer, Sonne und erfrischender Zitrone. Das war kein Aftershave oder Duschgel, sondern offenbar sein ganz eigener Geruch.

In seinen Augen war heute kein einziges Wölkchen zu erkennen. Ruhig lagen sie auf mir, während ich am liebsten das Tempo beschleunigt hätte, um endlich am Ziel anzukommen: meine Lippen auf denen von Hannes.

Und dann tat ich es doch. Ich schloss die Augen, während ich seine unmittelbare Nähe und die Wärme, die von seinem Körper ausging, spüren konnte. Mein Herz schlug mir bis zum Hals und übertönte die ungeduldige Stimme tief in mir, die es kaum noch erwarten konnte. Gleich war es so weit. Gleich würden wir uns zum ersten Mal küssen.

Völlig unverhofft an einem unbedeutsamen Dienstagmorgen auf dem Balkon meiner Wohnung.

Die Spannung war mit Händen greifbar. Unsere Lippen näherten sich einander Millimeter um Millimeter und ...

»Guten Morgen!«, ertönte plötzlich ohrenbetäubend laut die Stimme meiner Mutter neben uns.

Hannes und ich stoben auseinander wie die Funken eines Lagerfeuers. Während Hannes sich unbeholfen mit der Hand durchs Haar fuhr, blickte ich ungläubig in Richtung meiner Mutter.

»Ich habe uns drei herrliche Smoothies gemacht. Da ich leider nicht wusste, ob du«, dabei blickte sie zu Hannes, »eher der beerige oder der nussige Typ bist, dachte ich, ich werfe mal alles in den Mixer, was ich so finden kann.«

Sie lachte, während ich noch immer nicht fassen konnte, worum sie mich da gerade gebracht hatte. Gleichzeitig ärgerte ich mich über ihre penetrant gute Laune und die Selbstverständlichkeit, mit der sie hier aufschlug. Schließlich hätten Hannes und ich noch im Bett liegen und Gott weiß was machen können.

»Du schaust aus, als hättest du einen Geist gesehen, mein Kind.«

Ich winkte ab. »Alles gut. Wir kommen gleich«, hörte ich mich sagen.

»Bis gleich«, trällerte meine Mutter und war im nächsten Moment wieder verschwunden.

»Sie hat echt ein Talent dafür ...«

»... im denkbar schlechtesten Augenblick aufzutauchen«, beendete ich Hannes' Satz.

»Ich wollte eigentlich sagen, den richtigen Smoothie-Typ

zu ermitteln. Aber das mit dem Timing ist auch nicht von der Hand zu weisen.«

Er lächelte mir zu und ließ damit die Sonne ein weiteres Mal an diesem Tag aufgehen. Der Groll über meine Mutter war schon fast wieder verraucht. Schließlich würde sie irgendwann wieder von dieser Insel verschwunden sein. Bis dahin galt: Smoothies trinken und abwarten.

Kapitel 19

»Kannst du mir die drei Gestecke auf dem Verkaufstresen noch rausbringen?«, bat Marie, die gerade dabei war, die Dekoration für Oma Gertruds einundachtzigsten Geburtstag in ihrem Fahrradanhänger zu verstauen, um sie heil von Vitte nach Kloster zu bringen.

Den Laden hatten wir zur Feier des Tages schon ein wenig früher als sonst geschlossen. An einem Samstagnachmittag war auch nicht mit ganz so vielen Kunden zu rechnen, und da wollten wir die Zeit lieber nutzen, um Oma Gertrud zur Hand zu gehen.

Die bewirtete an diesem herrlichen Samstagnachmittag nämlich nicht nur ihre Hotelgäste, sondern auch gefühlt alle Einwohner der Insel.

»Kriegst du das alles noch in den Anhänger, oder soll ich sie bei mir mitnehmen?«, fragte ich mit Blick auf den prall gefüllten Wagen.

Marie überlegte kurz. »Das wäre vielleicht keine so schlechte Idee«, sagte sie schließlich. »Ach, und wie bist du denn jetzt mit deiner Mutter verblieben? Fährt sie auch mit dem Rad, oder will sie lieber laufen?«

Ich verdrehte die Augen. »Sie weiß es noch nicht. Heute Morgen beim täglichen Frühstücks-Smoothie meinte sie, sie fühle sich nicht so gut. Wenn wir Glück haben, verbarrikadiert sie sich in der Wohnung, und wir können ein paar unbeschwerte Stunden verleben.« Ich lachte süffisant auf. Ein wenig Abstand zu meiner Mutter war im Moment dringend nötig. Nicht nur, dass sie seit Tagen über mein Frühstück bestimmte – das, wohlgemerkt, vor ihrer Ankunft nie aus einem Smoothie bestanden hatte –, nein, sie ließ Hannes und mir nicht die geringste Luft zum Atmen. Ständig mischte sie sich ein, stand unvermittelt in meinem Schlafzimmer oder tat unverhohlen ihre Meinung zu Dingen kund, die sie nichts angingen.

Jedes Mal, wenn ich versuchte, ihr klarzumachen, dass ihr Verhalten nicht angebracht war, machte sie eine wegwerfende Handbewegung und überging meinen Einwand einfach.

»Was ist mit Hannes?«, fragte Marie und setzte sich ihren Fahrradhelm auf.

»Der kommt direkt zu Oma Gertrud. Er muss noch ein paar Dinge wegen der Wohnung klären. Die Versicherung weigert sich, den Schaden zu übernehmen. Sie gehen nach wie vor davon aus, dass Hannes Schuld an dem Unglück trägt. Dabei kann er doch nichts dafür, wenn sich ein Schlauch von der Waschmaschine löst und die halbe Wohnung unter Wasser setzt.«

Marie seufzte. »Er ist gerade wirklich nicht zu beneiden. Zumindest nicht, wenn es um den Wasserschaden geht.«

»Was meinst du damit?«, hakte ich nach, als sie die Augenbrauen anzüglich in die Höhe schnellen ließ.

»Na ja, ihr liegt jede Nacht im selben Bett. Und das seit fast einer Woche.«

»Und?«, gab ich mich unbeeindruckt.

»Da landet man doch ganz ungewollt das ein oder andere Mal auf der Seite des anderen und …«

»Stopp!«, unterbrach ich sie und bekämpfte derweil die Bilder in meinem Kopf, die von den Erlebnissen der ersten gemeinsamen Nacht zeugten.

Wie durch ein Wunder war ich seither nicht mehr auf Hannes' Brust aufgewacht. Ein Umstand, den ich sogar ein wenig bedauerte. Aber dass meine Mutter zu jeder Zeit einfach so in mein unverschließbares Schlafzimmer platzen konnte, hemmte mich ungemein.

Auch Hannes hatte seit unserem Beinahekuss keine Anstalten mehr gemacht, mir näherzukommen. Ohnehin hatte ich ein wenig das Gefühl, dass er dazu übergegangen war, sein Pflichtprogramm abzuspulen und die Sache einfach hinter sich zu bringen. Mit ihm darüber gesprochen hatte ich jedoch nicht. Ich wollte ihn nicht mit meinen Gedankenspielen belästigen, wo er doch gerade wahrlich genug um die Ohren hatte.

»Ist ja schon gut«, erwiderte Marie lachend und schwang sich aufs Rad. »Lass es mich nur nicht als Letzte wissen, wenn ihr vor den Traualtar treten wollt.«

Damit trat sie auch schon in die Pedale und war Sekunden später aus meinem Sichtfeld verschwunden.

»Das verstehe ich jetzt nicht«, machte meine Mutter in meinem Rücken auf sich aufmerksam.

Erschrocken fuhr ich zu ihr herum. »Mutter, du hast wirklich ein Talent, dich anzuschleichen. Wenn du so weitermachst, bekomme ich noch einen Herzinfarkt.«

Sie lachte und winkte ab. »So ein Quatsch! Du siehst eher so aus, als hätte ich gerade etwas aufgeschnappt, das nicht für meine Ohren bestimmt war. Stimmt's oder hab ich recht?«

Das Leuchten in ihren Augen zeugte davon, wie sehr sie diesen Moment genoss.

»Hannes und ich sind uns noch nicht im Klaren darüber, wann und wie wir heiraten wollen. Das ist alles«, log ich und gab mich so souverän, wie ich nur konnte.

»Soso. Das klang in meinen Ohren aber vielmehr so, als hättet ihr euch darüber noch gar keine Gedanken gemacht. Was ich durchaus als ein wenig befremdlich einstufen würde, wenn man bedenkt, dass ihr ja bereits verlobt seid.«

Ihr Lächeln hatte etwas Diabolisches an sich. Ein wenig erinnerte sie mich an Schneewittchens Stiefmutter, nachdem sie den vergifteten Apfel hergestellt hatte.

»Da musst du dich verhört haben«, überging ich ihren Einwand und wechselte unvermittelt das Thema. »Ich würde jetzt zu Oma Gertrud fahren. Kommst du mit?«

Ich rechnete bereits damit, dass sie verneinen würde, aber sie schien zu überlegen. Offenbar war sie nicht so leicht von ihrer Fährte abzubringen und nun geneigt, sogar den einundachtzigsten Geburtstag von Oma Gertrud mitzufeiern, um Genaueres zu erfahren.

»Ich denke, ich komme mit. Hast du noch ein Fahrrad für mich, oder sollen wir besser laufen?«

Der Aktionismus, den sie plötzlich an den Tag legte, behagte mir nicht. Dennoch gab ich mich nach außen hin cool. »Im Lager steht noch eins von Oma Gertruds Rädern, die sie für ihre Gäste bereithält. Sie hat es uns dagelassen, für den Fall, dass du mal eine Radtour machen möchtest.«

»Schön, schön«, wiegelte meine Mutter ab und machte sich auch schon auf den Weg in meine Wohnung. »Ich muss mich schnell fertig machen. Gib mir zwanzig Minuten«, trällerte sie und war auch schon verschwunden.

Erleichtert atmete ich auf. Zwanzig Minuten blieben mir

also noch, um Hannes darauf vorzubereiten, dass meine Mutter etwas ausheckte.

Eilig zog ich mein Handy aus der Hosentasche und lief ein paar Meter auf und ab. Eine gewisse Unruhe hatte mich erfasst. Und die wurde auch nicht besser, als sich Hannes' Mailbox meldete und verkündete, dass er im Moment nicht zu sprechen war. Was nun? Ich tippte eine Nachricht und schickte sie Hannes. Doch bis meine Mutter knapp dreißig Minuten später abermals neben mir aufschlug, hatte er noch nicht geantwortet.

Kapitel 20

Willi, der alte Seebär, war eine dieser illustren Gestalten auf der Insel, die man nicht erfinden, sondern nur liebhaben konnte. Trotz oder gerade wegen seines ganz besonderen Charmes.

»Geht ein Seemann zum Jagen und trägt dabei seine Uniform. Fragt ihn ein anderer Jäger: Was soll denn die Verkleidung? Antwortet der Seemann: Taktik, alles Taktik! Die Hasen sollen glauben, ich gehe zum Segeln.«

Während Willi und seine umstehenden Zuhörer in schallendes Gelächter verfielen, beobachtete ich meine Mutter dabei, wie sich ihre Miene zusehends verfinsterte. Wahrscheinlich fragte sie sich gerade, ob es wirklich eine gute Idee gewesen war mitzukommen.

»Alles, alles Liebe und Gute zum Geburtstag«, beglückwünschte ich Oma Gertrud, die, umringt von Freunden, Bekannten und ihren Hotelgästen, übers ganze Gesicht strahlte.

»Wie schön, dass ihr kommen konntet«, bedankte sie sich.

Ich überreichte ihr eine kleine Buchauswahl, die ich liebevoll eingepackt und mit kleinen selbstgemachten Lesezeichen bestückt hatte. Wusste ich doch, dass sie eine Vorliebe für Agatha Christie und Hercule Poirot hatte. Die schmucken Neuausgaben würden ihr hoffentlich mindestens so gut gefallen wie mir.

»Meine herzlichsten Glückwünsche«, meinte nun auch meine Mutter, die bisher schweigend und argwöhnisch Willi begutachtend neben mir gestanden hatte.

»Wo ist denn Hannes?«, fragte sie sogleich, ohne Oma Gertruds Reaktion auf ihre Wünsche abzuwarten.

Das war so typisch für sie. Und es ärgerte mich maßlos.

»Oh, Hannes ist noch nicht da«, sagte Oma Gertrud schnell, als sie spürte, dass ich jeden Moment zu platzen drohte. »Aber er hat mir hoch und heilig versprochen, noch vor dem Kaffee zu kommen«, berichtete sie mit einem gewissen Stolz in der Stimme.

Man sah ihr an, wie sehr sie sich darüber freute, dass so viele Menschen Zeit gefunden hatten, um mit ihr diesen besonderen Tag zu feiern.

»Hannes Leschner? Was habt ihr denn alle mit dem?«, fragte Irmgard, die sich gerade zu uns gesellt hatte, ein wenig verwundert.

Mist! Daran hatte ich nicht gedacht. Sie wusste ja noch nichts davon, dass Hannes und ich seit Mutters Ankunft das verliebte Inseltraumpaar mimten. Wie dumm von mir, ihr nicht Bescheid zu geben!

»Wie darf ich das denn verstehen?«, mokierte sich meine Mutter und sah mit zusammengekniffenen Augen zwischen Irmgard und mir hin und her.

»Hannes und ich ...«, hob ich zu einer Erklärung an, doch meine Mutter ließ mich nicht ausreden.

»Was heißt denn da *mit dem*?«, hakte meine Mutter nach und durchbohrte dabei gefühlt die arme Inselschamanin mit ihren Blicken.

»Na ja, der gute Junge bleibt doch meist lieber für sich. Deshalb ist er ja schon seit Jahren Sin ...«

Nun war ich diejenige, die Irmgard ins Wort fiel. »Sino-
logiestudent.«

Meine Mutter sah mich an, als hätte ich den Verstand
verloren. Und Hannes gleich mit.

»Bitte was?«

»Hannes setzt sich seit Jahren mit der Chinakunde auseinander. Ein Fachgebiet der Sprach- und Kulturwissen-
schaften.«

Wie gut, dass mir Sven, einer der Kandidaten beim letzten Speeddating, genau das von sich erzählt hatte. Wohlgemerkt, in den fünf Minuten, die uns zum Austausch von
wirklich wichtigen Dingen zur Verfügung gestanden hatten. Nur einer der Gründe, aus denen ich danach nicht unbedingt das Bedürfnis verspürt hatte, ihn wiederzusehen.

Mutter hob die Augenbrauen, wenn überhaupt möglich,
noch eine Spur höher.

»Hannes beschäftigt sich mit den Chinesen? Wollen die
jetzt doch bei der Digitalisierung mitmischen? Ich dachte,
die wären raus«, mischte sich Irmgard wieder ein.

Tautropfengroße Schweißperlen traten mir auf die Stirn.
Auch wenn ich sie nicht sehen konnte, wusste ich, dass sie
da waren.

»Und Hannes hängt da mit drin? Mit den Chinesen und
dieser Digitalisierung?«

Das letzte Wort betonte meine Mutter dermaßen ange-
widert, als wäre es ein Krebsgeschwür.

»Hannes und die Chinesen«, schlussfolgerte Irmgard und
schüttelte den Kopf.

»Nein, nein! Hannes arbeitet nicht mit den Chinesen …«

»Das hat ja so kommen müssen. Der Junge sitzt viel zu
viel allein herum. Dabei dachte ich ja, ich hätte euch beide

auf den rechten Weg gelenkt, als du vor ein paar Tagen bei mir warst.«

Nun sah meine Mutter interessiert in meine Richtung. »Was genau meint sie damit?«

»Also ... ähm, ich ... das war eine lustige Geschichte ...«

Ich lachte gequält und hielt Ausschau nach Hilfe. Oma Gertrud schien mit der Situation ähnlich überfordert wie ich und zuckte nur mit den Schultern. Von Marie war weit und breit nichts zu sehen. Und was Hannes anging, hoffte ich inständig, dass er erst später eintreffen würde. Viel später. Bis mindestens fünf Zentimeter Gras über die ganze Chinesen-Digitalisierungs-Geschichte gewachsen war. Oder noch mehr.

Plötzlich kam Hilfe aus ganz unerwarteter Richtung. »Wie nennt man einen Matrosen, der sich seit einem Jahr nicht mehr gewaschen hat? Na, na, wer weiß es? Keiner? Ein Meerschweinchen. Hahaha.« Willis tosendes Gelächter übertönte alle anderen Gespräche.

»Wo ist denn der Sanddornlikör?«, fragte meine Mutter just neben mir, während sie angespannt in Willis Richtung blickte und die Sache mit Hannes offenbar nicht weiterverfolgen wollte.

»Mama!«, versuchte ich sie halbherzig zur Raison zu bringen. Schließlich war ich froh, dass es nicht mehr um meinen vermeintlichen Verlobten ging.

»Was denn? Trinkt man im Norden zu festlichen Anlässen etwa keinen Alkohol?«

Ich wollte gerade etwas erwidern, als ich Hannes am Gartentor erblickte. »Doch, den trinkt man. Nicht, Oma Gertrud?«, änderte ich meine Meinung und signalisierte Irmgard gleichzeitig, dass sie nicht länger über Sinologie sprechen durfte. Ob sie meine Zeichen allerdings verstand, wagte ich zu bezweifeln.

Aber zwei, drei Gläser Sanddornlikör würden meine Mutter vielleicht ohnehin vergessen lassen, was sie gerade eben aufgeschnappt hatte. Dann würde sie Hannes hoffentlich auch in Frieden lassen. Der Ärmste sah nicht danach aus, als befände er sich gerade in der Lage, sich der Inquisition von Traudel Baumgartner zu stellen.

»Aber natürlich!«, sagte Oma Gertrud sogleich. »Kommen Sie mit, Frau Baumgartner. Hier drüben an der kleinen Theke habe ich neben Snacks und Erfrischungsgetränken auch eine Flasche meines besten Sanddornlikörs stehen.«

Zähneknirschend fügte sich meine Mutter in ihr Schicksal. Auch als Oma Gertrud ihr ihren Arm um die Schulter legte und sie in Richtung Schaukel bugsierte, vor der das Büfett aufgebaut war.

»Fragt der Ober den seekranken Passagier: Sollen wir Ihnen das Mittagessen in die Kabine bringen, oder sollen wir es gleich für Sie über Bord werfen?«

Willi war heute wirklich in seinem Element. So ausgelassen hatte ich ihn noch nie seine Witze zum Besten geben sehen.

»Hey.«

Auch wenn ich Hannes gerade noch gesehen hatte und wusste, dass er da war, erschrak ich dennoch ein wenig, als er plötzlich neben mir stand.

»Hey«, erwiderte ich seinen Gruß.

»Wo ist deine Mutter?«, fragte er, während er sich suchend umblickte.

Ich deutete hinüber zur Schaukel. »Oma Gertrud verköstigt sie mit Sanddornlikör.«

Hannes nickte. »Das ist gut.« Dann zückte er sein Handy. »Ich hab gerade erst deine Nachricht gelesen.«

Ich seufzte. »Meine Mutter hat ein Gespräch zwischen Marie und mir belauscht, und jetzt hat sie wohl das Bedürfnis, dir und mir ein wenig auf den Zahn zu fühlen. Dabei schlafen wir doch schon jede Nacht gemeinsam in einem Bett. Was will sie denn noch?«

Hannes lachte. »Bei dir klingt das, als würde es dich jedes Mal aufs Neue Überwindung kosten.«

»Nein! Also, na ja, es ist schon etwas gewöhnungsbedürftig, dass da jede Nacht ein Mann neben mir im Bett liegt. Meine letzte Beziehung war … kompliziert«, beendete ich meinen Satz abrupt.

»Also, was hast du jetzt genau mit den Chinesen zu schaffen, mein Junge?«, funkte Irmgard abermals dazwischen.

»Wie bitte?«, fragte Hannes und sah mich irritiert an.

»Frag lieber nicht«, erwiderte ich, ehe ich mich Irmgard zuwandte. »Hannes hat nichts mit den Chinesen am Hut. Ich wollte nur verhindern, dass … ach, auch schon egal.« Ich winkte ab. »Hannes und ich sind verlobt«, brachte ich es endlich auf den Punkt.

»Meinen herzlichen Glückwunsch, ihr beiden. Na, das freut mich aber. Vor allem, da ich ja so meistergültig an eurem Happy End beteiligt war.«

Der Wind frischte auf, als würde er sich beschweren wollen.

»Ja, du hast natürlich auch deinen Beitrag geleistet«, sagte die Inselschamanin schnell und blickte gen Himmel.

»Wir sind nicht wirklich verlobt. Meine Mutter soll es nur glauben.«

Irmgard wandte sich vom Himmel wieder mir und Hannes zu.

»Kinder, Kinder, ihr habt Ideen. Wenn's hilft«, sagte sie noch und mischte sich dann unter die übrigen Geburtstagsgäste.

»Ganz schön turbulent«, fasste Hannes zusammen und zog mich dann wie selbstverständlich in eine Umarmung.

Als wir uns wieder voneinander gelöst hatten, fiel mein Blick auf Marie und Ole. Die beiden sahen so entspannt und zufrieden miteinander aus. Offenbar hatte sich die Aufregung meiner Freundin vor der Hochzeit ein wenig gelegt. Wie schön, wenn sich alles zum Guten fügte. Bis zur Hochzeit war es nicht mehr lang, und schon morgen würde Silke endlich auf der Insel eintreffen und mit Marie und mir einen schönen Tag in Binz verbringen. Darauf freute ich mich schon sehr.

Endlich mal einen ganzen Tag nur mit meinen Freundinnen zusammen sein, meine Mutter sich selbst überlassen und dabei an nichts und niemanden denken müssen.

Hoffentlich würde Marie unseren Wellnesstag am Binzer Strand mit Sauna und Massage ebenso gutheißen wie Silke und ich. Über den klassischen Junggesellinnenabschied mit Kostümierung, Bauchladenverkauf und albernen Spielchen hatten wir drei uns schon in unserer Zeit in München immer lustig gemacht. Das war so gar nicht unsere Welt. Wie genau sich Marie allerdings diesen besonderen Tag vorstellte, hatte sie uns nie offenbart.

»Echt gutes Zeug«, machte meine Mutter mit einem Likörglas in der Hand auf sich aufmerksam.

»Der wievielte ist das?«, hakte ich nach, als ich ihren leicht glasigen Blick bemerkte.

»Der vierte. Hicks! Warum fragst du?« Ihre Stimme klang angriffslustig. Doch bevor sie in die Vollen gehen konnte, erblickte sie Hannes neben mir. »Da ist er ja: mein zukünftiger Schwiegersohn!«

Meine Mutter hakte sich bei Hannes unter und schmiegte ihren Kopf an seinen Arm, ehe sie auch noch das fünfte Glas an die Lippen führte und in einem Zug leerte.

»Es ist auch schön, dich wiederzusehen, Traudel«, fügte er sich in seine Rolle.

Und ohne weiter um den heißen Brei herumzureden, ging meine Mutter gleich in die Offensive. »Marie hat heute gegenüber meiner Tochter so eine Bemerkung fallen lassen ... und dann erst die Sache mit der Sine ... Sinal ... Sinopo ... Hicks! ... O Pardon!«, entschuldigte sie sich.

»Möchtest du noch einen Likör?«, bot ich ihr an, um sie von ihrem Weg abzubringen.

»Ein Seemann muss für längere Zeit auf See, während seine Frau schwanger zu Hause zurückbleibt. Wenn das Baby da ist, will sie ihm ein Telegramm schicken. Aber er verneint. Sonst müsste er der ganzen Crew einen ausgeben. Also einigen sie sich auf einen Geheimcode: ein Eis. Fünf Monate später ist es endlich so weit. Das Telegramm trudelt auf dem Schiff ein. Die Botschaft: Zwei Eis – eins mit Stiel und eins ohne.«

Kaum dass Willi geendet hatte, brach er in schallendes Gelächter aus.

Meine Mutter verzog schmerzerfüllt das Gesicht. »Nicht so laut«, blaffte sie ihn an.

»Sehr schön, Ihre Bekanntschaft zu machen, Nicht-so-laut. Ich bin der Willi«, stellte er sich ihr vor und schüttelte meiner total überrumpelten Mutter wenig zimperlich die Hand.

Willi war nicht nur mit Leib und Seele dem Meer verbunden, sondern auch der Eigentümer der Fischbarkasse im Hafen von Kloster. Seine eigenwillige Art bescherte ihm nicht immer nur Freunde. So hatte er sich beispielsweise angewöhnt, den Preis für seine Fischbrötchen zu variieren – je nachdem, wie ihm die Kunden gefielen. Das hatte schon das eine oder andere Mal zu Ärger geführt, was Willi aber kaum Sorgen bereitete. Er blieb immer gelassen und machte an guten Tagen gern den einen oder anderen Witz.

»Na, aber hören Sie mal! Lassen Sie sofort meine Hand los.«

Hannes und ich standen wie Zaungäste neben den beiden und warteten mit offenen Mündern darauf, was als Nächstes folgen würde.

»Sonst?«, hakte Willi diabolisch grinsend nach.

»Sonst schreie ich so laut, dass Ihnen Hören und Sehen vergeht«, schmetterte sie ihm ungehalten entgegen, woraufhin er nur noch lauter zu lachen begann.

Als er sich ein wenig beruhigt hatte, klopfte er ihr kameradschaftlich auf die Schulter, wobei sie ein wenig ins Straucheln geriet.

»Sie sind mir ja eine. Sind Sie neu auf der Insel? Sie kommen mir nicht bekannt vor. Oder nur zu Besuch?«

Willi beobachtete meine Mutter genau und vergaß darüber sogar, seine Matrosen- und Seemannswitze zum Besten zu geben.

»Hier dauerhaft wohnen?«, echauffierte sich meine Mutter. »Das würde mir im Traum nicht einfallen. Da könnte ich mich ja gleich in einen Sarg legen und auf mein Ableben warten, so trostlos ist das hier.«

»Na, na, na«, erwiderte Willi.

Willi war mit Hiddensee verwurzelt, und er ließ nichts

auf seine Heimat kommen. Von niemandem. Da hatte sich meine Mutter definitiv mit dem Falschen angelegt, denn Willi zeigte Zähne, wenn es darum ging, etwas zu verteidigen, was ihm lieb war.

»Wir sollten die beiden eine Weile sich selbst überlassen«, flüsterte mir Hannes ins Ohr, ehe er mich sachte hinüber zum Büfett schob.

»Keine schlechte Idee«, erwiderte ich ohne Gegenwehr. »So bekomme ich endlich was zu essen. Heute Mittag war es außergewöhnlich voll im Laden, da konnte ich mir keine Pause gönnen.«

Wie auf Kommando begann mein Magen zu knurren.

Erst jetzt fiel mir ein, dass Hannes' Vormittag sicher wesentlich unangenehmer gewesen war als meiner.

»Wie war's in der Wohnung? Konntest du mit der Versicherung noch etwas klären?«

Hannes schüttelte resigniert den Kopf. »Das wird sich wohl alles noch eine ganze Weile hinziehen. Außer du kennst vielleicht jemanden, der bei der Gutmann-Versicherung arbeitet.« Er lachte freudlos auf.

»Haben die nicht ihren Hauptsitz in München?«, hakte ich nach.

»Ich glaube schon«, erwiderte Hannes, der nicht ganz verstand, worauf ich hinauswollte.

Während ich überlegte, reichte er mir einen Spieß mit Trauben und Käsewürfeln. Erst jetzt richtete ich meinen Blick auf die mal wieder außergewöhnlich reich gefüllte Tafel, die Oma Gertrud da aufgetischt hatte.

Neben ihrer wundervollen Orangen-Sanddorntorte, in deren Genuss ich schon mehrmals gekommen war, standen auch noch ein gedeckter Apfelkuchen, ein Kirschkuchen und ein Maulwurfhügel auf dem Tisch. Daneben reihten sich eine herrlich ehrliche Kanne mit Filterkaffee sowie eine Kanne mit heißem Wasser für die Teetrinker aneinander. Als kleine Häppchen waren verschieden bestückte Spieße zu entdecken – besonders fielen mir die Lachsschnecken und die Früchtearrangements ins Auge. Des Weiteren gab es noch Karaffen mit orangefarbenem Inhalt sowie Minz- und Zitronenwasser.

»Warum fragst du?«, lenkte Hannes meine Gedanken wieder auf die Versicherungssache.

»Wenn mich nicht alles täuscht, arbeitet Silkes Mann für die Versicherung. Ich werde sie gleich morgen fragen, sobald sie angekommen ist.« Ehe ich weitersprach, prüfte ich den Abstand zu Marie. Schließlich wollten Silke und ich sie überraschen. »Morgen findet nämlich Maries Junggesellinnenabschied in Binz statt.«

Hannes machte große Augen. »Das wäre ja wirklich … fantastisch. Also, ich meine, wenn du mal nachfragen könntest«, ruderte er eilig zurück, als er sich der Tatsache bewusst wurde, dass er für seine Verhältnisse viel zu euphorisch klang.

»Das mache ich sehr gern«, sagte ich und sah Hannes fest in die Augen, während ich mir überlegte, warum ich es meiner Mutter nicht gleichgetan und den einen oder anderen Sanddornlikör gekippt hatte. Auf diese Weise könnte ich nun viel ungezwungener einen Schritt auf ihn zugehen und ihn endlich küssen.

»Ist alles okay bei dir?«, riss mich Hannes aus meinen Gedanken.

»Hm? Ja, klar. Ich habe nur gerade darüber nachgedacht, ob … das mit Willi und meiner Mutter gut gehen kann«, log ich und beeilte mich, angestrengt zu ihnen hinüberzublicken.

»Ach, der alte Willi ist Kummer gewöhnt. Der kriegt das ganz sicher hin. Die Frage ist nur, ob deine Mutter den vielen Sanddornlikör so gut wegsteckt.«

Hannes lachte und reichte mir ebenfalls ein Glas, ganz so, als hätte er meine Gedanken gehört.

»Du nicht?«, fragte ich, als er sich ein Zitronenwasser einschenkte.

Er schüttelte den Kopf. »Ich bin heute leider noch bis zwanzig Uhr im Einsatz. Über uns braut sich in den Abendstunden ein Gewitter zusammen. Zumindest sieht gerade alles danach aus. Da muss ich der Radiostation vom NDR regelmäßig Bericht erstatten. Und das klappt nur fehlerfrei, wenn ich nüchtern bin. Deshalb werde ich leider auch nicht ganz so lange bleiben können.«

Ein wenig traurig darüber, dass Hannes sich schon bald wieder verabschieden musste, bemerkte ich nicht, wie Oma Gertrud neben mich getreten war.

»Deine Mutter scheint ja auch eine ganz andere Seite an sich zu haben«, meinte sie geheimnisvoll.

»Was meinst du?«, erwiderte ich und blickte mich suchend nach ihr um.

Als ich sie entdeckte, blieb mir der Mund offen stehen. Konnte das wirklich wahr sein? Meine Mutter und ... Willi. »Was machen die da?«

Auch wenn ich genau sehen konnte, was da vor sich ging, wollte ich es mir von jemandem bestätigen lassen.

»Nun, ich würde sagen, landläufig nennt man das tanzen«, sagte Hannes und brachte mich damit mal wieder zum Lachen.

Warum mussten wir uns erst jetzt besser kennenlernen, da meine Mutter auf der Insel war? Warum hatte er nicht wenigstens ein einziges Mal beim Speeddating erscheinen können? Schließlich war er doch selbst Single. »Bis vor zehn Sekunden wusste ich nicht mal, dass meine Mutter tanzen kann«, gestand ich den beiden.

»Und das ziemlich gut, würde ich meinen«, beendete Oma Gertrud ihren Gedanken und zwinkerte mir vielsagend zu, ehe sie von einem ihrer Gäste gerufen wurde und sich von uns verabschiedete.

»Der Sanddornlikör scheint nicht nur die Zunge zu lockern«, bemerkte Hannes neben mir, während er seine Hände in die Hosentaschen schob.

»Hannes, warum warst du bisher nie beim Inseldating im *Kleinen Prinzen*?«, hörte ich mich plötzlich laut fragen, was mich innerlich umtrieb.

»Ich bin nicht auf der Suche«, antwortete er trocken. Als er meinen verwunderten Gesichtsausdruck bemerkte, zog er mich an sich und ergänzte schnell: »Ich hab ja dich.«

Das war zwar richtig. Zumindest für den Moment. Aber irgendwas sagte mir, dass das nur die halbe Wahrheit war.

Kapitel 21

»Und ihr wollt meine Freundinnen sein?«

Marie sah abwechselnd zwischen Silke und mir hin und her.

»Ich bin mir sicher, dass das eine ganze Menge Spaß machen wird«, versuchte Silke, Vorfreude zu erwecken, wo Marie blankes Entsetzen ins Gesicht geschrieben stand.

»Der Kletterwald BinzProra ist für Kinder ab fünf Jahren freigegeben«, gab ich den Inhalt der Webseite wieder.

»Das ist mir ganz egal. Dort kriegen mich keine zehn Pferde hoch.« Marie deutete auf die Hochseilgartengäste, die bereits in den Seilen hingen und sich von Baum zu Baum kämpften.

»Sieh es als Herausforderung!«, versuchte Silke, ihren Ehrgeiz zu wecken. »Die Ehe ist auch voller Höhen und Tiefen. Da kann man sich auch nicht hinstellen und sagen: Das trau ich mich nicht. Mach du mal.«

Silke verstand es, Menschen zu motivieren. Zumindest hatte ich das Gefühl, dass bei Marie ein Umdenken einsetzte. Zögerlich sah sie abermals in die Baumwipfel hinauf, während sich ihr Brustkorb unregelmäßig hob und senkte.

»Wir sind ja bei dir«, versicherte ich der zukünftigen Braut, die sich für ihren Junggesellinnenabschied wohl etwas anderes erhofft hatte.

Geplant waren für diesen Tag auch noch ein Abstecher ans Meer zur Seebrücke und Saunieren in den aufgestellten Saunawagen am Strand. Sogar ein Abendessen in einem piekfeinen Fischrestaurant hatten Silke und ich bereits gebucht. Aber Silke war der Meinung gewesen, dass Marie an diesem so denkwürdigen Tag auch in irgendeiner Form etwas leisten musste. Dass sie dabei regelrecht über sich hinauswachsen müsste, davon waren sicher weder Marie noch ich ausgegangen.

Silke strahlte übers ganze Gesicht, während sie sich die Anlage genauer ansah. Wir standen mitten im Wald und kamen uns in Anbetracht der riesigen Bäume, die uns umgaben, ziemlich winzig vor.

»Ich weiß nicht«, zögerte Marie noch immer.

»Es ist verdammt lange her, dass wir drei mal einen Tag nur für uns hatten. Ich glaube, beim letzten Mal sind wir in die Therme nach Erding gefahren«, weckte ich Erinnerungen an unsere gemeinsame Zeit in München.

»Da hätten wir doch heute auch hinfahren können«, gab Marie zu bedenken, die offenbar mehr Probleme mit der Höhe hatte, als mir bis dato klar gewesen war.

»Ich bin der Überzeugung, dass wir drei zusammen einfach alles schaffen können«, behauptete Silke und zog sich das Geschirr für die Klettertour über.

»Absolut!«, bestätigte ich sie. »Ich verspreche dir auch, dass der Rest des Tages durchaus entspannter verlaufen wird«, versuchte ich Marie zu beruhigen, ohne mehr zu verraten.

Marie blickte abermals zwischen Silke und mir hin und her. »Okay, ich machs's. Aber nur, wenn ihr beiden mir nicht von der Seite weicht.«

Silke nickte und streckte ihre Hand aus, auf die ich zunächst meine legte. Marie zögerte noch einen Moment, ehe sie ihre Hand auf unsere legte und nicht mehr ganz so eingeschüchtert aussah.

»Auf in den Kampf!«, rief Silke siegessicher wie einer der Musketiere, während ich für den Moment einfach nur froh war, dass Marie sich überwunden und uns nicht die Freundschaft gekündigt hatte.

Ohne es zu wollen, musste ich an Hannes denken. Seit ich ihn gestern auf Oma Gertruds Geburtstagsfeier mit dem Inseldating konfrontiert hatte, schien er auf emotionaler Ebene einen Schritt von mir zurückgewichen zu sein. Und ich traute mich nicht mehr so recht, ihn zu fragen, was denn Sache war. Obwohl ich extrem neugierig war.

Marie bekam gerade ihre Ausrüstung ausgehändigt. Ungläubig blickte sie auf das Bündel und schüttelte leicht den Kopf. Selbst wäre sie sicher nie auf den Gedanken gekommen, sich in einen Kletterwald zu begeben.

»Marie, du, ich weiß, das klingt jetzt vielleicht ein wenig merkwürdig, aber hast du eine Ahnung, warum Hannes keine Freundin hat?«

Marie hob den Blick in meine Richtung. »Er hat doch dich«, erwiderte sie augenzwinkernd.

»Du weißt, wie ich das meine.«

Marie überlegte kurz. »Bis vor einem Jahr habe ich ja selbst nicht auf der Insel gelebt. Und als ich gegangen bin, waren wir beide gerade achtzehn Jahre alt. Ich würde dir da gern weiterhelfen, aber leider weiß ich auch nicht mehr als du. Warum fragst du?«

Ich winkte ab. Plötzlich kam ich mir ziemlich doof vor, weil ich Marie ausgerechnet heute damit behelligte.

»Sag schon!«, drängte sie mich weiter, während Silke sich mit unserem Guide unterhielt und ein wenig fachsimpelte.

Offenbar hatte sie im vergangenen Jahr ihre Liebe fürs Klettern entdeckt. Weder Marie noch ich hatten das gewusst. Man bekam also definitiv nicht alles mit, wenn man nicht da war.

»Hannes hat gestern so komisch reagiert, als ich ihn nach dem Inseldating im *Kleinen Prinzen* gefragt habe. Irgendwie hatte ich das Gefühl, dass es einen Grund dafür gibt, warum er dort nicht hingehen möchte.«

Marie überlegte kurz. »Hast du ihn denn darauf angesprochen?«

Ich schüttelte den Kopf. »Nein, das schien mir nicht passend. Aber jetzt wüsste ich doch zu gern den Grund. Vielleicht hat der auch was damit zu tun, dass er so zurückgezogen lebt und kaum unter Leute geht.«

Marie nickte. »Gut möglich. Wenn du magst, können wir Oma Gertrud ja mal fragen. Die wird es wissen.«

»Kommt ihr?«, riss Silke uns mit vorfreudigem Gluckslaut in der Stimme aus unserer vertrauten Zweisamkeit.

»Ja«, rief Marie und besah sich ihre Ausrüstung skeptisch ein letztes Mal. Doch dann fügte sie sich in ihr Schicksal. Und ich ebenfalls. Ganz schwindelfrei war ich leider auch nicht. Aber das wollte ich nicht vorbringen, um Marie nicht noch mehr zu verunsichern. Jetzt galt es, einen kühlen Kopf zu bewahren und nicht allzu oft an Hannes zu denken.

»Na, siehst du! Du schlägst dich wirklich ganz wunderbar«, ermutigte Silke Marie, nachdem wir die ersten Hindernisse überwunden hatten.

Im Gegensatz zu mir war Marie definitiv so etwas wie ein Naturtalent, wenn man das in diesem Rahmen sagen konnte. Trotz ihrer Höhenangst und ihres Widerwillens zu Beginn war sie drangeblieben und Stück für Stück über sich hinausgewachsen.

Ich wollte gerade meinen rechten Fuß aufs Seil setzen und mich zur anderen Seite hangeln, als das Handy in meiner Hosentasche vibrierte.

»Mutter? Ich kann jetzt leider nicht«, versuchte ich sie abzuwimmeln.

»Wie, du kannst nicht? Ich brauch dich aber«, tönte sie vorwurfsvoll durch den Hörer, als erwartete sie von mir, dass ich alles stehen und liegen ließ und zu ihr ging.

»Was ist denn passiert?«, fragte ich nach und stellte mich auf der Plattform ein wenig zur Seite, damit Silke als Nächste die Etappe meistern konnte.

»Was passiert ist? Ich erinnere mich wieder an den gestrigen Nachmittag bei Oma Gerlinde.«

»Oma Gertrud«, berichtigte ich sie.

»Was? Ach, ist ja auch egal. Auf jeden Fall weiß ich jetzt wieder, dass ich mit diesem furchtbaren Matrosen getanzt habe.«

»Und?«, hakte ich nach.

»Und?«, blaffte meine Mutter mich an. »Du hättest mich aufhalten müssen!«

Die Vorstellung, meine Mutter von irgendetwas abhalten zu wollen, war lächerlich. Nur unter Aufbietung all meiner Selbstbeherrschung gelang es mir, nicht zu lachen. »Dann hätte ich dir wohl oder übel verbieten müssen, einen Likör nach dem anderen zu kippen«, erklärte ich, während Silke bereits die Hälfte des Seils überquert hatte.

»O Gott! Erinnere mich bloß nicht daran. Mein Schädel tut höllisch weh. Ich habe schon drei Schmerztabletten genommen und befürchte dennoch, dass er jeden Moment platzen könnte.«

»Ich muss jetzt leider weiter«, erklärte ich.

»Aber was mach ich denn jetzt?«

Wenn mich nicht alles täuschte, klang meine Mutter gerade flehentlich. Das hatte ich ja noch nie erlebt. »Na, das Beste wird sein, wenn du dich noch mal hinlegst und deine Kopfschmerzen auskurierst. Du hast dich Willi ja nicht an den Hals geworfen. Ihr habt lediglich getanzt.«

Zumindest war das alles, was ich mitbekommen hatte. Meine Hand dafür ins Feuer legen, dass da nicht mehr gewesen war, würde ich nicht.

»Willi will mich später abholen und mit mir eine Bootstour machen.«

Ob Willi wusste, worauf er sich da eingelassen hatte? »Das hört sich doch schön an«, antwortete ich.

»Pah! Im Gegenteil. Ich kann mich doch nicht in der Öffentlichkeit mit diesem dahergelaufenen Seemann blicken lassen. Was sollen denn die Leute von mir denken?«

Meine Mutter klang, als wäre sie einem Jane-Austen-Roman entsprungen und mächtig der Zeit entrückt. »Die Leute können dir doch echt egal sein. Und Willi ist einer von den Guten. Auch gerade weil er ein wenig eigensinnig ist«, sprang ich für ihn in die Bresche.

»Ich weiß nicht …«, zeigte sich meine Mutter weiterhin unschlüssig, während Silke gerade auf der nächsten Plattform ankam.

Sowohl Marie als auch Silke bedeuteten mir, endlich das Gespräch zu beenden und zu ihnen zu kommen. »Manchmal muss man etwas wagen, Mutter«, sagte ich, beendete das Telefonat und behielt zum allerersten Mal in meinem Leben das letzte Wort.

»Komm schon!«, feuerte Silke mich an.

Das war nun bereits unsere vierte Etappe. Das flaue Gefühl im Magen hatte sich zwar noch immer nicht verflüchtigt, aber ich wusste besser damit umzugehen. Mit jedem Schritt, den ich machte, wurde ich selbstbewusster und gewann an Zuversicht.

Mit den Worten »Hey, sehr gut! Das war sicher ein neuer Rekord« nahmen mich meine Freundinnen auf der anderen Seite in Empfang.

Nach zwei weiteren Stunden war der Parcours überstanden. Silke strahlte übers ganze Gesicht, und auch Marie und ich wussten, was wir heute geleistet hatten. Es war ein gutes Gefühl, sich seiner Angst zu stellen und über sich hinauszuwachsen. Diese Erkenntnis würde ich später mit auf die Fähre nach Hiddensee nehmen und hoffentlich ganz lange davon zehren können.

»Was steht jetzt auf dem Programm?«, fragte Marie ein wenig verunsichert.

Offenbar hatte sie Sorge, wir könnten sie auch bei der nächsten Etappe mit ihren Ängsten konfrontieren. Was, so betrachtet, echt grausam war. Also beeilte ich mich, sie aufzuklären.

»Ich habe uns bei der Villa Kunterbunt einen Strandkorb und einen von diesen coolen Saunawagen direkt am Strand angemietet.«

Maries Erleichterung war ihr augenblicklich anzumerken.

185

»Ist das nicht eine der Strandvillen aus der Bäderarchitektur, die in Binz gleich an der Promenade stehen?«, fragte sie nach.

Ich nickte.

»Das hört sich richtig gut an«, bestätigte nun auch Silke. »Was kann es Besseres geben, als mit meinen besten Freundinnen einen Nachmittag am Strand zu verbringen?« Marie lächelte dankbar.

»Und das Beste hab ich euch noch gar nicht verraten«, erhöhte ich die Spannung.

»Sag schon!«, bettelte Marie, während Silke mich in die Seiten pikste.

Das kitzelte, und ich musste so lachen, dass ich kein Wort herausbekam. Als Silke endlich von mir abgelassen hatte, tat mir der Bauch vor lauter Lachen weh.

»Also?«, fragte Silke und drohte mir abermals mit ihren Fingern.

»Gnade!«, winselte ich.

Marie und Silke sahen mich erwartungsvoll an. Doch ich brauchte noch zwei weitere ruhigere Atemzüge, bis ich wieder normal sprechen konnte.

»Ich habe uns noch einen Picknickkorb mit Antipasti, Meeresfrüchten, Obst, ein paar kleinen Süßigkeiten und natürlich Sekt bestellt«, offenbarte ich schließlich.

Marie und Silke sprangen mir um den Hals und begannen ein Freudentänzchen mit mir. Die übrigen Hochseilgäste sahen uns irritiert an.

»Worauf warten wir dann noch?«, fragte Silke und eilte mit uns zur nächsten Bushaltestelle. Ein Taxi hatte uns zwar von Schaprode nach Binz gefahren, vom Kletterpark aus würden wir jedoch den Bus nehmen. Ein Mietwagen war hier in Binz auch gar nicht nötig. Die Verkehrsanbindung war sehr gut, und irgendwie hatte ich mich in mein autofreies Dasein gefügt. Schon in München war ich meinen Wagen nur sehr selten gefahren. Deshalb war es mir auch nicht besonders schwergefallen, ihn zu verkaufen, als sicher war, dass ich auf Hiddensee mein Glück versuchen wollte.

Die Fahrt dauerte nur wenige Minuten. Silke rief zu Hause an, um nachzufragen, ob mit ihrem Sohn Paul alles gut war. Frank schien ihr zufriedenstellend zu antworten. Als Mutter war es sicher noch einmal eine ganz andere Herausforderung, so ein Wochenende zu organisieren.

Marie sah aus dem Fenster und hing offenbar ihren Gedanken nach. Das Meer war noch nicht zu sehen. Gerade wurde das satte Grün des Walds von den ersten Häuserblöcken abgelöst. Wir näherten uns unserem Ziel.

Ich checkte mein Handy. Angerufen hatte mich meine Mutter zum Glück nicht mehr. Ob sie wohl meinen Rat befolgt hatte und mit Willi den Nachmittag verbringen würde? Kurzzeitig war ich versucht, ihr zu schreiben, doch dann entschied ich mich dagegen. Ich wollte diesen Tag mit den Mädels genießen. Meine Mutter würde mich schon noch früh genug über alles ins Bild setzen. Ob ich wollte oder nicht.

Als ich gerade dabei war, mein Handy zurück in die Hosentasche zu schieben, ging eine Nachricht ein. Zunächst war ich versucht, sie ungeöffnet zu lassen, doch dann packte mich die Neugier. Sie kam von Hannes.

Mein Herz schlug plötzlich einen viel wilderen und unregelmäßigeren Takt an. Meine Hände begannen leicht zu zittern, während ich die Nachricht öffnete.

»Hast du heute Abend noch kurz Zeit zu reden?«

Die Frage erwischte mich eiskalt. Worüber wollte Hannes denn mit mir sprechen? Gab es Probleme mit meiner Mutter? Oder ging es vielleicht um unser gestriges Gespräch auf Oma Gertruds Gartenparty?

»Klar! Sehen uns ja eh noch im Schlafzimmer«, schrieb ich, löschte es jedoch gleich wieder und änderte in: »Klar. Bin allerdings vermutlich erst sehr spät zurück. Heute ist ja Maries Junggesellinnenabschied.«

Kaum dass ich meine Nachricht verschickt hatte, färbten sich die zwei Pfeile hinter meiner Botschaft blau, und Hannes begann abermals zu schreiben. Erwartungsvoll starrte ich auf das Display.

Und dann kam wie so oft nur sein obligatorisches »Okay«.

Etwas enttäuscht stopfte ich das Handy zurück in meine Hosentasche.

Marie, die direkt neben mir saß, schien nicht entgangen zu sein, wie aufgewühlt ich plötzlich war.

»Ist was mit deiner Mutter?«, fragte sie nach, als der Bus gerade an einer der Stationen hielt.

»Nein. Hannes will heute Abend mit mir reden«, sagte ich, während sich ein Ziehen in meiner Magengegend einstellte.

Marie sah mich eindringlich an. »Wenn ich es nicht besser wüsste, würde ich fast meinen, dass ihr beiden doch in einer Beziehung seid.«

»Wer ist in einer Beziehung?«, wollte nun auch Silke wissen, die direkt hinter uns saß.

»Sind wir nicht«, beeilte ich mich zu sagen. »Übrigens sind Hannes und ich gestern beinahe wegen einer ähnlichen Äußerung von dir aufgeflogen.«

188

Marie sah mich mit gefurchter Stirn an.

»Du erinnerst dich an unser Gespräch vor dem *Traum-schlösschen*, als du meintest, ich sollte dir rechtzeitig Bescheid geben, falls wir vor den Traualtar treten sollten?«

Marie nickte, während Silke noch ein Stück näher zu uns heranrückte.

»Tja, das hat meine Mutter leider mitbekommen.«

Marie sah mich wie vom Donner gerührt an. »Mist!«

»Warum sagst du ihr nicht einfach, was Sache ist?«, wandte Silke ein. »Ich meine, ich kann absolut nachvollziehen, warum du so gehandelt hast, wie du es getan hast. Aber nachdem deine Mutter jetzt schon eine ganze Weile hier ist und so gar kein Interesse an deiner neuen Heimat und dem *Traumschlösschen* zeigt, ist es doch eigentlich an der Zeit, ihr klarzumachen, dass du dein Leben so lebst, wie du es leben willst.«

Wahre Worte! Ich wusste, dass Silke recht hatte.

»Ich wollte ihr gleich bei ihrer Ankunft reinen Wein einschenken. Aber erst hat Hannes mich davon abgehalten, und dann kam der Ostseewind dazwischen.«

Silke sah mich irritiert an, und ich musste wieder an den total verrückten Nachmittag bei Irmgard denken. Vermutlich hatte ich da recht ähnlich dreingesehen, als sie mir erklärte, der Ostseewind habe gerade mit ihr gesprochen.

»Nächste Haltestelle: Haus des Gastes«, verkündete die Ansagensprecherin gerade.

Das war unser Ziel.

»Und warum hast du es danach nicht getan?«, blieb Silke beharrlich.

»Erst hat sich nicht der richtige Zeitpunkt ergeben, und

gestern hat meine Mutter mit Willi getanzt. Ganz ausgelassen und so glücklich, wie ich sie selten erlebt habe. Eigentlich noch nie, wenn ich ehrlich bin«, gestand ich den beiden und mir selbst ein.

Der Sanddornlikör hatte etwas in meiner Mutter wachgekitzelt, das ich so noch nie an ihr bemerkt hatte. Vielleicht lohnte es sich ja, noch ein bisschen Geduld zu haben. Noch wollte ich die Hoffnung nicht aufgeben, auch wenn mich die bevorstehende gemeinsame Nacht mit Hannes schon jetzt wieder in Schweißausbrüche verfallen ließ. Schließlich war ich auch nur ein Mensch. Ein Mensch, der sich von einem anderen Menschen angezogen fühlte und nicht so genau wusste, wie er das jetzt noch richtigstellen sollte, da die Voraussetzungen mal ganz andere gewesen waren.

»Na ja, wenn du eins auf der Insel im Überfluss hast, dann ist es ja Zeit«, sprang mir Marie zu Hilfe. »Und wenn ich daran denke, wie gut deine Mutter gestern drauf war, dann besteht durchaus noch Hoffnung, dass sie sich für dieses wundervolle Fleckchen Erde ein wenig erwärmen kann.«

Silke lehnte sich in ihrem Sitz zurück. »Also mich müsste man nicht lange davon überzeugen. Ich finde es richtig toll hier und würde am liebsten auch zu euch auf die Insel kommen. Wenn Frank nur nicht diesen doofen Job hätte.«

Erst jetzt fiel mir wieder ein, dass ich sie ja hatte fragen wollen, ob Frank zufällig für die Versicherungsanstalt arbeitete, mit der sich Hannes gerade herumschlagen musste. Später, sobald sich die Gelegenheit als günstig erwies, würde ich sie danach fragen. Dann konnte ich Hannes heute Abend vielleicht sogar gute Nachrichten mit ins Schlafzimmer bringen.

Der Bus hielt abrupt, und wir drei stiegen aus, voller Hoffnungen, Erwartungen und unbändiger Vorfreude.

Kapitel 22

»Hannes, schläfst du schon?«

Der Tag in Binz war viel schneller vergangen, als ich es je für möglich gehalten hätte. Gerade noch hatten wir das Abendessen genossen und zwei, drei Caipirinhas getrunken, als uns auch schon das Wassertaxi nach Hiddensee bringen musste. Die letzte Fähre war längst gefahren. Nicht weiter schlimm. Zumindest nicht, was das Finanzielle anging. Ich befürchtete nur, dass Hannes schon schlafen könnte.

Eine Nachricht wollte ich ihm deshalb nicht schicken. Schließlich war es fast Mitternacht.

»Hm?«, fragte er schlaftrunken, rieb sich die Augen und setzte sich dann im Bett aufrecht hin. »Nein, ich muss gerade erst eingenickt sein«, log er.

Ich zögerte, weil ich nicht gleich mit der Tür ins Haus fallen wollte. Schließlich hatte er ja mit mir reden wollen und nicht umgekehrt. Ich deutete aufs Badezimmer.

»Dann werde ich mich mal fertig machen«, sagte ich und erwartete insgeheim, dass er mich davon abhalten würde.

»Ja, mach das«, pflichtete er mir bei.

Enttäuscht wandte ich mich ab. Dafür hatte ich mich also den kompletten Nachmittag lang verrückt gemacht?

In Rekordgeschwindigkeit schminkte ich mich ab, putzte mir die Zähne und schlüpfte in meinen Snoopy-Schlafanzug. In Erwartung, Hannes könnte längst wieder eingeschlafen sein, schloss ich die Badezimmertür in meinem Rücken ganz vorsichtig, nachdem ich das Licht ausgeschaltet hatte.

Doch Hannes war noch wach. Noch immer saß er aufrecht auf der Seite des Betts, die inzwischen irgendwie seine geworden war.

»Ich wollte noch kurz mit dir sprechen«, begann er dankenswerterweise.

Erleichterung flutete meine Blutbahnen. Und ein Hauch von Sorge darüber, was jetzt kommen mochte.

»Du hast mich gestern gefragt, warum ich in keiner Beziehung bin. Nun, das Ganze ist ... kompliziert«, begann er zu erklären.

Ich nickte.

»In den letzten Jahren bin ich, was Beziehungen angeht, wohl ein bisschen eingerostet. Ich habe mich mit meinem Singledasein angefreundet. Irgendwie. Und natürlich war da auch die viele Arbeit ...«

Mit solch offenen Worten hätte ich zu solch später Stunde nicht gerechnet. Jetzt war ich diejenige, die nicht so recht wusste, wie sie darauf reagieren sollte.

»Das ... ich kann dich verstehen«, antwortete ich mehr aus dem Bedürfnis heraus, überhaupt etwas zu sagen.

Dabei war ich Hannes sehr dankbar dafür, dass er so ehrlich zu mir war. Gleichzeitig war ich erstaunt, wie feinfühlig er war. Er hatte bei Oma Gertruds Geburtstag offenbar genau gespürt, wie sehr mich seine Worte aufgewühlt hatten.

»Danke dir. Es war mir wichtig, dir zu erklären, warum ich eben nicht am Inselspeeddating teilnehme. Auch wenn ich das Event ziemlich cool finde.«

Hannes lachte. »Wenn mich nicht alles täuscht, haben sich dort mindestens drei Paare kennengelernt, die inzwischen sogar heiraten wollen.«

Da war Hannes eindeutig besser informiert als ich, was ich ihm bei seinem Eremitendasein gar nicht zugetraut hätte. Aber das behielt ich besser für mich. »Das sind ja gute Nachrichten.«

»Wie war denn euer Junggesellinnenabschied?«, wechselte Hannes unvermittelt das Thema, während ich ins Bett kroch und meine müden Füße ausstreckte.

Der Abend war nicht nur feuchtfröhlich gewesen, sondern auch ziemlich aktiv. Silke, Marie und ich hatten nach dem Essen keine Sekunde stillgesessen. Erst hatten wir in einer Karaokebar getanzt, bis wir uns nach einer Weile schließlich selbst trauten und zum Mikrofon griffen. Zuerst gaben wir ein Lied der Spice Girls zum Besten und wechselten dann von Queen über Michael Jackson zu Sonny und Cher. Der Mix war sehr virtuos, aber enorm spaßig.

»Ohne mich zu weit aus dem Fenster lehnen zu wollen, bin ich der Überzeugung, dass der Tag ein voller Erfolg war«, behauptete ich.

Hannes stützte sich auf einen Ellbogen auf und legte den Kopf schief. Seine Nähe weckte ein Kribbeln tief in mir und das Verlangen, ihn zu küssen, wuchs ins Unermessliche. Mein Blick fixierte seine Lippen, während ich mir ausmalte, wie es sich wohl anfühlen würde, sie mit meinen zu berühren.

»Das klingt gut. Ich habe heute oft an euch gedacht.« Er sah mir tief in die Augen, ehe er nachschob: »Wobei, wenn ich ehrlich bin, habe ich vor allem an dich gedacht.«

Augenblicklich bildete sich ein Kloß in meinem Hals, an

dem ich nicht vorbeischlucken konnte. Was sollte ich darauf bloß antworten?

»Du hast mir gefehlt«, hörte ich ihn plötzlich sagen.

Die Selbstverständlichkeit, mit der er plötzlich über seine Gefühle sprach, war ungewohnt für mich. Dennoch freute ich mich wahnsinnig über seine Worte und das Vertrauen, das dahintersteckte. Das war gut. Das war sogar sehr gut.

»Du mir auch«, gestand ich ihm.

Unsere Blicke ließen nicht voneinander ab, während Hannes sich zu mir beugte und mir eine Haarsträhne aus dem Gesicht strich.

»Caro, ich …«, begann er zu sprechen.

Doch ich legte ihm meinen Zeigefinger auf die Lippen und hinderte ihn daran, seinen Satz zu vollenden.

Stattdessen legte ich meine Hände in seinen Nacken. An dieser Stelle waren Worte nicht genug. Jetzt zählten Taten.

Unsere Gesichter waren nicht mehr als wenige Zentimeter voneinander getrennt. Ich konnte seinen Atem auf meiner Haut spüren. Das Kribbeln in meinem Bauch hatte sich in der Zwischenzeit auf meinen ganzen Körper ausgeweitet.

Ein freudiges Lächeln breitete sich auf Hannes' Lippen aus. Seine Augen funkelten regelrecht, während sich sein Mund unaufhörlich meinem näherte.

Ich konnte die Wärme seines Körpers bereits spüren. Mit angehaltenem Atem wartete ich darauf, dass sich unsere Lippen endlich berührten, während ich ein Stoßgebet nach dem anderen gen Himmel schickte und den lieben Gott anflehte, dass uns dieses Mal nichts mehr dazwischenkam.

Als die zarte Berührung auf meinem Mund zur Gewissheit wurde, wagte ich es, aufzuatmen und den Kuss in vollen Zügen zu genießen.

Zunächst waren unsere Berührungen noch vorsichtig. Doch nach den ersten zaghaften Versuchen wurden wir mutiger und fordernder.

Ganz außer Atem ließen wir nach einigen Minuten voneinander ab, um Luft zu holen. Hannes sah mich durchdringend an, während mein Herz bis zum Hals schlug und ich sehnsüchtig auf eine Fortsetzung wartete.

Feinfühlig strich Hannes mir über die Wange, während ich es kaum noch erwarten konnte, seine Lippen abermals auf meinen zu spüren.

Zögerlich blickte Hannes mich an, als wüsste er ganz genau, dass wir im Begriff waren, die imaginäre Trennlinie im Bett ein für alle Mal hinter uns zu lassen. Und dann überschritten wir sie. Gleichzeitig. Und küssten uns so leidenschaftlich, dass mir abermals die Luft wegblieb.

Wo soll das nur hinführen?, fragte ein zaghaftes Stimmlein in meinem Inneren, das ich jedoch sofort wieder gnadenlos ins Off verbannte. Ich wollte diesen Moment. Ich wollte das Gefühl, begehrt zu werden. Ich wollte seine Lippen auf meinen. Ich wollte Hannes.

Als wir abermals mit wild schlagenden Herzen voneinander abließen, um Luft zu holen, huschte ein Schatten über Hannes' Gesicht.

»Ich weiß nicht, ob das hier …«, begann er.

Doch noch ehe er weiter über mögliche Zweifel reden konnte, küsste ich sie einfach weg und wagte einen neuerlichen Vorstoß, indem ich meine Hände unter sein T-Shirt schob.

Zunächst zuckte Hannes zurück. Doch dann tat er es mir gleich und ging mit seinen Händen ebenfalls auf meinem Körper auf Wanderschaft. Äußerst feinfühlig und behutsam ging er dabei vor und jagte mir einen Schauer nach dem nächsten über den Körper.

Vergessen waren die Müdigkeit und die schmerzenden Beine. Alles, was ich wollte, war genau dieser Moment. Und wenn es nach mir gegangen wäre, hätte er ewig andauern können.

»Bist du dir ganz sicher? Ist es wirklich das, was du möchtest? Schließlich könnte uns deine Mutter hören«, vergewisserte er sich.

Konnte er denn nicht spüren, wie sehr ich mich nach ihm sehnte? Anstelle einer Antwort zog ich ihn zu mir und küsste ihn voller Leidenschaft. Taumelnd vor Glück wälzten wir uns durch die Laken, ohne an den Morgen zu denken. Alles, was zählte, war dieser Augenblick. Und der war für immer.

 Kapitel 23

Mein Wecker riss mich unnachgiebig aus einem tiefen, aber traumlosen Schlaf. Während ich das Gerät stumm schaltete, drehte ich mich auf die Seite und spürte sogleich Hannes' gleichmäßiges Atmen neben mir.

Es dauerte einen weiteren Moment, bis ich in der Lage war, meine Lider zu öffnen. Erst da merkte ich, dass sein Oberkörper nackt war. Ebenso wie meiner.

Stück für Stück ließ ich den gestrigen Abend Revue passieren, während ich mir ein wenig unruhig auf die Unterlippe biss.

War es wirklich eine gute Idee gewesen, mit Hannes zu schlafen? Nicht nur die Tatsache, dass meine Mutter unten auf der Schlafcouch lag, warf diese Frage in mir auf, sondern auch, dass Hannes und ich eine Abmachung hatten. Gefühle würden unser Abkommen womöglich in Gefahr bringen. Und dann stand zu befürchten, dass wir doch noch auffliegen.

Mittlerweile hatte ich mich derart in mein Lügenkonstrukt verstrickt, dass es schwer werden würde, dort unversehrt wieder herauszukommen. Auch wenn ich die Einsicht hatte, dass es besser gewesen wäre, von vornherein mit offenen Karten zu spielen, hatte ich nun das Gefühl, meine Mutter könnte durch Willis Hilfe doch noch etwas Gefallen an der Insel finden.

Konnte ich das so einfach aufs Spiel setzen?

Aber andererseits: Wenn ich mir Hannes' schlafendes Gesicht so ansah, konnte es kein Fehler gewesen sein, ihm so nahe zu kommen.

Vorsichtig strich ich ihm das Haar aus dem Gesicht und ertappte mich bei dem Wunsch, von nun an immer neben ihm aufwachen zu wollen.

»Guten Morgen«, sagte er plötzlich mit noch immer geschlossenen Lidern.

Erschrocken zog ich meine Hand zurück, als hätte ich mich soeben an ihm verbrannt.

»Weshalb so schreckhaft?«, fragte er amüsiert, während er die Augen öffnete und den Kopf aufstützte.

»I-ich bin n-nicht schreckhaft. Ich dachte nur, du würdest noch schlafen.«

Hannes grinste mich auf diese ihm ganz typische Art an, die das Kribbeln in meinem Bauch erneut aufleben ließ. »Dein Wecker holt Tote aus dem Jenseits zurück. Den kann man nicht überhören«, scherzte er.

Er schien an diesem Morgen um einiges gelöster als in den Tagen zuvor. Offenbar hatte er kein Problem damit, dass wir uns letzte Nacht so nahegekommen waren. Ganz im Gegenteil.

Verlegen strich ich mir eine Haarsträhne aus dem Gesicht und vermied Augenkontakt, als befürchtete ich, Hannes könnte sonst in meinen Gedanken lesen.

»Ist alles okay bei dir?«

Er wusste, dass irgendwas mit mir nicht stimmte. Das war nicht gut. Schließlich wollte ich mir erst mal selbst über alles im Klaren sein und meine Gedanken in Ruhe sortieren, bevor ich mich solchen Fragen stellte.

»Alles bestens«, log ich also und zwang mich zu einem Lächeln.

An dem Blick, mit dem Hannes mich musterte, konnte ich festmachen, dass er mir nicht ganz glaubte, doch er hakte nicht weiter nach.

»Könnte ich heute zuerst ins Bad?«, bat er. »Über Hiddensee braut sich was zusammen, und ich will mir die Wetterkarten noch mal genauer anschauen. Nicht dass wir uns auf ein Unwetter vorbereiten müssen, und niemand weiß davon.«

Er versuchte dem Moment etwas Leichtes zu geben, obwohl wir beide wussten, wie schwer er war.

Ich tat ihm den Gefallen und lachte, obwohl mir gerade eher zum Heulen zumute war. Was machte ich da eigentlich? Ich hatte endlich einen Mann gefunden, der aufrichtig und liebenswürdig und zudem noch in der Lage war, sich selbst durchzubringen. Ich sollte glücklich sein, stattdessen überkamen mich Zweifel.

Das hatte Hannes nicht verdient. Das hatte ich nicht verdient.

»Geh ruhig! Ich hab heute Morgen noch ein bisschen Zeit. Montags erwarte ich keine Lieferung.«

Hannes klaubte seine Klamotten vom Boden auf. Bis auf eine Boxershorts trug er nichts. Er sah durchtrainierter aus, als ich es erwartet hätte. Nicht übertrieben muskulös, aber definiert. So wie ich es mochte.

»Ist sonst noch was?«, hakte Hannes nach, denn offenbar war ihm aufgefallen, dass ich ihn angestarrt hatte.

Ups!

»I-ich habe gestern noch mit Silke gesprochen. Ihr Mann arbeitet tatsächlich bei der Versicherung, die deinen Wasserschaden nicht übernehmen will.«

Hannes machte große Augen.

»Sie will ihn heute mal anrufen und nachfragen, ob er etwas für dich tun kann.«

»Das wäre natürlich wunderbar, auch wenn ich zwischenzeitlich die Hoffnung schon fast aufgegeben habe.«

Die Art, wie er es sagte und mich dabei ansah, verriet, dass es längst nicht mehr nur um den Versicherungsfall ging. »Das brauchst du nicht«, machte ich ihm Mut.

Nur weil ich so durcheinander war, wollte ich Hannes nicht das Gefühl geben, dass mir die Nacht mit ihm nichts bedeutet hatte.

»Dann ist ja gut«, sagte er und verabschiedete sich in die Dusche.

Ich nutzte den Moment und ließ mich zurück in die Federn fallen, atmete mehrere Male tief ein und wieder aus und versuchte, nicht an die wundervollen Stunden zu denken, die hinter mir lagen.

Aus meiner Küche waren die mittlerweile bereits typischen Entsaftergeräusche zu hören. Falls meine Mutter mir heute Morgen noch mal einen grünen Smoothie hinstellen sollte, würde ich auf die Barrikaden gehen. Egal, wie gesund der Drink war, er schmeckte mir einfach nicht!

Als Hannes schließlich wieder aus dem Badezimmer kam, huschte ich schnell unter die Dusche. Nach unserem gestrigen Junggesellinnenabschied war ich mir nämlich nicht sicher, ob Marie pünktlich zur Arbeit erscheinen würde.

Frisch geduscht, angezogen und leicht geschminkt kam ich aus der Tür. Hannes war schon gegangen. Zumindest stand er weder im Schlafzimmer noch auf dem Balkon.

Ein Klingeln war an der Tür zu hören.

»Hannes, kannst du runtergehen und schauen, wer das ist?«, bat meine Mutter.

Offenbar hatte er die Wohnung doch noch nicht verlassen.

»Klar. Ich muss ohnehin los.«

Mist! Das war bestimmt eine Lieferung für Marie. Schnellen Schrittes eilte ich ihm nach und blendete dabei meine Mutter aus, die mich gerade fragte, ob ich ihr heute etwa keinen guten Morgen wünschen wollte.

»Wohnt hier eine Caro Baumgartner?«, hörte ich eine Frauenstimme im Treppenhaus.

»Ja, die ist oben. Soll ich sie rufen?«, bot Hannes freundlich an.

»Das wäre schön. Dann könnte ich dieser furchtbaren Person mitteilen, wie sehr ihre Affäre mit meinem Mann unsere Beziehung zerstört hat. So sehr nämlich, dass Magdalena jetzt ohne ihren Vater aufwachsen muss.«

Prompt setzte verzweifeltes Babygeschrei ein. Und ich bekam eine Ahnung davon, wer dort in der Tür stand und mich sprechen wollte.

Ich beeilte mich, die letzten Stufen nach unten zu nehmen, denn ich hatte keine Ahnung, wie Hannes auf die Worte dieser fremden Frau reagieren würde. Ich wappnete mich gegen das, was gleich passieren würde. Doch auf die Mischung aus Enttäuschung und Entsetzen, die ihm ins Gesicht geschrieben stand, war ich nicht im Mindesten vorbereitet.

Kapitel 24

»Hannes, warte! Ich kann dir das erklären«, rief ich ihm den wohl klischeehaftesten Satz aller Zeiten hinterher.

Kein Wunder also, dass er nicht anhielt und einfach weiterging.

»War das Ihr Freund?«, machte Christians Frau auf sich aufmerksam.

»Was? Ja. Nein. Ich meine, was geht Sie das überhaupt an?«

Noch ehe ich verstand, wie mir geschah, schubste sie mich mit dem Baby, das sie sich wie einen Schild vor die Brust geschnürt hatte, zur Seite und lief zielstrebig in unser *Traumschlösschen*.

Magdalena schien die ruppige Art ihrer Mutter nicht weiter zu bekümmern. Wenn mich nicht alles täuschte, war das Kind sogar eingeschlafen.

Mit angehaltenem Atem blickte ich hinauf zur Wohnungstür. Doch meine Mutter war zum Glück nicht zu sehen. Dafür ertönte der Entsafter. Das erste Mal, seit meine Mutter das Ding angeschleppt hatte, war ich dankbar dafür.

»Was kann ich für Sie tun?«, bemühte ich mich, freundlich zu bleiben, auch wenn es mir sehr schwerfiel.

»*Was Sie für mich tun können?*«, äffte sie mich nach und lachte süffisant auf. »Sie haben mein Leben zerstört.«

»Christian hat behauptet, ihre Beziehung wäre am Ende. Er meinte, dass er sich von Ihnen trennen würde, sobald sich ein passender Moment ergeben würde. Sonst hätte ich mich nie und nimmer auf ihn eingelassen. Und als ich sie dann in der Kanzlei sah ... hochschwanger und glücklich ... da habe ich sofort mit ihm Schluss gemacht«, erklärte ich ihr, während ich mich innerlich bereits gegen ihre Hass-tiraden wappnete.

Doch entgegen meiner Erwartungen fing sie plötzlich an zu weinen. So sehr, dass ich Mitleid mit ihr bekam und zu ihr ging, um sie in die Arme zu nehmen.

Klaglos lehnte sie sich an meine Schulter und ließ ihren Gefühlen freien Lauf. Sie schien furchtbar verzweifelt zu sein, und auch wenn sie für ihren Auftritt den denkbar schlechtesten Augenblick gewählt hatte, tat sie mir leid. Wäre sie nur ein paar Sekunden später aufgetaucht, wäre Hannes schon weg gewesen. Er hätte die unschöne Szene an der Haustür nicht mitbekommen, und ich müsste mir jetzt keine Sorgen machen, was er von mir dachte.

Aber das Rad der Zeit ließ sich leider nicht zurück-drehen. So sehr ich mir auch wünschte, es wäre anders gelaufen.

»Kommen Sie! Wir gehen nach draußen in den Garten.«

»Lisa. Mein Name ist Lisa«, schluchzte sie und ging dann mit mir zur Tür.

»Lisa, möchten Sie etwas trinken oder essen?«, bot ich ihr an.

Doch sie schüttelte den Kopf. »Ich war heute schon um sechs Uhr wach und habe gefrühstückt, bevor ich auf die Fähre bin.«

Händeringend überlegte ich, wie ich die nächste Frage

stellen konnte, während Lisa sich mit der schlafenden Magdalena in der Trage auf die Kante des Strandkorbs setzte und leicht kreisende Bewegungen machte, um das Kind nicht zu wecken.

Stille legte sich zwischen uns, und eine bedrückende Unruhe erfasste mich. Nach dem Ende meiner Beziehung zu Christian war ich sicher gewesen, alles richtig gemacht zu haben. Sobald ich von dem Kind erfuhr, hatte ich mit ihm Schluss gemacht. Doch nun, da ich Lisa so vor mir sah, wusste ich, dass ich, was den Beziehungsstatus der beiden anging, deutlicher hätte nachfragen müssen, statt Christians Worte für bare Münze zu nehmen.

»Lisa, es tut mir so leid, dass Sie jetzt davon erfahren haben. Ich weiß nicht … Kann ich Ihnen irgendwie helfen?«

Unschlüssig sah sie zwischen mir und dem Baby in ihrer Trage hin und her, während sie nach wie vor ihre wiegenden Bewegungen machte.

»Christian ist auf Geschäftsreise. Gestern Nachmittag rief er mich an und bat mich, Unterlagen aus dem Container unter seinem Schreibtisch im Büro rauszusuchen.« Ihr Blick glitt gen Boden, wie um sich an einem der Grasbüschel festzuhalten.

»Magdalena zahnt momentan,« wechselte sie unvermittelt das Thema und strich so liebevoll über das Köpfchen ihres Babys, dass mein schlechtes Gewissen ins Unermessliche wuchs. »Deshalb bin ich ständig übermüdet, lasse Dinge fallen oder verlege sie. Gerade als ich die Mappe, die mein Mann benötigte, fand, fiel mir alles aus der Hand. Kreuz und quer lagen die Zettel auf dem Boden verteilt. Magdalena hat zum Glück geschlafen. Panisch bin ich auf die Knie gestürzt, um wieder Ordnung zu machen. Christian kann es gar nicht leiden, wenn etwas nicht an seinem Platz ist, das wissen Sie ja vermutlich. Zwischen all den schwarz-weißen Seiten stach plötzlich eine Farbaufnahme heraus. Ich ließ alles andere liegen und griff danach. Aber ich wusste gleich, was es war. Auf dem Bild waren Sie und mein Mann zu sehen. Und die Art, wie sie sich ansahen, ließ mich wissen, dass sie nicht nur Kollegen waren, wie mein Mann im anschließenden Gespräch zu behaupten versuchte.«

Sie lachte bitter auf. Ich reichte ihr ein Glas Zitronen-wasser, auch wenn sie nicht danach gefragt hatte. Dankbar nahm sie es entgegen und vergaß dabei, ihre kreisenden Bewegungen fortzusetzen. Magdalena muckte kurz auf, überlegte es sich dann jedoch anders.

»Er hat mir alles erzählt«, berichtete sie dann. »Wie das zwischen Ihnen beiden losging, wie lange es gedauert hat und dass er sich furchtbar dafür schäme. Damals wäre ihm der Druck in der Kanzlei so enorm vorgekommen. Dazu noch meine Schwangerschaft ... Die Erwartungen an ihn waren hoch. Und er hatte das Gefühl, niemandem gerecht werden zu können.« Sie nahm einen weiteren Schluck. »Ich wusste nicht, was ich nach diesem Gespräch machen sollte. Alles erschien mir plötzlich so sinnlos. Ich hinterfragte meine Ehe, mein Leben, mein Kind. Nichts ergab mehr Sinn. Ich war der Überzeugung, dass ich Sie mit alldem konfron-tieren müsste. Also hab ich mich mit Magdalena in den Zug gesetzt. Und hier sind wir.« Sie lachte auf. »Wobei ich jetzt gar nicht mehr so genau weiß, was ich von Ihnen möchte. Ich komme mir furchtbar dumm vor.«

Auf so harte Kost zum Frühstück war ich definitiv nicht vorbereitet gewesen. Wenn es nach mir gegangen wäre, hätte ich jetzt sogar Mutters grünen Smoothie vorgezogen.

»Ich kann nur sagen, wie leid mir das alles tut. Das Letzte, was ich wollte, war jemanden zu verletzten. Das müssen Sie mir glauben.«

Lisa saß wie das sprichwörtliche Häufchen Elend in unserem Strandkorb. Ihre Schulten waren nach vorne gefallen, ihr Gesicht hatte den wütenden, kämpferischen Ausdruck verloren. Zurückgeblieben war eine Frau, die am Scheideweg ihres Lebens stand und nicht wusste, wohin sie gehen sollte.

»Wissen Sie … ich meine, können Sie sich vorstellen, dass Christian noch weitere Affären hatte?«, fragte sie unverhofft.

Ich stützte mich am Tisch in meinem Rücken ab, auf dem die Erfrischungsgetränke für unsere Gäste parat standen. »Ich weiß es nicht. Aber ich denke, dass er seit Magdalenas Geburt weiß, was er an Ihnen beiden hat«, versuchte ich sie ein wenig aufzubauen. Sie war nicht bereit, Christian zu verlassen. Sie war allerdings auch nicht in der Lage, sich von ihm weiter nach Strich und Faden hintergehen zu lassen. Und genau das musste sie ihm klipp und klar sagen. Alles andere würde sie irgendwann von innen auffressen.

Ohne die Frau näher zu kennen, konnte ich mich in sie und ihre Situation hineinversetzen. Eine Tatsache, die mich erschreckte.

Lisa nickte und lächelte sogar kaum merklich.

»Weiß Christian, dass Sie hier sind?«, dämmerte mir eine Frage.

Sie nickte. »Das war das Letzte, was ich ihm gestern am Telefon um die Ohren geworfen habe.«

Mir schwante Übles. »Wann kommt er von seiner Geschäftsreise zurück?«

Lisa überlegte kurz. »Wenn mich nicht alles täuscht, müsste er heute Vormittag in München landen. Gut möglich, dass er schon daheim ist. Er hat sich ein paar Tage freigenommen, um für Magdalena und mich da zu sein, weil ich doch in den vergangenen Wochen nur so wenig Schlaf bekommen habe.« Tränen kullerten ihr über die Wange.

Vor mir saß keine Amazonaskriegerin, sondern eine zutiefst verletzte Ehefrau und Mutter, die ausgerechnet Hilfe bei der Frau suchte, die für das Chaos in ihrem Leben mitverantwortlich war.

Die Lage überforderte mich maßlos. Und wie um der ganzen Situation das Krönchen aufzusetzen, ertönte just in diesem Moment die Stimme meiner Mutter in meinem Rücken.

»Was ist denn jetzt mit Frühstück?«, blaffte sie mich an.

Erst dann fiel ihr Blick auf Lisa und das Baby.

Ohne lange zu überlegen, ging sie zu ihr hinüber und reichte ihr den Smoothie. Der Kelch war damit zumindest für heute an mir vorübergegangen.

»Sie sehen so aus, als könnten Sie ein paar Vitamine brauchen.«

Erst jetzt fiel mir auf, dass Lisa total übernächtigt aussah.

»Sie zahnt«, erklärte Lisa und deutete auf Magdalena.

»Hach, was waren das für schlimme Nächte damals mit dir, Caro. Und alles blieb an mir hängen. Dein Vater musste ja arbeiten.«

Meine Mutter sah mich an, als erwartete sie nach all den Jahren eine Entschuldigung von mir.

Doch noch ehe ich etwas sagen konnte, wandte sich

meine Mutter wieder Lisa zu. »Kommen Sie! Sie brauchen dringend Schlaf.«

Sie nahm sie bei der Hand und zog sie mehr oder minder auf die Füße.

»Nein, das geht schon«, wehrte sich Lisa nur halbherzig.

Sie konnte sich kaum noch aufrecht halten, begann zu taumeln.

»In Caros Wohnung steht eine äußerst bequeme Schlaf-couch. Auf der legen Sie sich jetzt erst mal hin, und das kleine Hascherle und ich werden derweil ein bisschen spa-zieren gehen«, entschied meine Mutter.

»Aber ich …«, begehrte Lisa ein letztes Mal auf.

»Nichts aber! Kindchen, Ihnen fallen ja schon fast die Au-gen zu.«

Und damit schob meine Mutter sie in ihrer resoluten Art zurück ins Haus. Den unangetasteten Smoothie reiche sie derweil mir. So sehr sie ihrer Rolle treu blieb, entging mir nicht, dass sie sich ernsthaft Sorgen um eine fremde Frau machte. War das ein gutes Zeichen?

»Wer ist die Frau, der deine Mutter gerade die Treppe hinaufhilft?«

Kaum dass ich gewagt hatte, einmal tief durchzuatmen, stand auch schon Marie in der Tür. Ein Blick auf die Uhr ver-riet mir, dass wir in wenigen Minuten öffnen mussten. Was für ein Morgen! »Das ist eine lange Geschichte«, antwortete ich ausweichend. »Warum bist du überhaupt schon hier? Ich dachte, du wolltest heute erst später kommen«, wech-selte ich unvermittelt das Thema.

Marie winkte ab. »Ich bekomme doch heute Morgen meine Lieferung. Außerdem fühle ich mich fit. Der gestrige Tag hat meine Batterien in jeder Hinsicht wieder aufgeladen.«

Sie lächelte übers ganze Gesicht. »Aber jetzt erzähl schon!«, drängte sie mich weiter.

»Du erinnerst dich an Christian?«

Marie nickte. »Dein Ex. Der mit dem Kind.« Eine Furche bildete sich auf Maries Stirn.

»Das waren gerade seine Frau und seine Tochter«, erklärte ich so emotionslos, wie ich nur konnte.

Marie schlug sich die Hand vor den Mund. »Das ist nicht dein Ernst. Wie hat sie von dir erfahren? Was hat sie gesagt?«

Marie stürzte aus der Tür und zog mich mit sich in den Strandkorb, in dem bis vor fünf Minuten noch Lisa und Magdalena gesessen hatten.

»Reiner Zufall. Ihr ist gestern ein Foto von Christian und mir in die Hände gefallen.«

Maries Lippen bildeten ein wissendes O. »Und jetzt?«

Ich seufzte. »Ich denke, sie kann nachvollziehen, wie das damals gelaufen ist. Aber das ist nicht das Schlimmste an der ganzen Geschichte.« Ich musste wieder an Hannes' Gesichtsausdruck denken.

»Nicht?«

Ich schüttelte den Kopf. »Hannes hat das alles mitbekommen.«

Marie machte große Augen. »Ach du Scheiße.«

Das konnte sie laut sagen.

»Und das ist noch nicht alles«, erwiderte ich zögerlich.

»Was ist noch passiert? Sag schon! Ich halte die Anspannung kaum noch aus.« Maries Gesicht wirkte schmerzverzerrt.

»Hannes und ich ... wir haben die Nacht miteinander verbracht.«

Nun war es raus.

»Aber das ist doch nichts Außergewöhnliches. Das macht ihr doch jede Nacht, seit dem Wasserschaden in seiner Wohn …« Dann begriff sie. »Du meinst, ihr habt die Nacht *miteinander* verbracht?«

Ich nickte.

»Das ist ja wirklich …«

»… verdammt schlechtes Timing. Ich weiß.«

Seufzend blickte ich zum Horizont, als stünde dort die Antwort auf meine Fragen geschrieben. Doch da war rein gar nichts. Nicht mal eine Wolke. Hannes musste sich, was das aufziehende Unwetter anging, getäuscht haben. Oder ein besserer Wahrsager sein, als ich gedacht hatte. Auch wenn seine Prognose diesmal rein gar nichts mit dem Wetter zu tun hatte.

Marie nahm mich in die Arme. »Das tut mir alles so leid für dich. Wenn ich irgendwas für dich tun kann, dann sag es bitte. Ja?«

Ich nickte, auch wenn ich mir gerade selbst nicht im Klaren darüber war, was ich machen sollte. Die Situation war so verfahren. Das mit den Männern und mir sollte wohl einfach nicht klappen.

»Ich werde mit ihm reden. Nicht gleich. Er wird ein bisschen Raum brauchen, um über all das nachzudenken, was heute Morgen passiert ist.«

Diesbezüglich war ich mir zu annähernd hundert Prozent sicher. Schließlich erging es mir nicht anders.

»Das klingt nach einem guten Plan.«

Als ein Läuten an der Tür zu hören war, erhob sich Marie.

»Ach, bevor ich es vergesse. Die Schneiderin bringt heute Nachmittag mein Hochzeitskleid vorbei, damit ich es ein letztes Mal anprobieren kann. Wenn dir das in irgendeiner Form unangenehm sein sollte, dann sag ich ihr ab.«

Ich schüttelte vehement den Kopf. »Auf gar keinen Fall! Ich freu mich doch schon so sehr darauf, dich darin zu sehen. Bei den letzten beiden Malen ist mir immer was dazwischengekommen. Aber heute bin ich zur Stelle. Ganz sicher.«

Marie schenkte mir ein dankbares Lächeln. »Gut, dann sag ich auch Silke Bescheid, dass sie vorbeikommen soll. Mal sehen, ob sie ihren Kater bereits ausgeschlafen hat.«

Marie und ich mussten lachen. Silke hatte gestern alle Bedenken über Bord geworfen und gefeiert, als gäbe es kein Morgen. Auch wenn es Maries Junggesellinnenabschied gewesen war, hatten wir beide gespürt, wie sehr auch Silke diesen Mädelstag nötig gehabt hatte.

»Sie hatte gestern verdammt viel Spaß«, fasste ich zusammen.

»Wir alle, Caro. Wir alle.«

Als es ein weiteres Mal klingelte, warf sie mir noch schnell einen Luftkuss zu und verschwand in unserem Laden.

Kapitel 25

Nach diesem aufwühlenden Start in den Tag verlief der weitere Vormittag mehr oder minder in geordneten Bahnen. Maries Blumenlieferung kam pünktlich, und ich half ihr beim Verräumen, während die meisten meiner Buchkunden auf dem Weg zum Strand oder bereits dort waren.

Nach wie vor war kein Wölkchen am Himmel zu sehen. Der Wind kam heute aus Osten, war aber nicht mehr als eine milde Brise. Das Schöne am Ostwind war aber, dass er uns das Rauschen des Meers bis ins *Traumschlösschen* trug. Zumindest den Klang. Und der war einfach unverkennbar und gehörte für mich untrennbar zu meiner Insel.

»Weißt du eigentlich, dass du jetzt schon seit einem Jahr hier wohnst?«, fragte mich Marie, als wir ihre Ware im Lager verstaut hatten.

»Ist das wirklich schon ein Jahr her?«

Marie nickte. »Wahnsinn, was in der Zeit alles passiert ist. Oder?«

Ich lachte. »Da sagst du was. Aber die meisten Dinge, die passiert sind, waren einfach nur toll. Wenn man mal überlegt, wie viele glückliche Kunden bisher unseren Laden verlassen haben und immer wiederkommen, glaube ich, dass wir das hier ziemlich gut machen.«

Marie klopfte mir auf die Schulter. »Das ist die Untertreibung des Jahrhunderts. Aber ich lass es mal so stehen.«

»Ich wollte nicht zu eitel klingen«, erwiderte ich augenzwinkernd.

Das Glöckchen über der Tür ertönte. »Silke!«, riefen wir wie aus einem Mund und eilten zu ihr.

»Nicht so laut«, erwiderte sie mit schmerzerfüllter Miene.

Auf der Nase trug sie eine schwarze Sonnenbrille. Offenbar hatte die Ärmste tatsächlichen einen gewaltigen Kater.

»Hast du schon was genommen?«, fragte Marie fürsorglich, während wir zu dritt in den Garten gingen.

Ich schnappte mir ein Glas Zitronenwasser für Silke.

»Schon zwei Tabletten«, erklärte Silke. »Hat aber leider noch nicht so viel gebracht.«

Mit dem Glas in der Hand ließ sie sich im Strandkorb nieder.

Marie und ich hatten Mitleid mit ihr. Wir hatten zwar noch versucht, sie vorzuwarnen, aber gestern hatte sie einfach nicht auf uns hören wollen.

»Wieso bist du nicht noch ein bisschen liegen geblieben? Oma Gertrud hatte Anweisung, dich schlafen zu lassen. Hat sie dich etwa geweckt?«, fragte Marie.

Silke winkte ab. »Nein, nein. Frank und Paul haben mich heute Morgen angerufen, um mir einen schönen Tag zu wünschen und … Gott, ich bin so eine Rabenmutter. Seht mich an! Ich habe einen Kater. Und bei dem Gespräch mit den beiden hatte ich sicher noch Restalkohol im Blut.«

»Aber das ist doch nicht schlimm«, beeilten Marie und ich uns, ihr das schlechte Gewissen zu nehmen. »Nur weil du Mutter bist, musst du keine Heilige sein. Du hast ein Anrecht darauf, auch mal Spaß zu haben und aus der Rolle zu fallen. Dabei kann man auch mal einen über den Durst trinken, aber das macht dich doch noch lange nicht zu einer Rabenmutter«, versuchte ich sie aufzubauen.

»Eher zu einem normalen Menschen. Und das mit dem Restalkohol ist auf Hiddensee auch egal. Autofahren hättest du ja schlecht können. Also, was ich eigentlich sagen wollte: Willkommen zurück, Silke«, scherzte Marie.

Wir quetschten uns neben sie in den Strandkorb und nahmen sie in den Arm.

»Ach, ihr beiden, was wäre ich nur ohne euch?«, fragte sie mit tränenerstickter Stimme.

»Heute zumindest ohne Kater«, witzelte ich, und wir lachten.

Das Leben konnte so einfach sein, wenn man gute Freundinnen hatte, mit denen man durch dick und dünn gehen konnte. Wie sehr mir unsere Dreieinigkeit doch gefehlt hatte.

»Auf dem Weg zu euch ist mir deine Mutter begegnet, Caro. Wenn mich der besagte Restalkohol nicht getrogen hat, dann hatte die Gute ein Baby in einer Trage bei sich. Sag mir, dass ich halluziniert habe«, flehte sie mich an, während sie sich die Brille ins Haar schob und einen Schluck von dem Zitronenwasser nahm.

Ich seufzte und fasste in wenigen Sätzen die Begebenheiten des frühen Morgens zusammen.

»Das ist … auf nüchternen Magen kaum zu ertragen«, meinte Silke und traf damit ziemlich genau in Schwarze.

»Nur zum Verständnis: Deine Mutter weiß aber nicht, um wen es sich bei der Frau handelt, oder? Also, sie hat sich zwar ihrer angenommen, aber sie hat keine Ahnung, dass sie die Frau deines Exfreunds ist. Richtig?«

Ich nickte.

»Und Hannes?«, flüsterte sie fast.

»Der weiß ziemlich genau, um wen es sich bei der Frau mit dem Baby handelt, wenn du das meinst. Leider.« Ich seufzte schwer.

»Da schläft man einmal seinen Rausch aus und verpasst alles«, jammerte Silke. Als sie meinen Gesichtsausdruck wahrnahm, ruderte sie zurück. »Ich meinte nur, dass ich dir dann wenigstens hätte beistehen können. Das mit Christian und dir ist doch schon seit über einem Jahr Geschichte. Und ausgerechnet jetzt muss seine Frau ein Foto von euch beiden finden. Das ist echt mieses Timing.«

Ich zuckte mit den Schultern. »Aber leider nicht mehr zu ändern.«

Schweigend saßen wir einige Augenblicke nebeneinander.

»Weißt du eigentlich schon, dass wir später Maries Hochzeitskleid sehen werden?«, wechselte ich das Thema, um die trübsinnige Stimmung ein für alle Mal abzuschütteln.

Das mit Hannes würde sich hoffentlich wieder einrenken. Ich musste ihm nur etwas Zeit geben und dann in aller Ruhe mit ihm reden. Dann würde er mich hoffentlich verstehen.

Ich versuchte mich zuversichtlicher zu geben, als ich wirklich war, denn allein die Vorstellung, er könnte heute Nacht nicht mit mir in einem Bett liegen, stimmte mich traurig.

»Das sind ja mal wundervolle Nachrichten«, jubilierte Silke.

Die Kopfschmerzen schienen vergessen.

Verlegen strich sich Marie eine Strähne aus dem Gesicht.

»Ich bin gespannt, wie es euch gefallen wird. Oma Gertrud hat es ja zum Glück schon für gut befunden. Aber jedes Mal, wenn ich das Kleid anprobiere, fehlt mir meine Mutter so sehr, dass ich …«, Tränen rannen ihr über die Wangen, »… heulen könnte.«

Silke nahm sie in den Arm und trocknete ihre Tränen mit einem Taschentuch. »Deine Mutter ist immer bei dir, Marie. Sie sitzt da oben auf ihrer Wolke und sieht dir dabei zu, was du Wundervolles aus deinem Leben machst. Und als Mutter kann ich dir nur sagen, dass sie mächtig stolz auf dich ist. Du bist ihr definitiv sehr gut gelungen.«

Nun hatten wir alle drei Tränen in den Augen.

»Wann kommt die Schneiderin?«

Marie sah auf das Display ihres Handys. »In knapp einer Stunde.«

Wieder war das Glöckchen an der Tür zu hören. Eilig erhob ich mich aus dem Strandkorb, um Marie die Möglichkeit zu geben, erst mal in aller Ruhe durchzuatmen.

Mit den Worten »Diese Magdalena ist ein ganz schöner Brocken, sag ich dir« kam meine Mutter ins *Traumschlösschen* gelaufen, während sie sich die Hände an den Rücken hielt, um ihn zu stabilisieren.

»Soll ich sie dir abnehmen?«, bot ich an, auch wenn ich die Berührungspunkte zwischen Christians Familie und mir so gering wie nur möglich halten wollte.

Ohne ein Wort überreichte meine Mutter mir das schlafende Bündel. Zum ersten Mal sah ich ihr dunkles, leicht lockiges Haar, die winzige Stupsnase und die vollen Wimpern. Wie selbstverständlich schloss sich ihre Hand um einen meiner Finger, während ein leicht süßlicher Duft von ihr ausging.

»Lass die Finger von meiner Tochter!«, bellte mich eine Männerstimme an.

Ich erschrak dermaßen, dass mir die schlafende Magdalena beinahe heruntergefallen wäre. Noch ehe ich etwas sagen konnte, entriss Christian sie mir auch schon wieder.

»Na, also hören Sie mal. Was soll denn das?«, echauffierte sich meine Mutter. Das erste Mal war ich dankbar, dass ihr nie die Worte fehlten.

»Das ist mein Kind«, bellte Christian, dann sah er sich zu allen Seiten um. »Wo ist Lisa? Was hast du mit ihr gemacht?«

»Es ist auch schön, dich wiederzusehen, lieber Christian.«

Meine Mutter sah aufmerksam zwischen uns beiden hin und her.

»Möchtest du uns nicht vorstellen?«, warf sie schließlich ein.

»Mutter, das ist Christian, mein ehemaliger Kollege. Christian, das ist meine Mutter.«

Ich versuchte, die nun schreiende Magdalena mit einem Lesezeichen aus Stoff zu beruhigen. Das Gebrüll ihres Vaters hatte sie aus dem Schlaf gerissen.

»Dann sind Sie also Rechtsanwalt«, schlussfolgerte meine Mutter, und das Leuchten, das plötzlich in ihre Augen trat, bereitete mir Sorgen.

»Was? Ja, aber was tut das denn jetzt zur Sache?«, hakte Christian nach.

Meine Mutter ließ den Blick zwischen mir und Christian wandern. »Hattet ihr beiden mal was miteinander?«, fragte sei unvermittelt.

»Mutter!«, versuchte ich sie zu bremsen.

»Das ist über ein Jahr her«, rechtfertigte sich Christian, der Magdalena hektisch in seinen Armen wiegte. Dummerweise schien sich das arme Kind von ihm nicht im Mindesten beruhigen zu lassen. Schon im nächsten Moment kam Lisa mit verschlafenem Blick die Treppe heruntergelaufen.

»Christian?«, fragte sie und rieb sich ungläubig die Augen.

»Was machst du denn für Sachen?«, erwiderte er vorwurfsvoll, während er zu ihr hinüberging.

»Warum hast du den bloß ziehen lassen? Er ist Jurist«, pflaumte mich derweil meine Mutter von der Seite an.

»Weil er verheiratet und ein notorischer Lügner ist«, warf ich ihr entgegen, während Lisa sich Magdalena schnappte und wieder auf Distanz zu Christian ging.

»Jeder Mensch hat seine Fehler. Aber ein fünfstelliges Monatseinkommen lässt einen über so manchen hinwegsehen. Glaub mir.«

Ich konnte nur den Kopf schütteln. »Christian ist verheiratet und hat eine Tochter. Und ich bin glücklich mit Hannes, falls du das schon wieder vergessen haben solltest.«

Mutter gab ein zischendes Geräusch von sich. »Wie will Hannes denn mal für eine Familie sorgen können, wenn er nicht mal in der Lage ist, seinen Wasserschaden geregelt zu bekommen?«

»Hallo, Frau Baumgartner«, ging nun Silke dazwischen. »Wie schön, Sie nach ihrem Besuch bei mir hier wiederzusehen.«

Meine Mutter hüstelte hektisch. Offenbar war es ihr nicht recht, dass Silke davon anfing. Aber was hatte sie er-

wartet? Dass eine meiner besten Freundinnen mir vorenthalten würde, dass meine Mutter zu ihr gekommen war,
um sie nach mir auszufragen?

»Silke, ja, schön, schön«, erwiderte meine Mutter.

»Komm mit, Lisa! Lass uns nach Hause fahren«, flehte
währenddessen Christian seine Ehefrau an, die drauf und
dran war, mit Magdalena die Treppen zu meiner Wohnung
hinaufzugehen.

Wenn ich mir das Schauspiel so ansah, konnte ich nur
froh sein, dass wir gerade keine Kunden im Laden hatten.
Die würden schneller Reißaus nehmen, als mir lieb war.
Und vermutlich auch so bald nicht wiederkommen.

»Nimm deine Finger von uns!«, keifte Lisa ihn resolut an
und zog das Baby in ihrem Arm möglichst weit von ihrem
Mann weg.

»Willst du etwa hierbleiben?«, fragte Christian ungläubig und deutete auf mich.

Warum hatte ich mich damals nur auf diesen Idioten
eingelassen? Ich hätte doch spüren müssen, dass das zwischen uns nicht von Dauer sein würde. Vielleicht hatte ich
es ja auch gespürt, es aber nicht wahrhaben wollen. Viel zu
lange war ich schon allein gewesen.

Schon musste ich wieder an Hannes denken. Seine kör-
perliche Nähe fehlte mir bereits schmerzlich. Und damit
meinte ich nicht den Sex. Nein, es ging um das Gehalten-
Werden, das Sich-Ankuscheln-Können und das Gefühl, nicht
länger alles allein schultern zu müssen. Das alles hatte mir
Hannes bereits geboten, bevor wir gestern die Nacht miteinander verbracht hatten.

»Alles ist besser, als zu dir zurückzukommen. Wie viele
Affären hattest du denn noch? Und warst du gerade wirk-

lich auf einer Geschäftsreise oder auf einem Wellnesstrip mit einer deiner Geliebten?«

Christian raufte sich die Haare. »Caro war mein einziger Ausrutscher. Das schwöre ich dir.«

Marie und Silke legten rechts und links ihre Arme um meine Schultern und zogen mich in eine feste Umarmung.

Als Ausrutscher hatte mich bisher auch noch niemand betitelt.

»Caro ist sehr umgänglich und hat weit weniger hysterische Anfälle als so manche andere Frau«, bot Mutter mich derweil feil.

»Frau Baumgartner!«, rief Silke empört.

»Was denn? Sie sind doch selbst Mutter. Wollen Sie etwa nicht das Beste für Ihr Kind?«

»Ich will natürlich nur das Beste für mein Kind. Aber das bedeutet nicht, dass ich Paul wie eine Ware auf einem türkischen Basar verhökern würde. Frau Baumgartner, lassen Sie Caro doch mal machen. Die hat sich nämlich ganz ohne Ihr Einmischen eine eigene Existenz aufgebaut. Nicht einmal einen Kredit musste sie dafür aufnehmen. Wie wäre es mit ein wenig Zuversicht?«

Meine Mutter winkte ab, während Christian entschlossenen Richtung Tür lief. »Das alles wird mir hier zu blöd. Wenn du dich wieder beruhigt hast, können wir ja noch mal in Ruhe reden. Aber das hier ergibt für mich überhaupt keinen Sinn.«

Deutliche Worte. Irgendwie hatte ich erwartet, dass Christian mehr Einsatz für seine Familie zeigen würde. Aber vielleicht war das wirklich nicht so einfach, wenn man nicht in Ruhe miteinander reden konnte.

Lisa fing prompt zu weinen an, und ich schob es auf die

Hormone und den fehlenden Schlaf. Schluchzend kauerte sie sich auf die Treppe, als abermals ein Glöckchen über der Tür zu hören war.

»Wo haben wir denn die glückliche Braut?«, trällerte die unverkennbar gut gelaunte Stimme von Astrid, der Inselschneiderin.

»Komm schon, Kind! Wir gehen hoch, und ich koche dir erst mal einen Baldriantee.«

Dankbar nahm ich zur Kenntnis, dass meine Mutter sich erneut um Lisa und ihre Tochter kümmerte. Mir entging jedoch nicht, dass sie mehr oder minder fluchtartig den Raum verließ und Blicke in Astrids Richtung abschoss, die einen Waffenschein benötigten.

 # Kapitel 26

»Oh, Marie, dein Kleid ist ein Traum«, schwärmte Silke und hatte damit absolut recht.

Dabei wirkte es auf den ersten Blick eher schlicht. Kein üppiger Reifrock, der das Kleid prinzessinnenlike ausstellte, kein Glitzer, keine aufwendigen Stickereien oder Perlenbesätze. Das Kleid bestach durch klassische Schönheit.

Die trägerlose Korsage war in Spitze gehalten. Ein breites Band trennte rein optisch den oberen Teil des Kleids vom unteren Chiffonrock, der in zarten Wellen, die mich ans Meer erinnerten, um Maries Beine wogte.

»Das ist es wirklich«, pflichtete ich Silke bei, während Marie übers ganze Gesicht strahlte.

»Meint ihr, dass es Ole auch gefallen wird?«

Astrid steckte gerade den unteren Saum noch ein wenig ab, um das Kleid an Maries Größe anzupassen. Auch an der Korsage musste noch ein wenig Stoff rausgenommen werden. Marie hatte bei all der Aufregung rund um die Hochzeit gut vier Kilo abgenommen. Nichts Außergewöhnliches, wenn man der Inselschneiderin Glauben schenken durfte.

»Was für eine Frage!«, sagte Astrid und lachte.

Marie drehte sich mit dem Rücken zu uns.

Die obere Partie des Kleids wurde durch eine Knopfleiste zusammengehalten, die filigran in den Stoff eingearbeitet war. Astrid hatte sich bei der Anprobe zunächst diesem Teil gewidmet. Deshalb waren neben dem Weiß des Stoffs nun auch kleine bunte Stecknadelköpfe zu erkennen.

»Ich weiß, dass Ole dich über alles liebt und dich sogar in einem Bettlaken heiraten würde«, brachte ich den Fokus auf das Wesentliche.

Ole liebte Marie wirklich abgöttisch. Um das zu erkennen, reichten fünf Minuten mit den beiden. Sie waren füreinander bestimmt. Kleid hin oder her, die beiden würden von nun an ihr weiteres Leben miteinander verbringen. Und das war gut und richtig so.

Wenn ich Marie so vor mir sah, wie sie sich auf den schönsten Tag in ihrem Leben vorbereitete, wurde mir ganz warm ums Herz. Sie hatte ihren Traumprinzen gefunden, glaubte ihn viele Jahre verloren und würde ihn nun doch noch heiraten. Ende gut, alles gut, wie man so schön sagte.

Was würde aus Hannes und mir werden? Würde er mir überhaupt zuhören, wenn ich ihm die Sache mit Christian und mir erklärte? Und wenn ja, würde er mir auch glauben?

Wenn ich eines in der kurzen Zeit, in der wir uns nähergekommen waren, über ihn gelernt hatte, dann, dass Hannes ein sehr loyaler und ehrlicher Mensch war. Ich konnte nur hoffen, dass er aufgrund der Erlebnisse des heutigen Vormittags nicht wieder einen Schritt zurück machte und sich in seinen Kokon einhüllte.

»Dann findet ihr es also nicht zu schlicht?«, vergewisserte sich Marie.

»Auf keinen Fall«, sagten Silke und ich wie aus einem Munde.

»Es ist klassisch elegant und wird von einem der schönsten und liebenswertesten Menschen, die ich kenne, noch weiter aufgewertet. Ein Unikat, das man so nirgends mehr finden wird«, sagte ich und trieb damit der zukünftigen Braut abermals Tränen in die Augen.

Marie breitete ihre Arme aus. Silke und ich ließen uns nicht zweimal bitten. Schon standen wir in unserem engen Kreis und hielten uns gegenseitig ganz fest.

»Wisst ihr eigentlich, wie aufgeregt ich vor der Hochzeit bin?«

Marie lächelte, und dennoch stand ihr ihre Unsicherheit deutlich ins Gesicht geschrieben.

»Weißt du noch, wie aufgeregt ich vor meiner Hochzeit war?«, fragte Silke. »Tage vorher konnte ich nur Hühnerbrühe essen, und allein der Gedanke, irgendwas könnte schiefgehen, hat mich bereits Wochen vorher um den Schlaf gebracht.«

Astrid räumte die überschüssigen Stecknadeln zurück in eine kleine durchsichtige Schachtel. »Vor meiner Hochzeit hab ich jeden Tag dafür gebetet, dass man mein kleines Bäuchlein nicht erkennen würde. Aber meine Mutter war eine fantastische Schneiderin«, berichtete sie uns augenzwinkernd.

»Ebenso wie du«, lobte Marie die Frau, die mich mit ihren roten Haaren und den vielen Sommersprossen auf der Nase an eine ältere Version von Pippi Langstrumpf erinnerte. Statt der beiden Zöpfe trug sie ihr Haar allerdings ganz kurz. Das Freche, das Pippi so auszeichnete, leuchtete mir aber aus ihren aufgeweckten Augen entgegen.

»So, ihr Lieben, ich muss mich leider schon wieder verabschieden. Peter und ich wollen später noch segeln gehen.

Er will mir das jetzt endlich mal beibringen, hat er gesagt. Dabei hatte er doch bereits dreißig Ehejahre dafür Zeit.« Sie lachte. »Aber besser spät als nie.«

Schon hatte sie sich ihren Koffer geschnappt, in dem neben den Stecknadeln auch Garn, Nähnadeln, Stoffmuster und viele bunte Knöpfe zu finden waren. Ein Sammelsurium, das sie sicher in den vielen Jahren, in denen sie nun schon als Inselschneiderin arbeitete, stetig erweitert, ausgemistet und erneuert hatte.

Die Mutter einer meiner besten Freundinnen aus Kindergartentagen hatte auch genäht. Während Anne und ich im Garten gespielt hatten, hatte sie oft auf der Terrasse gesessen. Unser Spiel war vom surrenden Geräusch ihrer Nähmaschine begleitet worden. Ein sehr harmonischer Klang.

Nicht selten hatte ich mich zu ihr auf die kleine Bank gesetzt und sie bei ihrer Arbeit beobachtet. So sehr hatte ich mir gewünscht, dass meine Mutter auch eine Nähmaschine bekam, um so schöne Kleider für mich zu schneidern, wie Annes Mutter es für sie tat.

Als ich eines Tages schließlich gewagt hatte, meine Mutter mit diesem Wunsch zu konfrontieren, war sie völlig ausgeflippt. So hatte ich sie noch nie erlebt. Erst als mein Vater am Abend nach Hause gekommen war, hatte sie sich etwas beruhigt. Bis dahin hatte ich mich in meinem Zimmer verschanzt und mal wieder Luft gespielt. Das war in solchen Situationen das Einzige, was half – meiner Mutter aus dem Weg zu gehen und sich unsichtbar zu machen.

»Das hört sich toll an«, bekräftigte sie Marie.

»Danke dir, mein Kind. Die letzten Anpassungen werde ich gleich morgen früh machen. Da ist das Licht am besten zum Nähen. Und dann kann der große Tag ja kommen, würde ich mal sagen. Lange ist es ja nun nicht mehr hin.«

Nein, das war es wirklich nicht. Schon am Samstag würden Marie und Ole heiraten. Im Laufe der Woche würden auch noch Silkes Männer kommen. Frank musste noch etwas in der Firma klären und würde dann mit dem kleinen Paul im Gepäck losfahren.

Das Brautpaar hatte überwiegend Insulaner zur Hochzeit geladen, nur Silke und ihre Familie stellten eine Besonderheit dar. Irgendwie musste es uns gelingen, dass die drei ebenfalls auf Hiddensee ein Zuhause fanden. Das wäre mein größter Wunsch. Neben Weltfrieden, versteht sich.

Mit einem »Ist noch jemand da?« steckte plötzlich Irmgard den Kopf durch die Tür.

»Astrid hat gerade die letzten Änderungen an Maries Kleid vorgenommen.«

Irmgard staunte nicht schlecht, als sie zu uns kam. »Mensch, Kind, wie wunderschön du doch aussiehst. Einfach ein Traum! So natürlich und doch klassisch elegant. Ole kann sich glücklich schätzen, dich zur Frau zu bekommen. Und das sag ich jetzt nicht nur wegen des schönen Kleids.«

Irmgard lachte und tippte mir anschließend auf die Schulter. »Könnte ich dich einen Moment vor der Tür sprechen? Allein! Es geht auch ganz schnell«, behauptete sie.

Ich blickte zu Silke und Marie.

»Geh ruhig! Wir kommen hier klar.«

»Also?«, hakte ich nach, als ich mit Irmgard in den Garten gegangen war.

»Ich hatte heute mal wieder Besuch.«

»Das freut mich«, erwiderte ich schließlich, denn ich wusste nicht so recht, was ich sonst darauf antworten sollte.

»Der Ostseewind hat mal wieder zu mir gesprochen.«

Nicht schon wieder die Nummer.

»Jetzt hör dir doch erst mal an, was ich dir zu sagen habe, bevor du mich verurteilst«, erklärte sie ungewöhnlich deutlich.

Ich nickte. »Was hat er dir denn erzählt?«

Irmgard lächelte wohlwollend. »Es scheint heute Morgen einige *Zwischenfälle* im *Traumschlösschen* gegeben zu haben«, tastete sie sich langsam voran.

»Das stimmt. Die Frau von meinem Ex hat Sturm geläutet und Hannes noch in der Tür erzählt, dass ich eine Affäre mit ihrem Mann hatte, während sie schwanger war«, fasste ich die Begebenheiten kurz zusammen.

Irmgard steuerte auf einen der Strandkörbe zu und ließ sich darin nieder. Dann bedeutete sie mir, neben ihr Platz zu nehmen.

Ich tat ihr den Gefallen, auch wenn ich langsam nur zu gern gewusst hätte, was der Wind ihr diesmal erzählt hatte.

»Ich verstehe«, sagte sie und lehnte sich zurück.

So saßen wir einige Minuten da. Nichts geschah. Keiner sagte ein Wort.

»Wolltest du mir noch etwas erzählen?«, hakte ich schließlich nach, als ich mitbekam, dass Astrid gerade gegangen war.

Marie, Silke und ich hatten für heute Abend spontan einen Tisch im *Kleinen Prinzen* reserviert. Silke hatte ohnehin keine weiteren Verpflichtungen, Ole hatte noch eine Bernsteintour reinbekommen, die er ungern absagen wollte, und ich hatte keine Lust, den Abend zwischen meiner

Mutter und der Frau meines Exfreunds vor dem Fernseher zu verbringen.

»Kennst du eigentlich das Lied *Wind of Change*?«, fragte Irmgard mit leicht verhangenem Blick, als wäre sie unmittelbar in die Zeit der Wiedervereinigung Deutschlands zurückkatapultiert worden.

»Ja, klar. Wer kennt es nicht?«, erwiderte ich und wartete darauf, dass Irmgard mir erklären würde, warum sie mich ausgerechnet nach diesem Lied fragte.

Doch anstatt zu antworten, schwang sie sich aus dem Strandkorb auf die Füße. »Das war erst mal alles. Ich muss mir selbst ein paar Gedanken machen. Wir sehen uns.«

Und schon war sie wieder verschwunden. Ich wurde aus dieser alten Frau nicht schlau. Kopfschüttelnd sah ich ihr nach, ehe ich mich zurück auf den Weg zu Marie und Silke ins Haus machte.

»Oh, ist Astrid schon gegangen? Ich habe mich gar nicht von ihr verabschiedet.«

Marie legte den Arm über meine Schulter.

»Sie wollte doch noch segeln gehen. Aber keine Sorge. Spätestens am Samstag zur Hochzeit siehst du sie wieder.«

Marie hatte nun wieder ihr luftiges Jeansblusenkleid angezogen. Silke hatte derweil einen Anruf von ihren Jungs reinbekommen. Sie lächelte, während sie mit ihnen sprach.

»Gut. Dann werde ich mal schnell hochgehen, die Lage sondieren, duschen und wiederkommen. Sollte ich in zwanzig Minuten noch nicht zurück sein, schickt einen Suchtrupp los. Okay?«

Marie lachte und salutierte vor mir. »Aye, aye, Madame. Wird gemacht!«

Dank Irmgard hatte ich nun einen Ohrwurm, der sich

nicht mehr abschütteln ließ. So hörte ich also dem Wind der Veränderung zu und summte die Melodie, während ich Stufe für Stufe zu meiner Wohnung hinaufstieg.

Mit den Worten »Wie schön, dass du dich auch mal hier raufbequemst« empfing mich meine Mutter. »Schließlich sind Lisa und Magdalena deine Gäste«, erklärte sie mir prompt und deutete auf die beiden schlafenden Wesen auf der Schlafcouch.

»Ich kann mich nicht daran erinnern, sie eingeladen zu haben, Mutter. Und wenn es nach mir gegangen wäre, dann wären sie jetzt schon längst wieder auf dem Weg nach München oder wohin auch immer. *Du* wolltest, dass sie bleiben«, rückte ich die Dinge gerade.

Meine Mutter bekam schlagartig einen hochroten Kopf. »Hätte ich die arme übermüdete Mutter denn einfach sich selbst überlassen sollen? Sie braucht Hilfe. Siehst du das denn nicht?«

Lisa tat mir leid. Keine Frage. Aber Lisa war weder eine meiner Freundinnen, noch würden wir in absehbarer Zukunft noch etwas miteinander zu tun haben. Das unterband schon die Tatsache, dass ich die Ex-Affäre ihres Mannes war. Die Grundlage für eine zwischenmenschliche Beziehung schrumpfte also schon allein deshalb auf ein Minimum zusammen.

»Natürlich sehe ich das. Dennoch bin ich der Meinung, dass sie sich dringend mit Christian aussprechen sollte.«

Meine Mutter sah mich mit leicht geöffnetem Mund an und schüttelte den Kopf. »Hast du denn gar kein Herz?«, fragte sie.

»Ich habe kein Herz?«, lachte ich höhnisch auf. »Und das sagt mir ausgerechnet die Frau, die ihr ganzes Leben lang ein Herz aus Stein hatte. Zumindest, was mich angeht. Weißt du, Mutter, ich kann die wenigen netten Worte, die du in meinem bisherigen Leben an mich gerichtet hast, an einer Hand abzählen. Und die hatten alle was damit zu tun, dass ich besonders erfolgreich in irgendwas war, das dir wichtig war.«

»Wie redest du denn mit mir?«, echauffierte sie sich.

»So, wie ich es schon vor langer Zeit hätte tun sollen. Dabei habe ich wirklich gehofft, du würdest hier zu mir auf die Insel kommen und endlich sehen, wie gut es mir geht und wie schön Hiddensee ist. Aber du hast ja schon auf der Fähre Scheuklappen angelegt und die Augen vor allem verschlossen, was deiner Weltanschauung nicht entspricht. Du willst nicht sehen, wie gut es mir geht. Du willst nicht sehen, wie erfolgreich ich in dem bin, was ich tue. Und du willst mich nicht so sehen, wie ich wirklich bin. Also kann ich auch nicht länger Rücksicht auf dich und deine Gefühle nehmen.« Und dann nahm ich all meinen Mut zusammen und stellte ihr ein Ultimatum: »Entweder du siehst ein, dass ich selbstständig Entscheidungen für mein Leben treffe, auch wenn es mal die falschen sind, oder unsere Wege werden sich von nun an trennen müssen.«

Kapitel 27

Ich erwachte mit dem Gefühl, etwas schrecklich zu vermissen. Ich hatte noch nicht mal die Augen geöffnet, als dieses Gefühl nach und nach jeden Winkel meines Körpers flutete.

Zunächst hielt ich es für die Folge eines Albtraums. Erst als ich mich im Bett umdrehte und meine Finger auf die andere Seite ausstreckte, wusste ich, was mir so fehlte: Hannes.

Seufzend öffnete ich die Lider. Die Erinnerungen des vergangenen Tages strömten wie zuckende Blitze bei einem Sommergewitter durch meine Gedanken. Hell erleuchtet sah ich Lisa mit Magdalena im Arm vor mir, wie sie Hannes von Christian und mir erzählte. Ich sah meine Mutter, die sich um Lisa kümmerte und für einen fremden Menschen mehr Herz zeigen konnte als für ihre eigene Tochter. Und ich sah unseren Streit am gestrigen Abend.

Mein Magen grummelte, und meine Augen wollten nicht länger offen bleiben. Nichts, was mich am heutigen Tag erwartete, war es wert aufzustehen.

Ich wandte mich von der leeren Bettseite ab, die wie ein Mahnmal für mich war. Die ersten Sonnenstrahlen stahlen sich durch die nicht gänzlich geschlossene Jalousie hindurch und kitzelten mich an der Nasenspitze.

Wie auf Kommando war nun auch Mutters Entsafter zu

hören. Diesmal wurde das Dröhnen jedoch von dem bitteren Weinen eines Babys untermalt. Lisa und Magdalena waren also noch immer in meiner Wohnung.

Seufzend setzte ich mich auf und griff nach meinem Handy. Der Alarm würde jeden Moment losgehen, wenn ich ihn nicht rechtzeitig abstellte. Ich wollte das Handy schon wieder aus der Hand legen, als mir das kleine Zeichen oben links im Display auffiel. Jemand hatte mir eine Nachricht geschickt.

Mein Herz schlug mir bis zum Hals, während ich die App öffnete. Gestern Abend hatte ich noch eine Nachricht an Hannes geschickt, in der ich ihn um ein klärendes Gespräch bat.

Doch es war keine Antwort von Hannes. Silke hatte mir die Bilder weitergeleitet, die Sonja gestern im *Kleinen Prinzen* von uns gemacht hatte. Manche davon waren wirklich urkomisch. Sie zauberten mir ein Lächeln aufs Gesicht. Etwas, womit ich an diesem tristen Morgen nicht gerechnet hätte.

Als ich mir die Erinnerungen an gestern Abend ausreichend angesehen hatte, checkte ich, ob Hannes meine Nachricht bereits gelesen hatte. Die beiden Pfeile waren noch immer grau hinterlegt. Übermittelt waren meine Zeilen. Aber lesen wollte Hannes sie wohl nicht. Noch nicht, so hoffte ich.

Er würde ein wenig Zeit brauchen. Und die wollte ich ihm auch geben. Nur würde ich ihm gern erklären, wie es zu Christian und mir hatte kommen können. Was er dann mit diesen Informationen machte, war seine Sache. Auch wenn ich hoffte, dass er mich verstehen würde.

Etwas schwerfällig stand ich schließlich auf, griff nach

meinem Morgenmantel und öffnete die Jalousie zu meinem Balkon. Bevor ich mich dem Wahnsinn in der Küche stellte, brauchte ich Sonne, Vitamin-Sea und eine steife Brise, die mir den Kopf ein wenig durchpustete.

Bevor das Gedankenkarussell wieder anspringen konnte, konzentrierte ich mich auf den Moment und meine Umgebung. Das Meer zu meiner Linken wirkte aufgebracht. Die Wellen tosten übermütig aufs Land zu, brachen sich schließlich und zogen sich ungleichmäßig ins Meer zurück.

Ein Jogger lief am Strand entlang. Wenn mich nicht alles täuschte, dann hatte er nichts an. Ein etwas gewöhnungsbedürftiger Anblick am frühen Morgen. Aber auf Hiddensee konnte sich jeder am Strand geben, wie er wollte. In diesem Fall eben hüllenlos. Daran würde ich mich vermutlich nie so recht gewöhnen. Schließlich hatte mir meine Mutter als Kind noch bei den heißesten Sommertemperaturen eine Leggins unters Kleid gezogen, damit man ja nichts sehen konnte. Aber ich arbeitete daran.

Irgendwann würde es mir gelingen, meine Vergangenheit hinter mir zu lassen und achtsam im Augenblick zu leben. Indem ich gestern Abend das erste Mal meiner Mutter gegenüber ganz ehrlich angesprochen hatte, was mich an unserer Beziehung störte, war ein erster Schritt getan. Auch wenn das vielleicht bedeutete, dass sie heute ihre Sachen packen und abreisen würde.

Nur wenige Schritte vom *Traumschlösschen* entfernt fuhr Mattis mit dem mobilen Eiswagen vorbei. Ich war zwar kein Meteorologe, aber wenn ich mir den wolkenlosen Himmel über Hiddensee so ansah, dann konnte ich mir gut vorstellen, dass Mattis heute noch ein paar weitere Male fahren musste, um den Eishunger auf der Insel zu stillen.

Besonders beliebt war sein Sanddorneis. Es war so cremig und gleichzeitig fruchtig, dass sogar Oma Gertrud nicht genug davon bekommen konnte.

Ich wollte gerade ins Bad gehen, um mich für den Tag fertig zu machen, als mir René und sein Freund Basti ins Auge fielen. Im Gegensatz zu dem Jogger waren die beiden zwar nicht nackt in den Dünen unterwegs, aber ihre Kleidung war dennoch sehr auffällig.

René brachte seit einigen Jahren einen Fetischkalender in Lack und Leder für seine stetig wachsende Internetgemeinde auf den Markt. Dort präsentierte er nicht nur sich, sondern eben auch die Insel. Was unter anderem ein Grund war, warum die Hiddenseer über die merkwürdige Kluft der beiden hinwegsahen. Denn sie verstanden, wie sehr die beiden Männer hier verwurzelt waren und ihre Heimat liebten. Da spielte es letztlich auch keine Rolle, welche Kleidung sie trugen. Das war eben auch Hiddensee. Und dafür liebte ich es nur noch mehr.

Gerade als ich mich im Bad fertig gemacht und mich mental auf das vorbereitet hatte, was mir gleich bevorstehen würde, hörte ich, wie eine Tür ins Schloss gezogen wurde. Jemand war gegangen. Bevor ich die Wendeltreppe nach unten ging, versuchte ich anhand der Geräuschkulisse auszumachen, wer noch da war. Doch weder der Entsafter noch Magdalena gaben mir einen Hinweis darauf, womit ich zu rechnen hatte. Ganz im Gegenteil. Plötzlich war es in meiner Wohnung so ruhig, als wäre ich wieder ganz allein.

Als ich schließlich den Mut gefunden hatte, mich den Gegebenheiten zu stellen, ging ich Stufe für Stufe die Treppe hinunter und wappnete mich, wofür auch immer.

Meine Mutter saß über ihrem grünen Smoothie. Ein zweiter stand auf dem Tisch für mich bereit. Allein bei dem Anblick schrumpfte mein Magen auf Erbsengröße zusammen.

»Guten Morgen«, sagte ich schließlich und erwartete bereits eine Fortsetzung unseres gestrigen Gesprächs.

Doch meine Mutter wirkte unnatürlich ruhig. »Lisa und Magdalena fahren zurück nach München. Du hast sie eben verpasst«, sagte sie mit Eiseskälte in der Stimme.

»Dann will Lisa Christian noch mal eine Chance geben?«, fragte ich interessiert.

Meine Mutter zuckte mit den Schultern. »Das wird sich zeigen«, meinte sie und erhob sich anschließend von ihrem Platz.

Erst jetzt bemerkte ich die beiden gepackten Koffer, die an der Wand standen.

»Ich werde heute auch nach Hause aufbrechen. Die Zeit hier war sehr aufschlussreich. Aber jetzt sollte ich besser wieder gehen.«

Bildete ich es mir nur ein, oder zitterte ihre Stimme?

»Das ist natürlich dein gutes Recht.«

Sie verlor kein Wort über unseren gestrigen Streit. Hatte sie Verständnis, oder war ihr Packen eine Trotzreaktion auf das, was ich ihr gestern um die Ohren geworfen hatte?

So oder so musste ich einsehen, dass auch meine Mutter ein eigenständiger Mensch war, der seine eigenen Entscheidungen traf. Ich hatte nicht das Recht, sie zu verändern. Ebenso wie sie nicht das Recht hatte, über mein Leben zu bestimmen.

Von daher war es nur die logische Konsequenz, dass wir auseinandergingen. Auch wenn ich es sehr schade fand, dass sie keinen Millimeter von ihrer Einstellung abgerückt war und mir und dem *Traumschlösschen* keine Chance gegeben hatte. Ich musste es akzeptieren, so wie ich mir von ihr gewünscht hätte, sie würde meine Lebensweise anerkennen.

»Ich habe dir noch einen Smoothie gemacht.« Sie schob mir das Getränk zu.

Erst jetzt begriff ich, dass es keine böse Absicht von ihr gewesen war, mir den grünen Smoothie vorzusetzen. Es war vielmehr ihre Art, mir »Auf Wiedersehen« zu sagen. Dankend nahm ich ihn an und trank den ersten Schluck. Zum ersten Mal schmeckte er mir sogar ganz gut. Entweder hatte meine Mutter eine neue Rezeptur ausprobiert, oder aber ich verstand endlich, worauf es ankam.

»Meine Fähre geht um elf Uhr. Du brauchst mich nicht zu bringen. Ich kenne den Weg ja«, erklärte sie.

»Meinst du, du schaffst das mit den beiden Koffern?«, wagte ich nachzufragen. »Sollte ich dich nicht lieber begleiten?«

Es war ein Friedensangebot, ob sie es annehmen würde, wusste ich nicht. Aber ich wollte es zumindest geäußert haben – vor allem für mich selbst. Schließlich wollte ich mir nicht irgendwann vorwerfen müssen, nicht alles Menschenmögliche getan zu haben, um unsere Beziehung doch noch in bessere Bahnen zu lenken.

»Lass mal! Ich weiß ja, dass du in deinem Laden einiges um die Ohren hast. Ich schaff das schon. Zur Not leihe ich mir einen dieser Gepäckträger, die überall herumstehen.«

Normalerweise standen sie lediglich am Hafen für die Gäste der Ferienwohnungen und Ferienhäuser zur Verfügung. In der Saison fand man sie aber auch so mal irgendwo herumstehen.

Ich wollte gerade etwas erwidern, als ich bemerkte, dass meine Mutter das erste Mal anerkannte, dass mein Laden nicht nur ein Hobby war. Das war ein gewaltiger Fortschritt. Auch wenn ich mir insgeheim erhofft hatte, dass meine Mutter beim Anblick des *Traumschlösschens* nicht mehr aus dem Staunen herauskommen und mich mit Lob überschütten würde, wusste ich, dass das ein Anfang war. Ein guter sogar.

»Kommst du dich noch verabschieden?«

Auch wenn ich den Moment seit Tagen herbeigesehnt hatte, war ich mir nun nicht mehr ganz sicher, ob es wirklich das war, was ich wollte.

Schon bald wäre ich wieder allein. Würde sie mich noch mal besuchen kommen? Oder war das für lange Zeit das letzte Mal, dass wir uns sahen?

Hin- und hergerissen zwischen dem Wunsch, endlich nach vorne zu blicken, und der Hoffnung, meine Mutter und ich würden doch noch auf einen Nenner kommen, tat ich etwas, das ich schon lange nicht mehr gemacht hatte. Im ersten Moment kostete es mich Überwindung, aber als ich meine Mutter schließlich in den Arm genommen hatte und sie sich nicht dagegen wehrte, wusste ich, dass ich die richtige Entscheidung getroffen hatte.

Meine Mutter war so überrumpelt, dass sie nicht wusste, wie sie darauf reagieren sollte. Etwas umständlich versuchte sie mir den Rücken zu tätscheln. Auch das war ein Anfang. Und mehr, als ich in den letzten Jahren an Zuneigung von ihr bekommen hatte.

»Dann werde ich mal runtergehen und den Laden öffnen.«

Damit wandte ich mich von ihr ab und ging zur Tür. Auf dem Weg dorthin fand ich eine kleine Rassel. Die mussten Lisa und Magdalena vergessen haben. Ich hob sie auf und legte sie auf den Garderobenschrank.

»Das kann ich den beiden mitnehmen«, meinte meine Mutter. »Lisa hat mir ihre Adresse gegeben. Und …«

Ich drehte mich erneut zu ihr um, während ich den Schlüssel aus der Schale nahm, mit dem ich das *Traum-schlösschen* aus dem Schlaf erwecken konnte.

»… ich wollte mich noch bei dir entschuldigen. Es war nicht richtig von mir, dich mit Christian verkuppeln zu wollen. Schließlich habe ich Augen im Kopf und gesehen, wie sehr Hannes in dich verliebt ist.«

Bei der Erwähnung seines Namens durchzuckte mich ein Schmerz, den ich bis vor wenigen Minuten unter Kontrolle glaubte. »Das ist sehr lieb von dir.«

Meine Mutter nickte.

Damit war alles gesagt.

Kapitel 28

»Was um alles in der Welt ist denn passiert?«, fragte ich Marie, kaum dass sie in den Laden gekommen war.

Ihre Augen waren gerötet. Tränen kullerten über ihre Wangen.

Bevor sie etwas sagen konnte, reichte ich ihr ein Taschentuch und verschloss die Tür vom *Traumschlösschen* noch mal, um meiner Freundin beizustehen.

»Astrid hat mich vor wenigen Minuten angerufen. Sie hat sich gestern beim Segeln den Arm gebrochen und wird vor der Hochzeit nicht mehr mit dem Kleid fertig.«

»Wir finden bestimmt jemanden, der dir helfen kann«, versuchte ich, sie zu beschwichtigen.

Doch Marie war völlig von der Rolle.

»Wen denn? Und das auch noch in der Kürze der Zeit? Das ist unmöglich, Caro. Stellen wir uns den Tatsachen: Meine Hochzeit steht unter keinem guten Stern. Jetzt habe ich den Beweis dafür.« Marie stützte sich auf die Verkaufstheke und sah aus, als würde sie all das Leid dieser Erde auf ihren Schultern tragen.

»Was? Wie kommst du denn jetzt darauf? Nur weil Astrid sich den Arm verletzt hat, heißt das doch noch lange nicht, dass deine Hochzeit in Gefahr ist. Wir werden das ganz sicher hinkriegen, Marie. Hörst du?«

Ich nahm ihre Hände in meine und sah ihr in die Augen.

»Ole hat meine Ohrringe gestern gefunden. Keine Ahnung, wie das passieren konnte.«

Marie wirkte aufgelöst und erschöpft. Wenn ich nicht wollte, dass sie abermals zu weinen begann, musste ich mir dringend etwas überlegen.

»Ich geh dann jetzt«, meldete sich in diesem Moment meine Mutter zu Wort.

Ich hatte gar nicht gehört, wie sie die Treppe heruntergekommen war.

»Ist gut«, sagte ich und ging zu ihr, um mich zu verabschieden.

»Ist alles okay mit Marie? Sie wirkt so bedrückt.«

Beide blickten wir zu ihr hinüber, während ich meiner Mutter kurz erklärte, was passiert war.

Zögerlich blickte sie zur Tür. Dann ließ sie den Koffer an der Treppe stehen und ging zu Marie hinüber. »Das tut mir schrecklich leid mit deinem Kleid«, sagte sie schon im nächsten Augenblick.

So viel Empathie hätte ich meiner Mutter gar nicht zugetraut. Aber spätestens seit sie gestern Lisa und Magdalena bemuttert hatte, musste ich mir wohl eingestehen, dass sie nur mir gegenüber nicht in der Lage war, ihre Mutterrolle zu erfüllen. Warum auch immer.

Der Gedanke war schmerzlich, denn bisher war ich davon ausgegangen, dass meine Mutter einfach nicht dazu gemacht war, das Gefühl von Geborgenheit zu schenken, ein Kind in den Schlaf zu wiegen oder Memory mit mir im Garten zu spielen.

»Danke, Frau Baumgartner«, sagte Marie, ehe sie abermals schniefte und sich die Nase putzte.

»Gibt es denn keine andere Schneiderin auf der Insel?«

Marie schüttelte den Kopf.

»Das ist wirklich merkwürdig. Dabei hatte doch früher jeder Haushalt eine von diesen klobigen Nähmaschinen herumstehen. Meine Mutter hat ständig und bis weit in die Nacht hinein genäht. Wenn sie es mal nicht tat, war sie entweder krank oder musste meinem Vater auf dem Feld zur Hand gehen. Das waren Zeiten damals.«

Mit leicht geöffnetem Mund lauschte ich den Worten meiner Mutter. Bisher hatte ich sie nur sehr selten über meine Großeltern oder ihre Kindheit reden hören.

»Ich wusste ja gar nicht, dass Großmutter Näherin war«, sagte ich anerkennend, woraufhin meine Mutter übers ganze Gesicht strahlte.

»Nicht nur irgendeine Näherin. Sie war die Beste im ganzen Dorf. Sie hatte sogar Kundschaft aus der Stadt, die den Weg aufs Land auf sich genommen hat, nur um sich von ihr ein Kostüm oder einen Anzug schneidern zu lassen. Wenn meine Mutter nicht einen Bauern geheiratet und ihre Eltern etwas mehr Geld gehabt hätten, wäre sie auf eine Modeschule gegangen und hätte in Paris Karriere gemacht. Da bin ich mir ganz sicher.«

Während ich an den Film *Coco Chanel* denken musste, machte ich mir gedanklich eine Randnotiz, dass ich meine Mutter über diesen Zweig meiner Familie in nächster Zeit noch weiter ausfragen wollte. So sehr ich es auch mochte, dass sie sich gerade jetzt öffnete, musste ich mich doch zuerst einmal meiner besten Freundin widmen.

»Wie schade, dass deine Großmutter schon gestorben ist«, sagte Marie.

Ein Schatten huschte über das Gesicht meiner Mutter, während sie sich fahrig zu ihren Koffern hin umschaute. »Was genau ist denn zu machen?«, fragte sie wie beiläufig.

Marie und ich wechselten einen Blick, weil wir beide nicht so recht verstanden, warum sie das wissen wollte.

»Der Saum muss unten noch ein wenig gekürzt werden, und die Korsage ist zu locker«, informierte sie Marie.

Abermals blickte meine Mutter sich um, als wäre sie nicht sicher, ob sie tatsächlich fahren sollte. Eins stand jedoch außer Frage: Wenn sie sich nicht bald entschied, fuhr die Fähre ohne sie los.

»Diese Schneiderin …«, begann meine Mutter.

»Astrid?«, vervollständigte Marie.

»Genau die. Hat sie eine intakte Nähmaschine? Oder ist die irgendwie in den Unfall verwickelt gewesen?«

Marie schüttelte den Kopf. »Nein, Astrid ist beim Segeln unglücklich auf den Arm gestürzt. Die Nähmaschine stand zu dem Zeitpunkt zu Hause in der Stube, nehme ich an.«

Ein letzter Blick auf den Koffer und die Uhr, dann traf meine Mutter eine Entscheidung. »Bringt mich zu der Nähmaschine und dem Kleid. Ich mach das schnell noch fertig.«

Ich war baff. In meinem ganzen Leben hatte ich meine Mutter kein einziges Mal nähen sehen. Nicht mal mit der Hand, geschweige denn mit einer Maschine. Socken, bei denen Löcher gestopft hätten werden müssen, landeten in der Tonne. Eines meiner Lieblingskleider, bei dem sich der Saum gelöst hatte, hatte meine Mutter ebenfalls entsorgt, statt es zu reparieren oder es jemandem zu geben, der es hätte nähen können.

»Bist du dir sicher, dass du das kannst?«, hakte ich schließlich nach, als ich es nicht glauben konnte.

»Natürlich bin ich mir sicher. Ich bin schließlich ausgebildete Schneidermeisterin. Um ein Haar wäre ich sogar bei Dolce & Gabbana in Mailand gelandet. Aber das ist eine andere Geschichte. Bringt ihr mich jetzt hin?«

Ich konnte nicht fassen, was meine Mutter mir da mal eben zwischen Tür und Angel offenbarte. Bisher war ich immer davon ausgegangen, dass ihr Beruf Hausfrau und Mutter war. Sie hatte nie den Wunsch geäußert, Karriere zu machen. Paris. Das war in meiner Gedankenwelt so unvereinbar mit meiner Mutter wie saure Gurken und Nutella.

Wie hatte sie ihre Leidenschaft fürs Nähen nur in all den Jahren so verstecken können? Und noch viel wichtiger: Wieso hatte sie es überhaupt getan? Warum hatte sie nicht Karriere in Paris gemacht? Was war der Grund, dass sie sich in ein Leben als Hausfrau und Mutter gefügt hatte?

Diese und ähnliche Fragen sausten mir durch den Kopf. Doch ich musste erst mal Marie helfen. Alles andere würde sich sicher später klären.

»Wolltest du nicht nach Hause fahren?«, gab ich zu bedenken.

Meine Mutter winkte ab. »Ach, das läuft mir ja nicht weg. Der olle Kasten ist eh viel zu groß für mich. Aber wenn ihr meine Hilfe nicht brauchen könnt …«

»Doch!«, rief Marie. »Unbedingt sogar. Wenn Sie das Kleid nicht fertig machen, dann habe ich am Samstag nichts anzuziehen und muss in einem weißen Bettlaken vor den Traualtar treten.«

»Worauf warten wir dann noch?«, fragte meine Mutter herausfordernd mit Blick zur verschlossenen Tür.

Marie wandte sich zu mir um. »Könntest du den Laden für die Zeit übernehmen?«

»Aber natürlich«, erwiderte ich und bedeutete den beiden, endlich loszugehen, bevor es sich meine Mutter doch noch mal anders überlegen konnte.

Das Leuchten in ihren Augen und die Vorfreude, die sie kaum verbergen konnte, zeugten allerdings davon, dass meine Mutter sich sehr auf die kommende Aufgabe freute. Als wäre sie genau das, was sie dringend brauchte.

 Kapitel 29

Während Marie mit meiner Mutter zu Astrid gegangen war, um Maries Hochzeit zu retten, hatte ich mich als Floristin versucht, eine Blumenlieferung angenommen und mich davon abgehalten, Hannes anzurufen. Besonders der letzte Punkt war mir sehr schwergefallen.

Hannes hatte meine Nachricht noch immer nicht gelesen. Unzählige Male war ich in unseren Chat gegangen, um nachzusehen, ob sich die grauen Pfeile inzwischen blau gefärbt hatten. Hatten sie leider nicht.

»Hallo, Frau Baumgartner. Ist meine Bestellung denn schon eingetroffen?«, fragte mich gerade Frau Jungnickel, die, wie Oma Gertrud, Ferienwohnungen in ihrem Haus für Touristen vermietete.

Für ihre Gäste stellte sie jedes Jahr ein neues Buchpaket pro Wohnung zusammen, das eine Liebesgeschichte, einen Thriller, einen Krimi, ein Kinderbuch und einen Reiseführer über die Insel umfasste. Auf diese Weise, so hoffte sie, würden all ihre Kunden auf ihre Kosten kommen.

Ich fand das eine sehr schöne Idee. Und das nicht nur, weil sie die Bücher für die Pakete allesamt bei mir bestellte.

»Ich sehe gleich mal nach, ob der Reiseführer heute mit der Lieferung eingetrudelt ist. Der hat mir nämlich leider noch gefehlt«, erklärte ich und eilte ins Lager.

Da Marie in Sachen Hochzeit unterwegs war, war ich leider noch nicht dazugekommen, die heutigen Pakete zu öffnen.

»Machen Sie langsam, Frau Baumgartner. Ich hab es nicht eilig und würde in der Zeit im Garten im Strandkorb eine kleine Pause einlegen. Der Morgen ging heute nur so drunter und drüber. Aber davon lass ich mir nicht den restlichen Tag bestimmen.«

Frau Jungnickel war schätzungsweise um die sechzig Jahre alt. Ebenso wie Oma Gertrud vermietete ihre Familie schon seit Generationen Unterkünfte an Gäste, die einen Hauch des Flairs der Insel spüren wollten und gern über Nacht blieben.

So manches Mal musste ich mich noch kneifen, wenn ich mir bewusst machte, dass ich das Privileg besaß, so lange auf Hiddensee wohnen zu bleiben, wie ich wollte.

Erst vor wenigen Tagen hatte ich den Grund gefunden, für immer zu bleiben. Nun war ich mir jedoch nicht mehr so sicher, ob die Pläne sich verwirklichen lassen würden. Das Leben war nun mal nicht planbar. Wann würde ich das endlich einsehen?

»Sehr gern. Nehmen Sie sich etwas von der Erfrischungstheke.«

Und wie aufs Zauberwort kam Oma Gertrud bei diesen Worten in den Laden.

»Entschuldigt, ihr Lieben. Ich hab es leider nicht früher geschafft. Heute ist irgendwie der Wurm drin.«

Frau Jungnickel, die gerade im Begriff gewesen war, in den Garten zu gehen, wandte sich zu ihr um und nickte ihr bekräftigend zu.

»Dafür habe ich euch heute Orangen-Sanddornschnitten

gebacken. Die sind richtig saftig«, erklärte sie mir, grüßte Frau Jungnickel und sah sich anschließend suchend um.

Ich nahm Oma Gertrud die Schnitten aus der Hand und trug sie hinaus, um sie auf der Erfrischungstheke abzustellen. Frau Jungnickel stand bereits mit einem Teller bereit. Der Cappuccino war gerade durchgelaufen.

»Das sieht ja mal wieder köstlich aus. Mit ein Grund, warum ich so gern bei euch bestelle, ist die herrliche Kuchenauswahl, der leckerste Cappuccino der Insel und das Gefühl, zwischen Büchern und Blumen eine gute Zeit zu verleben. Marie und du, ihr macht dem Namen eures Geschäfts alle Ehre: Ein wahres *Traumschlösschen* habt ihr geschaffen. Dafür bin ich euch sehr dankbar.«

So viel Zuspruch zu hören, tat richtig gut. Es bekräftigte uns nicht nur weiterzumachen, sondern auch, an unseren Standards festzuhalten. Wahre Erfüllung fand man nur in den Dingen, die einen auch wahrlich erfüllten. Wieder musste ich an meine Mutter denken. Ob sie Schneiderin aus Leidenschaft gewesen war? Warum hatte sie ihren Traum nur begraben? Was war mit Mailand und all den Möglichkeiten, die ihr offengestanden hatten? Wieso hatte sie das alles aufgegeben?

»Caro?«, riss mich Oma Gertrud aus den Gedanken.

»Entschuldigen Sie mich bitte, Frau Jungnickel.«

Oma Gertrud hatte ich ganz vergessen.

»Wo ist denn Marie?«, fragte sie mich ohne Umschweife, kaum dass ich zurück im Laden war.

»Die ist mit meiner Mutter zu Astrid gegangen«, sagte ich und fasste die Begebenheiten des Morgens für sie zusammen.

»Arme Astrid! Da wagt sie endlich den Schritt und wird

mit einem gebrochenen Arm belohnt. Hoffentlich dauert es nicht allzu lange, bis sie wiederhergestellt ist. Das könnte nämlich so manche Hochzeitspläne hier auf der Insel durcheinanderwirbeln.«

»Oh, habt ihr auch schon von dem Sturm gehört?«, meinte in diesem Moment Irmgard, von der ich gar nicht gehört hatte, wie sie hereingekommen war.

»Ich weiß nichts von einem Sturm«, sagte ich und verkniff mir den Gedanken an Hannes, der sicher ganz genau darüber Bescheid wusste.

Die Inselschamanin sah mich einen Moment durchdringend an, dann nickte sie.

»Schön, dich zu sehen, Irmgard. Ich wollte gerade auf einen Sprung bei dir vorbeischauen«, sagte Oma Gertrud.

»Dafür habe ich heute leider keine Zeit, Gertrud. Ich muss Caro hier im *Traumschlösschen* vertreten«, behauptete sie mit so viel Eifer in der Stimme, dass ich beinahe gewillt war, ihr zu glauben.

»Du musst mich nicht im Laden …«, begann ich zu dementieren.

»Doch, doch. Ganz sicher sogar, Caro. Du musst gehen. Schnell!«

Mit wedelnden Händen trieb Irmgard mich zur Tür. Die Situation kam mir vor wie ein Déjà-vu. So hatte das vor einigen Wochen auch begonnen, als sie mich aus ihrem Hexenhäuschen vertrieben und ohne Wenn und Aber dem Sturm ausgesetzt hatte.

»Sollte ich nicht lieber einen Schirm mitnehmen?«, fragte ich in Erinnerung an die nassen Klamotten und die Kälte, die mir trotz anschließender Dusche bis in die Knochen gefahren war.

»Keine Zeit! Du musst jetzt raus. Auf der Stelle!«

Damit öffnete sie die Tür und stupste mich aus dem Laden.

Fragend hob ich die Hände. Was genau versprach sie sich nur davon? Der Himmel über mir erstrahlte in einem herrlich kitschigen Blau. Weit und breit war kein Wölkchen zu sehen, geschweige denn ein Unwetter.

Oma Gertrud sah unschlüssig zwischen ihrer Freundin und mir hin und her. Ich wollte Irmgard sagen, dass Frau Jungnickel im Garten auf ihre bestellte Ware wartete. Aber der war eine kleine Auszeit ja ganz recht gewesen. Also entschied ich mich einfach, mir auch eine Pause zu gönnen und einen Spaziergang am Strand zu machen.

In spätestens dreißig Minuten wäre ich zurück, und damit hätte der Spuk dann hoffentlich ein Ende. Bis dahin wollte ich Irmgard das Gefühl geben, ihre Anweisungen würden zu ihrer vollsten Zufriedenheit umgesetzt werden. Wenn ich ihr damit eine kleine Freude machen konnte, war ich gern bereit dazu.

Auf meinem Weg an den Dünen vorbei warf ich immer wieder einen prüfenden Blick nach oben. Trotz der ausgesprochen sommerlichen Wetterlage wollte ich der Ruhe noch nicht trauen. Was, wenn Irmgard wieder mit dem Wind gesprochen hatte?

Das war lächerlich! Der Wind sprach mit niemandem. Also versuchte ich, meine Gedanken nicht auf Irmgard, das Wetter oder was auch immer zu lenken, sondern auf das Hier und Jetzt.

Ich ging spazieren. Und da sollte ich nicht über Gott und die Welt nachdenken, wenn ich mir ein wenig Erholung davon versprach. Wenn man lief, dann lief man. Wenn man sich mit den Widrigkeiten des Lebens auseinandersetzte, dann setzte man sich mit den Widrigkeiten des Lebens auseinander. Beides verbinden zu wollen, war kontraproduktiv.

Also konzentrierte ich mich darauf, dass ich meine Sandalen auszog und barfuß über den Sand weiterging. Auch heute herrschte hier großes Treiben. Neben den restlos vermieteten blau-weißen Strandkörben standen einzelne bunte Strandmuscheln herum. Einige Badegäste dösten vor sich hin. Wieder andere lasen oder wateten ins Wasser, um sich zu erfrischen. Einige Spaziergänger liefen am Meer entlang, während Kinder eifrig Muscheln in ihren Sandeimern sammelten, um ihre Burgen zu schmücken.

Trotz der vielen Menschen herrschte eine einvernehmliche Ruhe am Strand. Das Lachen der Kinder kam nicht gegen das Tosen des Meeres an, was die Kinder jedoch herzlich wenig bekümmerte. Sie lachten dennoch.

Jeder weitere Schritt, den ich durch den nassen Sand watete, wurde vom Wasser umspült. Das Meer war angenehm frisch. Jetzt bereute ich es, dass Irmgard mir vor dem Rausschmiss nicht mal die Möglichkeit gegeben hatte, mir Badesachen und ein Handtuch herauszusuchen.

Stattdessen blickte ich hinaus zu den Segel- und Fischerbooten, die in vollkommener Harmonie nebeneinanderher schipperten und dabei ganz unterschiedliche Interessen verfolgten. Auf dem Meer fand jeder sein Plätzchen. Es war groß genug, um für all unsere Bedürfnisse eine Plattform zu bieten. Warum war das nur an Land so viel schwieriger?

Es war mir gerade gelungen, mich auf meine Umgebung zu konzentrieren und den Moment auf meine Weise zu genießen, als mir Hannes ins Auge fiel, der nur wenige

Meter von mir entfernt ebenfalls aufs Meer blickte. Was er wohl hier machte? War sein Besuch beruflicher Natur, oder suchte er wie ich ein wenig Zerstreuung? Ob er sie wohl gefunden hatte?

Dem ersten Impuls folgend wollte ich am liebsten so schnell wie möglich zurück ins *Traumschlösschen*. Als ich mir sicher war, dass Hannes mich noch nicht bemerkt hatte, wandte ich mich zum Gehen um. Wie aus dem Nichts kam plötzlich eine gewaltige Windböe auf, die mir die eben noch so friedlich am Boden liegenden Sandkörner wie Pfefferkörner aus Hotzenplotz' Pfefferpistole ins Gesicht blies. So stark und in solchen Massen, dass ich die Augen nicht mehr öffnen konnte. Jedes Sandkorn fühlte sich wie ein Nadelstich auf meiner Haut an. Mit dem Unterarm vor dem Gesicht kämpfte ich mich weiter voran, hatte jedoch das Gefühl, mich keinen Millimeter vom Fleck zu bewegen. Ganz im Gegenteil. Der Wind schob mich regelrecht in Hannes' Richtung. Ich stemmte mich mit aller Kraft dagegen, doch am Ende musste ich einsehen, dass ich diesem Sturm nichts entgegenzusetzen hatte.

Als die einschlagenden Sandkörner in meinem Gesicht schmerzten wie Schmirgelpapier, drehte ich mich um und ließ mich vom Wind in die gewiesene Richtung schieben.

»Caro?«, begrüßte mich Hannes ein wenig ungläubig, als ich vor ihm zum Stehen kam und der Wind wie auf ein unsichtbares Zeichen hin seine Tätigkeit einstellte.

Ich schüttelte mir den Sand aus Haaren und Klamotten. Dabei ließ ich den Blick über die übrigen Strandbesucher gleiten. Von ihnen machte keiner den Eindruck, als hätte er gerade mit einem Sandsturm zu kämpfen gehabt. Auch Hannes wirkte total unbeeindruckt von dem, was soeben geschehen war. Konnte es am Ende sein, dass das mit dem Sand nur mich betroffen hatte? Aber wie sollte das gehen? Hatte mich eine Windhose erfasst, die nur punktuell ihr Unwesen trieb? War das überhaupt möglich?

»Caro?«, wiederholte Hannes, während ich noch immer mit den Nachwehen des Sturms zu kämpfen hatte.

»Hey, Hannes«, sagte ich schließlich, als sein Blick so schwer auf mir lastete, dass ich es kaum noch ertragen konnte.

»Offenbar hast du mich gefunden«, sagte er mit einem schiefen Lächeln.

Ich wollte ihm von der Beteiligung des Ostseewinds an der ganzen Sache erzählen, hielt es dann aber für eine bessere Idee, erst mal nicht darüber zu sprechen. Wie sollte ich in Worte fassen, was außer mir offenbar niemand mitbekommen hatte? Im Gegensatz dazu – als die Sintflut mich beinahe weggespült hätte – waren heute nämlich zig Menschen anwesend gewesen. Bildete ich mir das alles am Ende womöglich nur ein? Meine Haut allerdings schmerzte noch immer dermaßen, dass es nicht nur eine Halluzination gewesen sein konnte.

»Dabei hatte ich dich gar nicht gesucht«, gestand ich ihm ein, während er weiter hinaus aufs Meer blickte.

»Du wolltest mich aber sprechen. Oder?«, hakte er nach.

Ich seufzte. »Das mit Christian und mir ... das liegt bereits über ein Jahr zurück. Er hatte mir versichert, dass er seine Frau verlassen und mit mir eine Zukunft haben wollte. Erst als ich Lisa hochschwanger in unserer Kanzlei gesehen habe, wusste ich, dass er mich nur angelogen hat.«

Hannes löste den Blick nicht vom Horizont. Neben den Seglern und Fischerbooten war nun weiter hinten eine der

Fähren zu sehen, die Hiddensee mit Rügen oder dem Festland verbanden. Am Himmel zog eine Möwe auf der Suche nach etwas Essbarem behäbig ihre Kreise. Über ihr war eine Passagiermaschine zu erkennen, die vielleicht ein Ziel in weiter Ferne ansteuerte oder sich gerade auf dem Heimflug befand.

Alles um uns herum war in Bewegung, nur Hannes und ich wirkten wie zwei Statuen, dazu verdammt, ewig hinaus aufs Meer zu blicken und uns nicht von der Stelle zu rühren. Keiner von uns sagte etwas. Was dachte Hannes? Hätte ich ihm noch erklären müssen, dass ich nie eine Beziehung mit Christian eingegangen wäre, wenn ich gewusst hätte, dass seine Frau schwanger war? Hätte ich ihm vergewissern müssen, dass so was nie wieder vorkommen würde? Würde er mir glauben, wenn ich ihm sagte, dass das ein einmaliger Ausrutscher war?

»Okay«, sagte Hannes nach einer Weile, in der die Möwe über uns auf den Wellen vor uns Platz genommen hatte und sich durchs Wasser gleiten ließ.

»Okay?«, vergewisserte ich mich noch einmal.

»Du hast mir erklärt, wie es zu der Affäre kommen konnte. Dennoch brauche ich ein wenig Zeit, um über all das nachzudenken. Der Zeitpunkt, zu dem Lisa mit ihrem Kind hier aufgetaucht ist, war denkbar ungünstig.«

Ich nickte und war gewillt, ihm den nötigen Raum zu geben.

»Meine Mutter wollte heute abreisen.«

Hannes zog die Augenbrauen in die Höhe.

»Ich habe ihr gestern Abend auf den Kopf zugesagt, dass ich ein eigenständiger Mensch bin und meine eigenen Entscheidungen treffe.«

Hannes nickte bekräftigend. »Was hat sie dazu gesagt?«

Ich lachte. »Gestern Abend nicht viel. Aber heute Morgen stand sie mit gepackten Koffern in der Küche. Das war dann wohl Antwort genug.«

»Ich verstehe«, sagte er und sah mich prüfend an. Ganz so, als wollte er nachspüren, was diese Reaktion in mir hervorrief.

»Wäre Marie mit ihrem Hochzeitskleid nicht dazwischengekommen, wäre sie sicher schon auf dem Weg nach München.«

Hannes hob abermals die Brauen.

»Das erzähle ich dir ein anderes Mal. Okay?«

»Okay«, erwiderte er und lächelte abermals.

Die Situation war merkwürdig und stimmte mich traurig. Zwar hatte ich nun die Chance erhalten, Hannes zu erklären, wie es zu der Affäre zwischen Christian und mir hatte kommen können, doch leider war der erhoffte Effekt vorerst ausgeblieben.

Als ich diese Situation in Gedanken durchgespielt hatte, war ich jedes Mal davon ausgegangen, dass wir beide uns nach meinem Geständnis in den Armen liegen und küssen würden. Daran war im Moment leider nicht zu denken.

Der Wind frischte abermals auf. Nicht so heftig wie noch vor wenigen Minuten. Aber ich fröstelte dennoch und verschränkte die Arme schützend vor meinem Körper. »Dann gehe ich wohl besser wieder.« Jede Faser meines Körpers wehrte sich dagegen, es laut auszusprechen. Schließlich wollte ich doch etwas ganz anderes. Aber ich wusste auch, dass ich Hannes die Zeit geben musste, in Ruhe über alles nachzudenken. Das war ich ihm schuldig.

»Caro?«, fragte Hannes noch, während ich bereits im Begriff war aufzubrechen.

»Ja?«, fragte ich hoffnungsvoll.

»Danke«, antwortete er und sah mir tief in die Augen.

Ich nickte und machte mich dann auf den Weg zurück ins *Traumschlösschen*. Irmgard würde jetzt vermutlich auch keinen Grund mehr haben, mir die Tür vor der Nase zuzuschlagen. Schließlich hatte ich mich vom Ostseewind in die richtige Richtung drängen lassen. Nicht dass ich groß etwas dagegen hätte ausrichten können, aber das musste ich ihr ja nicht verraten. Vermutlich hatte es ihr der Wind ohnehin bereits erzählt. Dieses Plappermaul!

Kapitel 30

Zu meiner Überraschung waren nicht nur Irmgard, Oma Gertrud sowie Frau Jungnickel, die nach wie vor im Garten saß, anwesend, sondern auch Marie, die gerade damit beschäftigt war, einen Strauß aus Rosen, Lilien, Eustoma und Craspedia zu binden.

»Hat alles geklappt?«, wollte Irmgard wissen, kaum dass ich das *Traumschlösschen* betreten hatte.

»Wenn du das Sandpeeling meinst, ist alles nach Plan verlaufen.«

Die Inselschamanin klatschte übermütig in die Hände. »Das ist gut. Das ist sogar sehr gut.«

So langsam machte sie mir Angst. Zum Glück hatte ich keine Gelegenheit, darüber nachzudenken, denn Irmgard musste so plötzlich, wie sie vorhin gekommen war, auch wieder gehen. Oma Gertrud schloss sich ihr an, sodass nur noch Marie und ich im Laden zurückblieben. Ein Blick in den Garten verriet mir, dass Frau Jungnickel die Zeit im Strandkorb ausgiebig nutzte, um ein kleines Nickerchen zu machen. Da hatte ich also auch noch ein paar Minuten, um die Lieferung nach dem Reiseführer zu durchforsten.

Aber zunächst ging ich zu meiner Freundin rüber, um mir ein Bild in Sachen Rettung des Hochzeitskleids machen zu können.

»Du bist schon zurück?«

Marie blickte von ihrem Strauß auf und lächelte mich zuversichtlich an. »Deine Mutter auch. Sie sitzt oben in deiner Wohnung mit Astrids Nähmaschine und meinem Kleid.«

»Das ist ... gut. Oder?«

Marie nickte. »Ja, ich habe das Gefühl, dass jetzt doch noch alles gut werden kann. Ach, Caro, ich wünschte, es wäre schon Samstag. Dann müsste ich mir nicht weiter Gedanken darüber machen, was noch alles schieflaufen könnte.«

Ich nahm meine Freundin in den Arm, darauf bedacht, die Blumen in ihrer Hand nicht zu zerquetschen. »Wie wäre es, wenn du ab sofort nur noch daran denkst, wie toll der Tag werden wird?«, sagte ich schließlich, nachdem ich mich wieder von ihr gelöst hatte.

Marie atmete einmal tief durch. »Das möchte ich ja ... wirklich. Aber irgendwie kommt ständig was dazwischen.« Sie lachte. »Das mit Astrid und dem Kleid war hoffentlich nicht nur die Spitze des Eisbergs.«

»Du wirst sehen, der Rest wird jetzt wie ein gemütlicher Strandspaziergang.«

»Dein Wort in Gottes Gehörgang«, witzelte sie.

»Wie war es denn mit meiner Mutter?«, wagte ich zu fragen.

»Gut. Sehr gut sogar. Sie hatte weder etwas an dem Kleid noch an der Maschine auszusetzen.«

Ich lachte.

»Das heißt definitiv was. Hat sie denn noch etwas von früher erzählt? Ob du es glaubst oder nicht, ich habe meine Mutter in meinem ganzen Leben noch nicht nähen sehen. Ich wusste nicht mal, dass sie Schneidermeisterin ist. Kannst du dir das vorstellen?«

Maries Stirn runzelte sich. »Sie hat mit Astrid ein wenig gefachsimpelt und sich über die neuesten Maschinen ausgetauscht. Wenn sie in den vergangenen Jahren wirklich nicht mehr genäht hat, wusste sie dafür ziemlich genau darüber Bescheid, welche Geräte man momentan nimmt.«

Das war interessant. Nur weil ich meine Mutter nie hatte nähen sehen, hieß das schließlich noch lange nicht, dass sie nie genäht hatte. Ich war nicht immer daheim gewesen und lebte schon seit über fünfzehn Jahren nicht mehr zu Hause. »Dann war sie also gut gelaunt?«, fragte ich ein wenig ungläubig. Wenn ich mich da an den heutigen Morgen erinnerte, konnte ich es fast nicht glauben, wie sich ihre Stimmung zum Besseren hin gewandelt hatte. Und sie war geblieben, um meiner Freundin einen Gefallen zu tun. Das war sehr großzügig von ihr.

»Durchweg. Ich habe sie noch nie so freudig und ausgelassen erlebt. Sie kam mir bei unserem Weg zu Astrid ein wenig wie ein kleines Kind vor, das sich auf einen Ausflug in den Freizeitpark freut. So aufgeregt war sie. Außerdem hat sie die ganze Zeit von ihrer Kindheit und ihrer Mutter erzählt.«

Als Marie bemerkte, dass ich ein wenig traurig war, nicht selbst in den Genuss ihrer Geschichten gekommen zu sein, ruderte sie eilig zurück.

»Sie wird dir das sicher auch noch mal alles haarklein und in allen Einzelheiten erzählen. Sie wirkte richtig gelöst, als sie über ihre Kindheit gesprochen hat. Glaub mir, du wirst das alles noch selbst aus ihrem Mund hören«, versuchte Marie mich zu beschwichtigen.

»Das ist sehr lieb von dir. Dann meinst du also, dass sie nicht mehr sauer auf mich ist?«

Marie schüttelte den Kopf. »Du solltest zu ihr hochgehen und mit ihr reden. Ich glaube, es wäre gerade der richtige Moment für euch beide, ein für alle Mal einen Neuanfang zu wagen. Die Zeit ist gut. Du solltest sie nutzen. Wie in dem Lied der Scorpions. Wie hieß das noch gleich?«

Marie hatte sicher recht. »*Wind of Change*«, antwortete ich, ehe ich kurz innehielt und an Irmgard und ihren guten Draht zum Wind denken musste. Was der ihr wohl noch so flüsterte? »Das werde ich gleich machen, sobald ich mich auf die Suche nach Frau Jungnickels Lieferung gemacht habe«, erklärte ich ihr mit Blick nach draußen.

»Ich wusste gar nicht, dass sie da ist«, sagte Marie und lächelte bei ihrem friedlichen Anblick.

»Wovon sie wohl gerade träumt?«

»Hoffentlich von keinem Sandsturm«, platzte es aus mir heraus.

Marie sah mich verwundert an.

»Eins nach dem anderen, Marie. Eins nach dem anderen«, sagte ich und machte mich auf den Weg ins Lager.

Kapitel 31

»Sieh mal! Ist das Kleid nicht wunderschön? Deine Freundin wird darin atemberaubend aussehen. Astrid hat mir noch Stoff mitgegeben. Ich überlege gerade, ob ich Marie noch ein Jäckchen daraus nähen soll. Das könnte sie dann abends tragen, falls der Wind ein wenig auffrischt. Auf einer Insel kann man ja nie wissen.«

Hatte meine Mutter mir gerade allen Ernstes verschwörerisch zugezwinkert, oder hatte ich mir das nur eingebildet?

»Es ist wirklich wunderschön. Konntest du denn die Anpassungen von Astrid schon umsetzen?«

Sie winkte ab. »Aber natürlich. Das war doch ein Klacks. Ich hab da schon ganz andere Kleider genäht. Haute Couture.«

Das letzte Wort sagte sie mit so viel Liebe in der Stimme, dass mir ganz warm ums Herz wurde. Gleichzeitig kochte die Eifersucht in mir hoch. So liebevoll hatte sie meinen Namen noch nie ausgesprochen. Ganz so, als wäre Haute Couture eine kleine Schwester, die vor langer Zeit verlorengegangen war und nun nach vielen Jahren des Suchens wiederaufgetaucht war.

Wenn ich ehrlich zu mir war, hatte ich immer gewusst, dass da etwas zwischen mir und meiner Mutter stand. Nie im Leben hätte ich jedoch vermutet, dass es ihr Beruf war, der uns so voneinander trennte.

261

Je länger ich sie beobachtete, wie sie mit dem Stoff hantierte, die Maschine tätschelte und dabei so glücklich aussah, wie ich sie noch nie zuvor gesehen hatte, desto mehr bekam ich ein Gefühl dafür, was für unsere unterkühlte Beziehung zueinander verantwortlich war. Oder besser gesagt: *wer.*

»Mama, hast du damals wegen mir mit dem Arbeiten aufgehört? Hat Papa das von dir verlangt?«

Die Worte waren mir ohne mein Zutun aus dem Mund gesprudelt. Das Lächeln meiner Mutter erstarb, während sie das Kleid beiseitelegte und mich schuldbewusst ansah. »Magst du dich vielleicht zu mir an den Tisch setzen?«

Die ungewohnt vorsichtigen, ja nahezu flehentlichen Worte verunsicherten mich. Meine Mutter bat niemanden, sie erteilte Befehle. Ein mulmiges Gefühl machte sich in meinem Magen breit, während ich mich meinem Esszimmertisch näherte.

Meine Mutter schob die Nähmaschine etwas zur Seite, damit sie mich gut sehen konnte. Als sie Maries Kleid aufgebügelt und an die Garderobe gehängt hatte, setzte sie sich abermals mir gegenüber.

Sie öffnete den Mund, als wollte sie etwas sagen, schloss ihn dann jedoch gleich wieder. Nervös rieb sie sich die Hände und fixierte einen Punkt an der Wand, wie um daran Halt zu finden.

Ich wartete geduldig und drängte sie zu nichts. Ahnte ich doch, wie verletzlich sich meine Mutter in diesem Moment fühlen musste.

»Meine Mutter war immer sehr streng mit mir«, begann sie nach einer Weile zu erzählen.

Ich wagte weder, etwas zu sagen, noch eine Miene zu

verziehen, nur damit sie weitersprach. Und ich wollte diese Geschichte ihres und damit auch meines Lebens unbedingt hören. Also schwieg ich und beobachtete jede ihrer Regungen genau, lauschte jedem Wort und schob alle Fragen, die plötzlich wie Pop-up-Fenster in meinem Kopf erschienen, zur Seite.

»Als Kind konnte ich das nicht so recht verstehen. Erst später wusste ich, warum sie so zu mir war, wie sie es nun mal gewesen ist.« Abermals rieb sie ihre Hände und blickte gedankenversunken auf Astrids Nähmaschine vor sich. »Seit meine Mutter nähen konnte, hatte sie den Wunsch, nicht nur Hosen zu kürzen und Blusen einzunähen, sondern etwas Eigenes zu erschaffen. Heute würde man wohl von einer Designerin mit eigenem Modelabel sprechen.« Sie erhob sich und holte sich ein Glas Wasser. »Möchtest du auch?«, bot sie mir an.

Ich nickte, und sie reichte mir ebenfalls ein Glas.

Als meine Mutter einen Schluck getrunken hatte, blieb ihr Blick an dem Glas haften. »Mama wollte immer nach Frankreich. In ihrer Vorstellung hätte sie unter der Woche in Paris gearbeitet, und am Wochenende wäre sie ans Meer gefahren, um dort auszuspannen.« Sie lachte auf. Doch es klang bitter. »Das Schlimme an diesen Erinnerungen an meine Mutter ist, dass sie nur wirklich glücklich war, wenn sie von Paris und ihren Tagen am Meer erzählte. Dabei war sie nie dort gewesen.« Sie trank das Glas leer und stellte es so weit von sich weg, wie sie nur konnte. »In dem Jahr, als meine Mutter endlich so weit war, sich um diesen Lebenstraum zu kümmern, wurde sie mit mir schwanger. Ihre Mutter hat ihr die Hölle heißgemacht, bis sie meinen Vater schließlich heiratete und Hausfrau und Mutter wurde.«

Jetzt ließen sich die Pop-up-Fenster in meinem Kopf nicht mehr wegklicken. Die Fragen überrollten mich geradezu, während ich versuchte, meine Gedanken zu ordnen. Je länger ich über die Geschichte meiner Großmutter nachdachte, desto mehr Parallelen fand ich im Leben meiner Mutter wieder.

»Ich würde nicht sagen, dass meine Mutter mich nicht geliebt hat. Nur gezeigt hat sie es mir nie«, offenbarte sie mir schließlich den Satz, den ich eins zu eins auf unsere eigene Beziehung ummünzen konnte.

Geschichte wiederholte sich. Das hatte ich schon in der Schule gelernt. Warum hatte ich nur bisher immer geglaubt, dass damit nur die großen Geschehnisse in der Welt gemeint waren?

Der erhellende Moment gab mir Aufschluss darüber, wie sehr ich doch in all den Jahren im Dunkeln getappt war.

»Und dann wolltest du Schneiderin werden ...«, hörte ich mich plötzlich sagen.

Es war mir einfach so über die Lippen gekommen. Ich hatte sie nicht drängen wollen, weiterzuerzählen. Auch wenn ich ein für alle Mal Klarheit wollte.

Meine Mutter nickte und blickte abermals zur Nähmaschine. »Das Erste, woran ich mich erinnern kann, ist der Klang der Nähmaschine. Das rhythmische Rattern hat mich schon in den Schlaf gewiegt, denn auch wenn meine Mutter nicht nach Paris ging, hat sie nie aufgehört, Hosen zu kürzen und Blusen einzunähen.« Bei der Erinnerung strich sie liebevoll über die Maschine. »Ich muss sechs oder sieben gewesen sein, als ich das erste Mal an der Nähmaschine meiner Mutter saß. Es freute sie, dass ich so großes Interesse an dem Gerät hatte, auch wenn ich noch nicht in der Lage war, die Pedale zu bedienen. Das sollte erst später kommen.«

Nach und nach wummerte mein Herz nicht mehr allzu vehement. Das Gespräch war intensiv, aber viel gelöster und ehrlicher als bei uns üblich.

»Egal, wie gut die Schulnoten waren, die ich nach Hause brachte, oder wie groß das Lob meiner Lehrerin, meine Mutter hatte nur Freude an mir, wenn ich neben ihr an der Nähmaschine saß. Zeit ihres Lebens hat sie es nie verwunden, dass ich sie davon abgehalten habe, nach Paris zu reisen und ihren großen Traum zu verwirklichen. Oder es zumindest zu versuchen.«

Meine Mutter schwieg und sah zu ihrem leeren Glas, das wie ein Sinnbild vor uns stand.

»Dann hat sie also nie versucht, ihren Wunsch doch noch wahr werden zu lassen?«, fragte ich nach.

Meine Mutter schüttelte den Kopf. »Nein, nie. Mit den Jahren wurde sie immer verbitterter. Die Ehe mit meinem Vater war nicht besonders glücklich. Wenn es nach ihr gegangen wäre, hätte sie ihn nie geheiratet. Aber es war nicht nach ihr gegangen. So war das damals nun mal. Also hat sie sich in ihre Rolle gefügt und war die meiste Zeit ihres Lebens unglücklich. Nur wenn sie an der Nähmaschine saß, strahlte sie von innen heraus. So behalte ich sie auch in Erinnerung.«

Ich nickte und nahm einen weiteren Schluck Wasser, während ich versuchte, die Informationen in meinem Kopf zu sortieren.

»Irgendwann ging es darum, einen Beruf für mich zu finden. Ich mochte das Nähen, und ich mochte das Gefühl, meine Mutter damit glücklich zu machen. Je länger ich mich mit den Stoffen, den verschiedenen Stichen und der gesamten Materie auseinandersetzte, desto mehr wurde diese Welt auch zu meiner. Ich liebte, was ich tat. Und das nicht nur, um meiner Mutter zu gefallen«, erzählte sie, während ich nicht wagte, auch nur einen Mucks zu machen.

Ahnte ich doch, dass es jetzt um uns beide ging.

»Meine Mutter tat alles dafür, um mich auf meinem Weg zu unterstützen. Und als ich einmal beiläufig erwähnte, dass ich es ja mal in Mailand probieren könnte, war sie außer sich vor Freude. Jeden Pfennig, den sie damals zurücklegen konnte, hat sie für ein Bahnticket für mich gespart. Die Bedenken meines Vaters blies sie achtlos in den Wind. Das war ihr Traum. Und den würde ihr keiner ein zweites Mal nehmen. Auch wenn er sich nur in ihrer Tochter verwirklichen sollte.«

Tränen schimmerten in ihren Augen. Völlig unvorbereitet hatte ich das zunehmende Bedürfnis, sie in den Arm zu nehmen und zu trösten. Ich wollte ihr zeigen, dass ich für sie da war. Doch noch war der Moment nicht gekommen. Sie wollte weitererzählen. Und ich ließ sie.

»Es kam, wie es kommen musste: Ich verliebte mich in deinen Vater und wurde schwanger. Meine Mutter ist daraufhin völlig ausgeflippt. Ganz so, als hätte man sie um die zweite Chance in ihrem Leben betrogen. Der Streit mit ihr, die Enttäuschung, die ich plötzlich für sie war, führten dazu, dass wir den Kontakt abbrachen. Alles, was mich an sie erinnerte, brachte ich in den Keller. Auch die Nähmaschine, an der ich vor deiner Geburt viele Stunden des Tages gesessen hatte. Allein ihr Anblick ließ den immerwährenden Zwist mit meiner Mutter wieder hochkochen. Also musste sie verschwinden. Und ich schwor mir eins:

Meine Tochter würde etwas Anständiges lernen. Sie würde studieren und kein Leben in Abhängigkeit leben müssen. Sie würde selbstständig werden und sich den Widrigkeiten des Lebens stellen können. Deshalb ...«, sie stockte, sah zu mir und legte ihre Hand erst zögerlich, dann bestimmt auf meine, »... bin ich so gewesen, wie ich war, Caro. Es tut mir so leid! Erst heute, als ich an der Nähmaschine saß, kam mir die Erleuchtung. Ich musste an meine Mutter denken und an meine Kindheit. Plötzlich wusste ich, dass ich dir gegenüber nicht fair gewesen bin, auch wenn ich nur das Beste für dich gewollt habe. Es ging dabei nur um mich. Nicht um dich. Wie bei meiner Mutter und mir. Ich habe ihren Fehler wiederholt. Das ist mir gerade erst klar geworden.«

Mit so viel Einsicht hätte ich nicht gerechnet. Plötzlich schwammen auch meine Augen in Tränen. »Mama, ich ... weiß gar nicht, was ich dazu sagen soll. Es tut mir so leid für Oma. Und es tut mir auch sehr leid für dich. Ich würde mir wünschen, das alles hinter uns zu lassen und noch mal ganz von vorne beginnen zu können.«

Meine Mutter lächelte zaghaft und nickte. »Es ist nie zu spät, neu zu beginnen. Ich müsste das am besten wissen, schließlich habe ich das auch deiner Großmutter immer gesagt und mich wahnsinnig darüber geärgert, wenn sie dann meinte, dass der Zug längst abgefahren sei.« Sie schüttelte den Kopf und goss sich abermals Wasser in ihr Glas.

»Von nun an sollten wir besser offen und ehrlich miteinander sein«, sagte ich.

Meine Mutter legte ihre Hände auf meine. »Da hast du vollkommen recht. Außerdem möchte ich mich bei dir entschuldigen. Du hast das hier mit dem *Traumschlösschen* wundervoll umgesetzt. Ich bin wahnsinnig stolz auf dich. Auch wenn ich das bisher nicht zeigen konnte. Ich hatte einfach Angst davor, du könntest scheitern. So wie deine Großmutter und ich gescheitert sind.«

Auch wenn ich statt nach Paris nach Hiddensee aufgebrochen war, verstand ich nun, dass ich die erste Frau in unserer Familie war, die ihren Weg eigenständig gegangen war. Ich war stolz auf mich und das, was ich erreicht hatte. Aber ich hatte auch ein schlechtes Gewissen. »Das ist sehr lieb von dir, dass du das sagst. Es bedeutet mir viel. Ehrlich!«

Bevor mir abermals die Tränen kamen, schob ich sie beiseite und konzentrierte mich auf das, was ich mir ganz dringend von der Seele reden musste. »Ich muss dir allerdings noch etwas sagen. Das mit Hannes und mir ... wir sind nicht verlobt«, ließ ich die Bombe unvermittelt platzen. »Wir haben bis kurz vor deiner Ankunft kaum ein Wort miteinander gewechselt«, gestand ich ihr.

Meine Mutter machte große Augen. »Ach, tatsächlich? Ich hätte schwören können, dass ihr unsterblich ineinander verliebt seid.«

Nun kullerten mir die Tränen doch über die Wangen. »Sind wir ja auch. Irgendwie. Zumindest ich. Aber das mit Lisa ... Ich befürchte, Hannes vertraut mir jetzt nicht mehr.«

Meine Mutter erhob sich von ihrem Platz, kam zu mir und nahm mich in den Arm. »Ich bin mir sicher, dass sich das klären wird. Ganz sicher sogar.« Dann strich sie mir die Tränen von der Wange.

»Bist du mir denn gar nicht böse, dass ich dich so angeflunkert habe?«, wollte ich schließlich wissen.

Meine Mutter lachte. »Um ehrlich zu sein, war mir ziemlich schnell klar, dass ihr zwei mir etwas vorspielt. Und dann Maries Kommentar. Ich wollte den ganzen Schwindel schon auflösen, als ich bemerkt habe, wie er dich ansah.«

Es war merkwürdig, meine Mutter so offen reden zu hören. Wenn mir das vor diesem Gespräch jemand in Aussicht gestellt hätte, hätte ich es niemals geglaubt.

»Tja, das hab ich dann wohl mal wieder verbockt. Ich scheine in dieser Familie diejenige zu sein, die keinen Mann halten kann. Vielleicht eine neue Tradition, nachdem ich schon mit der Nähmaschine nicht wirklich umgehen kann?«

Meine Mutter fuhr mir abermals über die Wangen, obwohl meine Tränen bereits versiegt waren. »Mach dir keine Sorgen, Caro. Das wird sich schon noch fügen«, behauptete sie.

»Ach ja? Sprichst du neuerdings auch mit dem Wind?«

Meine Mutter sah mich irritiert an. »Ich verstehe nicht. Ist das so ein Inselding?«

»Mehr so eine Schamanensache von Irmgard. Aber das erzähle ich dir ein anderes Mal. Ich muss jetzt leider wieder runter. Marie ist ganz allein.«

Sie nickte. »Wenn ich euch irgendwie helfen kann, lass es mich wissen. Bis dahin nähe ich mal an dem Jäckchen weiter.« Mahnend erhob sie den Zeigefinger. »Aber verrate mich bloß nicht. Hörst du? Das soll eine Überraschung werden.«

Ich musste lachen. Nie im Leben hätte ich es für möglich gehalten, dass wir mal so locker miteinander herumflachsen würden. Das war so ungewohnt. Und gleichzeitig wunderschön.

»Ich verspreche es dir. Aber nur, wenn du mir auch etwas versprichst.«

Meine Mutter war gerade dabei, sich Maries Kleid von der Garderobe zu holen. Sie hielt in der Bewegung inne und blickte zu mir. »Was soll ich dir denn versprechen?«

»Dass es von nun an immer so zwischen uns sein wird. Ich mag dein Lachen nämlich.«

Sie lächelte prompt. »Sehr gern, mein Schatz. Aber jetzt gehst du besser runter. Nicht, dass die Braut sich Sorgen macht.«

Ich war bereits bei der Tür angekommen und wollte gerade die Klinke herunterdrücken, als meine Mutter mir die Hand auf die Schulter legte.

»Das mit Hannes und dir wird sich ganz sicher einrenken. Wirst sehen. Ich glaube fest daran. Vielleicht solltest du das auch tun.«

Dankbar nickte ich und ging schließlich hinunter.

Als ich am unteren Treppenabsatz angekommen war, hatte ich plötzlich das Gefühl etwas vergessen zu haben. Hätte ich die Steuerunterlagen schon wegschicken müssen, oder stand die Zahlung einer Lieferung aus? Erst als mein Blick den Garten streifte, wusste ich, was passiert war.

Ich wollte schon losstürmen und mich bei Frau Jungnickel entschuldigen, dass ich sie so lange hatte warten lassen, als ich sah, dass sie noch immer schlief.

Kapitel 32

Zwei Tage vor der Hochzeit hatte Marie einen Termin bei der Inselfriseurin. Der war nicht geplant gewesen, aber Marie verspürte plötzlich große Lust, etwas an sich zu verändern. Also hatte sie Jette spontan angerufen und war nun auf dem Weg zu ihr.

Zur Mittagszeit würde ich auch problemlos allein im *Traumschlösschen* zurechtkommen. Vielleicht würde ich sogar Zeit haben, in eine der Sommernovitäten reinzulesen, die mir gestern geliefert worden waren. Zusammen mit dem Reiseführer für Frau Jungnickel, den ich ihr nach ihrem ausgiebigen Schläfchen vorgestern nicht mal mitgeben konnte, weil er noch gar nicht da war.

Aber sie hatte es mit Humor genommen und sich für die Zeit im Strandkorb bedankt. Auf sie hätte der Platz dort draußen in unserem Garten eine so beruhigende und einschläfernde Wirkung, dass sie überlegte, von nun an mindestens einmal die Woche vorbeizukommen.

Bei der Erinnerung an ihre Worte musste ich lachen. Wenn jeder die Welt mit so viel Humor und Gelassenheit nehmen würde, wäre sie ein ganzes Stück besser.

Heute würde sie also ihre Bücher abholen können. Und bei Bedarf stand ihr natürlich auch unser Strandkorb erneut zur Verfügung. Wie leicht man die Menschen doch manchmal glücklich machen konnte.

Das Türglöckchen bimmelte, und ich legte den Sommer-roman, der auf der Insel Usedom spielte und sich um ein Familiengeheimnis drehte, aufgeklappt unter die Theke. Ein Lesezeichen hatte ich auf die Schnelle nicht zur Hand.

Ich strich mir den Bob zurecht und zog ein paar Fransen aus dem Pony zur Seite. Demnächst wäre wohl auch für mich ein Termin bei Jette fällig. Allerdings hatte die mich beim letzten Mal dazu überreden wollen, meine Haare blau zu färben. Es hatte mich einiges an Überredungskunst gekostet, ihr klarzumachen, was ich von blauen Haaren hielt.

»Hey, Caro. Ist Marie gar nicht da?«, begrüßte mich Ole.

Ich schüttelte den Kopf. »Sie ist vor ein paar Minuten rüber zu Jette gegangen«, erklärte ich ihm.

Seine Stirn legte sich in Falten. »Stand der Termin schon länger fest? Sie hat mir gar nichts davon erzählt.«

Ich lächelte. »War eher eine spontane Entscheidung.«

Ole kratzte sich am Hinterkopf, blickte zur Tür und dann wieder zu mir.

»Kann ich ihr etwas ausrichten?«, bot ich ihm an.

»Das Unternehmen, das uns die Bankettische samt Hussen und Tischen morgen liefern wollte, ist pleite gegangen. Das heißt, wir stehen am Samstag nach der Trauung ohne Sitzgelegenheiten und Tische da.«

Mit jedem seiner Worte sackte mir das Herz ein wenig tiefer in die Hose. Keine Tische und Stühle? Wie gut, dass Marie gerade bei Jette war. Jetzt hieß es erst mal einen kühlen Kopf zu bewahren. Dabei wäre uns die Braut sicher keine große Hilfe. Und auch Ole machte den Eindruck auf mich, als könnte er jeden Moment die Fassung verlieren.

Kurzerhand zog ich ihn mit mir nach draußen in den

Strandkorb, in dem Frau Jungnickel noch vor wenigen Tagen so gut geschlafen hatte. Vielleicht würde die beruhigende Wirkung auch auf Ole abfärben. Aber der machte so gar keinen entspannten Eindruck. Ganz im Gegenteil.

»Wir können doch die Bierbänke aus Oma Gertruds Schuppen aufbauen. Dann sitzen wir eben an einer langen Tafel«, schlug ich vor. »Die können wir sicher auch ganz wunderschön dekorieren, sodass das niemand merkt.«

Ole fuhr sich nervös durchs Haar. »Wir haben dafür aber keine weißen Tischdecken, die Marie so wichtig sind. Und auf die Schnelle bekommen wir auch keine mehr«, wandte er ein.

Tischdecken waren Marie in all den Jahren, in denen ich sie nun kannte, nie besonders wichtig gewesen. Als sie noch mit ihrem Ex zusammengelebt hatte, hatte sie nicht mal welche. Eine Hochzeit ohne weiße Tischdecken wäre für Marie jedoch undenkbar. Da musste ich Ole recht geben.

Für sie musste dieser Tag einfach perfekt sein. Und das nicht nur, damit die Gäste am Ende sagen konnten: Was für eine schöne Hochzeit! Vielmehr wollte Marie ihren eigenen Dämonen beweisen, dass ihre Hochzeit unter keinem schlechten Stern stand und Ole und sie füreinander bestimmt waren.

Komplizierte Denkweise, aber ich war mir ganz sicher, dass Marie das genau so sehen würde. Schließlich konnte ich mich noch gut an die Ohrringe und die Sache mit dem Kleid erinnern. Ein weiteres Desaster, und mochte es in meinen Augen auch noch so klein aussehen, mussten wir tunlichst von ihr fernhalten.

»Wir könnten im *Kleinen Prinzen* nachfragen. Vielleicht würden sie uns ein paar Tische ausleihen. Dann könnten wir sowohl eine Tafel als auch runde Tische aufstellen«, kam mir eine Idee.

Ole überlegte kurz. »Ich werde gleich mal bei Sonja anrufen, ob sie uns aushelfen können. Zu dumm, dass wir ausgerechnet an einem Samstag heiraten. Der *Kleine Prinz* ist doch in der Saison an den Wochenenden nahezu immer ausgebucht«, gab er zu bedenken.

Leider hatte er damit nicht unrecht. Das Restaurant hatte sich in kürzester Zeit einen Namen gemacht. Die Leute kamen gern, saßen eine Weile und aßen mit viel Genuss. Ich wusste, wovon ich redete. Schließlich war ich eine der zahlreichen Stammkundinnen.

»Egal, was wir jetzt machen, Ole, eins sollte uns dabei klar sein: Wir müssen es irgendwie schaffen, das Problem zu lösen, ohne dass Marie davon Wind bekommt.«

Da war er wieder: mein Freund, der Wind. Statt mich mit Wassermassen, Sturm und Sandregen zu überschütten, könnte der Gute doch mal etwas für mich tun. Ich hatte zwar keine Ahnung, wie der Wind das Problem mit dem fehlenden Inventar zurechtrücken sollte, aber er hatte sich ja auch in der Vergangenheit äußerst kreativ gezeigt.

»Vermutlich hast du recht«, meinte Ole und fuhr sich abermals durchs Haar. »Nur gut, dass sie gerade nicht da ist.«

»Falls du bei Sonja nicht fündig werden solltest, rufen wir alle Insulaner an und fragen, ob sie noch runde Gartentische und passende Tischdecken dazu haben. Eure Hochzeit wird stattfinden. Das schwöre ich dir. Und wenn ich persönlich von Haus zu Haus gehen und an den Türen klopfen muss.«

Ole grinste. »Du hättest Weddingplanerin werden sollen.«

Ich winkte ab. »Das mit dem *Traumschlösschen* ist genau das Richtige für mich. So gern ich bei Hochzeiten auch dabei bin, wenn ich sehe, was da alles zu organisieren ist, ziehe ich den Hut vor den Menschen, die sich bereit erklären, das alles zu managen. Bücher und ich, das ist meine wahre Bestimmung.«

»Amen!«, rief in diesem Moment Irmgard von der Tür aus und kam mit einem strahlenden Lächeln zu uns spaziert.

»Was ist das nur für ein herrlicher Tag? Ich war schon oben am Dornbusch. Leute, da war vielleicht was los, sag ich euch. Aber ich hatte ja keine Eile. Anstatt mich in die Schlange der Wartenden einzureihen, die unbedingt auf den Leuchtturm hoch wollten, hab ich mich an die Seite gestellt und mir das alles mal genau angesehen. Verrückt, wie viel Stress sich die Menschen im Urlaub machen.« Sie schüttelte ungläubig den Kopf und stemmte die Hände in die Hüften.

»Hallo, Irmgard«, begrüßte sie Ole.

»Na, ihr seht ja aus wie sieben Tage Regenwetter. Was ist denn mit euch passiert? Gab es bei Willi kein Fischbrötchen mehr für dich, Ole, oder was hat dir dermaßen die Laune verhagelt?«

Das mit Irmgard war so eine Sache. Einerseits versuchte sie zu helfen, wo sie nur konnte. Andererseits schubste sie einen schon im nächsten Moment aus seinem eigenen Laden, schloss die Tür und ließ einen nicht mehr herein.

»Jetzt sei doch nicht so nachtragend«, ermahnte mich die Inselschamanin.

Ole zog seine Brauen bis zum Haaransatz. Er konnte offenbar keine Gedanken lesen. Was für eine Wohltat!

»Die Firma, die uns Tische, Hussen, Stühle und Tischdecken für die Hochzeit liefern wollte, ist pleite«, erklärte Ole.

Irmgards Stirn runzelte sich. »Das hab ich nicht kommen sehen«, sagte sie sodann, was mich insgeheim ein wenig beruhigte.

Auch eine Schamanin mit hellseherischen Fähigkeiten wusste offenbar nicht alles.

»Wir kriegen das schon hin«, machte ich Ole Mut. »Eure Hochzeit wird genau so, wie Marie und du sie euch erträumt habt. Wirst sehen.«

Ole erhob sich aus dem Strandkorb. »Dann werde ich mal Sonja anrufen. Sobald ich was weiß, melde ich mich bei dir.«

»Ist gut«, antwortete ich.

Ole nickte mir zu, ehe er sich von Irmgard und mir verabschiedete.

»Das ist echt seltsam«, sagte Irmgard, während sie neben mir im Strandkorb Platz nahm.

»Was meinst du?«, fragte ich nach.

»Heute Morgen habe ich meine Wäsche im Garten an der Leine aufgehängt. Wenn man die nämlich richtig herum festmacht, dann ist sie bei passender Wetterlage in ein bis zwei Stunden trocken.«

Wie das eine nun mit dem anderen zusammenhing, erschloss sich mir nicht. »Was genau soll daran denn seltsam sein? Und was hat das mit Maries und Oles Hochzeit zu tun?«

Irmgard wirkte plötzlich ziemlich in sich gekehrt. »Na, der Wind hat wieder mit mir gesprochen. Heute war er aber nicht ganz so redselig und hat sich jedes Detail aus der Nase ziehen lassen. Es schien ihm nicht so gut zu gehen.«

Bestandsaufnahme: Irmgard redete auch beim Wäsche-
aufhängen mit dem Wind. Was merkwürdig, aber in Bezug
auf die Inselschamanin nichts Außergewöhnliches war.
Dass der Wind aber plötzlich ein Wesen mit Gefühlen und
Bedürfnissen sein sollte, war auch merkwürdig, würde aber
so manches erklären, wenn man sich bestimmte Wetter-
konstellationen mal etwas genauer ansah.

Beim Thema Wetter kam ich nicht umhin, an Hannes zu
denken. Was er wohl gerade machte? Und wie lange genau würde er wohl über alles nachdenken müssen? Marie
hatte uns auf ihrer Hochzeit nebeneinander platziert. Spätestens da würde ich ihn wiedersehen und mit ihm sprechen können.

Zwei Tage.

»Jeder hat mal nen schlechten Tag«, meinte ich und erntete dafür ein Nicken von Irmgard.

»Er hat die ganze Zeit von einer Farbe gesprochen. Was
war es noch gleich? Lila, Pink oder …«

»Rosa!«, schrie in diesem Moment Marie aus dem Inneren des *Traumschlösschens* entsetzt auf.

Das Glöckchen im Laden über der Tür konnte man schon
mal überhören, wenn man im Garten saß und der Wind
den Klang nicht heraustrug.

»Meine Haare sind rosa!«, rief Marie abermals und kam
zu uns in den Garten gestürmt.

Irmgard lächelte zufrieden. »Genau. Das hat er gesagt.
Rosa. Jetzt weiß ich es wieder.«

Kapitel 33

Marie war einem Nervenzusammenbruch nahe. Zur Beruhigung holte ich ihr ein Glas Wasser und kippte ein paar Baldriantropfen hinein, die ich in weiser Voraussicht nach ihrem letzten Beinahezusammenbruch aufgrund der Hochzeit in der Apotheke besorgt hatte.

»Caro, was mache ich denn jetzt? Ich kann doch nicht mit rosafarbenen Haaren heiraten. Ich sehe aus wie Miss Piggy.«

Ganz so schlimm war es wirklich nicht. Ich fand sogar, dass die Haarfarbe ihr stand. Nur war das mit Sicherheit nicht das, was Marie gerade hören wollte.

»Wie ist das denn passiert?«, fragte ich, während ich ihr das Glas reichte und sie sanft dazu zwang, im Strandkorb Platz zu nehmen.

»Jette wollte eigentlich meine Haare blond färben. Irgendwie muss sie die falschen Farben zusammengerührt haben. Plötzlich waren meine Haare so, wie du sie nun siehst.«

Wie zum Beweis streckte sie eine der Strähnen mit der freien Hand vom Kopf ab und hielt sie mir entgegen, als könnte ich nicht genau sehen, wie rosa ihr Haar war.

»Kann man das nicht irgendwie wieder in Ordnung bringen?«, hakte ich nach.

Marie schüttelte verzweifelt den Kopf. »Jette meinte, das müsste rauswachsen.«

So viel Zeit blieb uns beim besten Willen nicht.

»Wir finden bestimmt eine Lösung«, beeilte ich mich zu sagen, als Tränen über Maries Gesicht liefen. »Mach dir keine Sorgen.«

Mein Handy klingelte in meiner Hosentasche.

Ole.

»Ich bin sofort wieder da, Marie. Irmgard, kümmerst du dich um sie?«

Es bereitete mir leichte Bauchschmerzen, Marie ausgerechnet mit Irmgard allein zu lassen. Aber ich wollte nur ungern, dass sie etwas von dem Gespräch mit Ole mitbekam. Ahnte ich doch bereits, dass sie das nur noch mehr aufwühlen würde.

»Ja?«, flüsterte ich in den Hörer, als ich außer Hörweite war.

»Caro?«, rief Ole.

»Ja«, sagte ich abermals. Diesmal etwas lauter.

»Sonja hat keine Tische für uns. Sie ist restlos ausgebucht.«

Ole klang atemlos und verzweifelt.

»Das kriegen wir schon hin. Mach dir keine Sorgen!«, versuchte ich ihn aufzubauen und schielte zu Marie hinüber.

Die lag in Irmgards Armen und beruhigte sich zusehends. Wenigstens ein Teilerfolg.

»Übrigens ... da ist noch was«, begann er herumzudrucksen.

»Fällt der Caterer aus oder ist das Hosenbein an deinem Anzug auf der einen Seite länger als auf der anderen?«, riet ich ins Blaue hinein.

»Was? Nein! Es ist ... Also, ich weiß jetzt nicht so genau, wie ich es dir sagen soll.«

Bildete ich es mir nur ein, oder hörte sich das so an, als ginge es mehr um mich als um die Hochzeit? »Sag schon! Das werden wir auch noch irgendwie meistern. Da bin ich mir ganz sicher.«

Keine Ahnung, woher ich die Zuversicht nahm. Aber seit ich mich mit meiner Mutter ausgesprochen hatte, schien es fast so, als könnte ich Berge versetzen. Ein gutes Gefühl.

»Na ja, es ist so, dass mich Hannes gerade angerufen hat.«

Ole und Hannes waren befreundet. Es war also nichts Außergewöhnliches, dass er ihn anrief. Hatte er schlechte Nachrichten, was das Wetter am Samstag anging? Bitte keinen Regen. Und keinen Sturm.

Mahnend sah ich zum Himmel hinauf und versuchte, den Wind auszumachen. Doch im Moment schien kein Lüftchen zu wehen. Vielleicht sollte ich diesen Part auch besser Irmgard überlassen. Die würde schon wissen, was zu tun war. Hoffentlich! »Was wollte er von dir? Ist etwas mit dem Wetter?«, drängte ich Ole, mir endlich zu sagen, was Sache war.

»Nein, mit dem Wetter ist alles in Ordnung. Er hat uns bereits gestern seine Prognose geschickt. Sonnenschein bei bis zu fünfundzwanzig Grad. Bestes Hochzeitswetter also.«

Bildete ich es mir nur ein, oder versuchte Ole, weitere Ausflüchte zu finden, um nicht auf den wirklichen Inhalt ihres Gesprächs kommen zu müssen?

»Ole, ich muss gleich wieder zu Marie.«

»Was ist mit Marie?« Ole klang besorgt.

»Das Ergebnis beim Friseur war nicht ganz das, was sie erwartet hatte. Aber das kriegen wir schon irgendwie wieder hin.«

»Soll ich vorbeikommen?«, bot er an.

Ich schüttelte den Kopf, auch wenn mir klar war, dass er mich nicht sehen konnte. »Das wird nicht nötig sein. Wir werden schon eine Lösung finden.«

Irgendwie.

Wenn ich mir Marie so ansah, die noch immer in Irmgards Armen lag, sollte diese besser schnell kommen. Maries trauriger Gesichtsausdruck tat mir in der Seele weh. Meine beste Freundin hatte all diese Schwierigkeiten nicht verdient. Sie sollte sich ausgiebig auf den schönsten Tag ihres Lebens freuen dürfen, ohne über immer neue Hindernisse stolpern zu müssen.

»Okay, dann mache ich mal weiter. Auf mich warten heute Nachmittag noch zwei Touren.«

Moment mal! Wollte Ole mich gerade abwimmeln?

»Was war denn nun mit Hannes?«, fragte ich noch mal nach.

Ole seufzte und war plötzlich ganz still.

»Ole?«, fragte ich nach, als ich mir nicht mehr sicher war, ob er überhaupt noch am Hörer war.

»Er wird nicht zur Hochzeit kommen«, sagte Ole dann unvermittelt.

Das kam für mich so überraschend, dass ich gewillt war zu glauben, ich hätte mich verhört. »Was?«, rief ich deshalb ziemlich irritiert und viel zu laut in den Hörer.

Irmgard und Marie blickten in meine Richtung. Schnell beeilte ich mich, ein zuversichtliches Lächeln aufzusetzen und den rechten Daumen in die Höhe zu strecken. »Hat er dir auch gesagt, warum er nicht kommen möchte?« Mein Herz schlug mir bis zum Hals.

Hannes würde nicht zur Hochzeit kommen. Dabei war

er mit Marie und Ole seit dem Kindergarten befreundet. Er musste einfach kommen! Marie würde das nicht auch noch verkraften. Und ich auch nicht.

»Die Sache mit der Versicherung hängt ihm ganz schön nach«, druckste Ole herum.

»Echt jetzt? Was Besseres ist ihm nicht eingefallen, um zu verschleiern, dass er meinetwegen nicht kommen möchte?«

Ole seufzte abermals. »Hannes ist schon immer lieber für sich gewesen. So ein Großaufgebot wie bei einer Hochzeit setzt ihn unter Druck. Ich kann verstehen, dass er einen Rückzieher macht, auch wenn ich gehofft hatte ...« Ole brach mitten im Satz ab. Offenbar war ihm bewusst geworden, dass er gerade im Begriff war, seine intimsten Gedanken mit mir zu teilen.

»Ich rede mit ihm.«

Das war ich Ole und Marie schuldig. Ebenso wie mir selbst.

»Ich weiß nicht, ob das eine gute Idee ist«, gab Ole zu bedenken, dem anzuhören war, wie unwohl er sich gerade in seiner Haut fühlte.

»Das werden wir erst wissen, wenn ich es versucht habe. Aber sieh's positiv. Abgesagt hat er ja schon. Ich kann es also nicht schlimmer machen.«

Ole gab einen Laut von sich, den ich irgendwo zwischen Lachen und Weinen ansiedelte. »Ich drück dir die Daumen und werde jetzt vor der ersten Tour noch ein paar Leute anrufen und nach runden Tischen und passenden Tischdecken fragen.«

Stimmt! Das Problem mit den Tischen hatte sich leider auch noch nicht in Luft aufgelöst.

»Wenn du noch Hilfe beim Abtelefonieren brauchst, sag Bescheid. Silke unterstützt uns sicher auch bei der Suche.«

Was war das heute nur für ein verrückter Tag? Bis vor Kurzem war ich davon ausgegangen, dass die Tische unser größtes Problem waren. Nun, da ich wusste, dass Hannes nicht kommen würde und Marie noch immer wegen ihrer rosafarbenen Haare weinte, waren mir die Tische beinahe entfallen.

»Das wäre super. Gerade heute bin ich leider sehr eingespannt. Und die Zeit drängt. Ich schicke dir gleich eine Liste mit Namen und Telefonnummern durch. Ach und, Caro, …«

Wie viele Hiobsbotschaften würde es denn noch geben? Es sollte ein fest vorgeschriebenes Kontingent geben, das nicht überschritten werden durfte, fand ich. Und meins war für den heutigen Tag bereits ausgeschöpft. So was von.

»Ja?«, fragte ich dennoch.

»Nimm dir das mit Hannes nicht so zu Herzen.«

Ich wusste, dass Ole es nur gut meinte und mir das Gefühl geben wollte, dass ich nicht verantwortlich dafür war, dass Hannes nicht zur Hochzeit erscheinen würde. Doch genau das machte ich.

»Ich danke dir«, sagte ich dennoch.

Dann beendeten wir das Gespräch.

Kaum dass ich wieder bei Marie und Irmgard am Strandkorb angekommen war, fragte Marie auch schon: »War das Ole am Telefon?«

Ich nickte und versuchte mir nicht anmerken zu lassen, wie sehr mich seine Nachricht aus der Bahn geworfen hatte.

Wenn Hannes nicht zur Hochzeit kam, konnten wir auch nicht miteinander reden. Würden wir überhaupt je wieder miteinander sprechen? Ein ungutes Gefühl beschlich mich.

Ich musste handeln und zwar dringend.

»Es gibt ein paar Hausmittelchen, die wir anwenden können. Ich bin ganz zuversichtlich«, sagte Irmgard.

»Hausmittelchen?«, hakte ich nach und sah bereits einzelne Strähnen meiner Freundin an Irmgards Wäscheleine hängen.

»Ich hatte früher mal eine ganz verwegene Phase, in der ich mir die Haare ständig in einem neuen extravaganten Ton gefärbt habe.« Irmgard kicherte wie ein junges Mädchen. »In der Zeit haben mir Honig, Kamille und Backpulver über so manchen farblichen Fehltritt hinweggeholfen.« Augenzwinkernd sah sie mich an.

Unschlüssig sah ich zwischen ihr und Marie hin und her.

Marie hatte ihre neuerlichen Tränen inzwischen getrocknet.

»Ich vertraue Irmgard«, bestätigte sie mir. »Und was kann schon passieren? Schlimmer kann es ja ohnehin kaum werden«, meinte sie.

Kapitel 34

»Ich weiß wirklich nicht, wie das passieren konnte«, versuchte sich Irmgard aus der Verantwortung zu stehlen, während Marie – einem Herzinfarkt nahe – im Strandkorb lehnte.

»Du hast also keine Erklärung dafür, warum Marie nun statt rosafarbener Haare grüne hat?«, fragte ich, ebenfalls einem Nervenzusammenbruch nahe.

Wie hatte ich allen Ernstes glauben können, dass es eine gute Idee wäre, die Inselschamanin mit dem Haarproblem der werdenden Braut zu betrauen?

Am liebsten hätte ich angefangen zu schreien, doch damit würde ich Maries Gemütszustand wohl kaum verbessern. Aber das Hühnchen, das es mit Irmgard noch zu rupfen galt, war nur aufgeschoben und nicht aufgehoben. So viel stand schon mal fest.

Marie schluchzte und blickte abermals auf ihre grünen Haare. Rosa war im Vergleich noch richtig schön gewesen. Das hätte auch total gut zu dem weißen Kleid und dem Schleier nebst Jäckchen gepasst. Aber grün? Allein wenn ich schon an die Hochzeitsfotos dachte, wurde mir ganz anders. Die Arme würde ein Leben lang an diesen Tag und die vorausgegangenen Pleiten erinnert werden. Das war einfach nicht fair! Nicht, nachdem sie bei ihrem Ex schon dermaßen danebengelegen hatte.

Marie hatte alles Glück dieser Erde verdient. Und dazu zählten ganz sicher keine grünen Haare.

Während ich überlegte, was ich tun, sagen oder lassen sollte, klingelte abermals mein Handy. Was war das heute nur für ein verrückter Tag?

»Hey, Silke. Kommst du voran?«, fragte ich und wandte mich ein wenig von Marie ab.

Dummerweise hatte sie mich dennoch gehört. »Wobei kommt Silke voran, Caro? Was ist los? Ist noch was passiert?«

Ich versuchte, der verzweifelten Braut zu signalisieren, dass alles bestens war, glaubte jedoch selbst nicht daran. Dementsprechend war ich mir auch nicht ganz sicher, ob ich überzeugend genug war. Dabei hatte ich doch die letzten Tage ausgiebig Gelegenheit dazu gehabt, mein schauspielerisches Talent zu schulen.

»Ich habe jetzt knapp zwanzig Tische. Stühle sind so ne Sache. Hussen kannste vergessen und Tischdecken sind natürlich auch nicht einheitlich vorhanden.«

Mit einer ähnlichen Bilanz hatte ich bereits gerechnet.

»Das hört sich doch schon mal ganz gut an«, versuchte ich uns allen ein wenig Mut zu machen. »Mit der wunderschönen Blumendeko auf den Tischen, den bunten Girlanden in Oma Gertruds Garten und den richtigen Menschen wird der Tag sicher so oder so ein voller Erfolg. Da bin ich mir ganz sicher.«

»Weiß Marie eigentlich von der Sache?«

Ich schluckte und blickte zum Strandkorb hinüber, in dem ein kleines grünhäuptiges Häufchen Elend saß.

»Sie hat grüne Haare«, gab ich mit Sicherheit nicht ganz die Antwort, die Silke sich erhofft hatte.

Ein zischender Laut war am Hörer zu vernehmen. »Will ich wissen, wie es dazu kam?« Silke wirkte aufgewühlt.

»Das kriegen wir schon wieder hin«, sagte ich, während ich zunehmend das Gefühl hatte, rein gar nichts hinzubekommen.

»Ihr Lieben, schaut mal, was ich noch zum Kleid gezaubert habe«, ertönte die Stimme meiner Mutter aus dem Laden heraus.

Sie war offenbar auf dem Weg zu uns.

»Ist das das nächste Unheil, das sich da gerade bei dir ankündigt?«, fragte Silke besorgt nach.

»Ich hoffe nicht«, sagte ich und verabschiedete mich von ihr.

Meine Mutter und ich hatten uns zwar ausgesprochen, aber sie konnte anderen Menschen gegenüber ziemlich schnippisch und zurückweisend sein. Eigenschaften, die das Pulverfass, auf dem wir alle saßen, augenblicklich hochgehen lassen konnten.

Lächelnd kam sie in den Garten und steuerte auf Marie zu. Deren Tränen wollten gar nicht mehr versiegen.

»Oje, mein Kind, was ist denn mit dir passiert?«, fragte sie besorgt nach. Von Sarkasmus oder fehlender Empathie war zum Glück nichts zu hören.

Kaum hatte meine Mutter ihre Frage ausgesprochen, schluchzte Marie erneut auf.

»Vorhin waren sie noch rosa. Ich hab es mit Honig, Kamille und Backpulver versucht. Rausgekommen ist leider das da«, erklärte Irmgard, die nun auch bedröppelt dreinsah und fast ein wenig kleinlaut wirkte.

So hatte ich die meist selbstbewusste und couragierte Inselschamanin auch noch nie erlebt.

Meine Mutter reichte Marie eine Hand und half ihr auf die Beine. »Dann werden wir es mal mit Zitrone und Ketchup probieren! Ach, und Caro, hast du eine Aspirin da? Die könnte ich auch noch gebrauchen.«

»Für dich?«

Sie schüttelte den Kopf.

»Nein, für Maries Haare natürlich.«

Dann tätschelte sie meiner Freundin die Wange und versicherte ihr, dass alles gut werden würde. Sie blieb ihrem neuen Ich offenbar treu, wofür ich ihr sehr dankbar war.

Marie brauchte nun positiv denkende Menschen, die ihr halfen und gut zuredeten.

»Wir sind dann mal oben in deinem Badezimmer«, verabschiedete sich meine Mutter mit Marie im Schlepptau von Irmgard und mir.

»Was ist denn mit der passiert?«, hakte die Inselschamanin nach, der Mamas Wandlung vom Saulus zum Paulus offenbar nicht ganz geheuer war.

»Wer weiß, vielleicht spricht sie ja neuerdings auch mit dem Ostseewind«, erwiderte ich geheimnisvoll und ging zurück ins *Traumschlösschen*.

Kapitel 35

»Fünfundzwanzig runde Tische, hundert Stühle, zwanzig Biertischgarnituren und hoffentlich ausreichend Tischdecken.«

Das war die ernüchternde Bilanz am Abend, nachdem Silke, Ole und ich halb Hiddensee abtelefoniert hatten.

»Was meinst du, Ole? Wird das reichen?«, fragte Silke mit Blick auf den Zettel, auf dem wir all unsere Erfolge mit der dazugehörigen Adresse niedergeschrieben hatten.

Ole überschlug die Zahlen. »Ja, das sollte so passen. Morgen müssen wir die Sachen möglichst unauffällig in Oma Gertruds Garten schaffen. Wenn die Tische schön eingedeckt sind, wird Marie vielleicht gar nicht bemerken, dass wir da ein hübsches Sammelsurium zusammengetragen haben.«

Ole bemühte sich um heitere Stimmung, dabei war ihm nach diesem nervenaufreibenden Tag sicher viel mehr nach Heulen zumute. Aber wir durften jetzt nicht aufgeben. Schließlich hatten wir es bereits so weit geschafft. Der Rest würde jetzt ein Klacks werden. Und weitere Katastrophen hatten ab sofort Hausverbot.

»Möchte noch jemand einen Kaffee oder einen Absacker?«, bot Sonja an.

Dankend lehnten wir ab.

Ole war der Ansicht gewesen, es wäre das Beste, wenn

wir uns hier im *Kleinen Prinzen* treffen würden, damit Marie keinen Wind von unserem kleinen Geheimnis bekam.

»Hast du schon mit Oma Gertrud sprechen können?«, wandte ich mich an Silke.

»Ja, sie ist über alles im Bilde«, bestätigte sie uns.

Ole seufzte schwer. »Glaubt ihr auch, dass unsere Hochzeit unter keinem guten Stern steht?«

»Nein! Auf gar keinen Fall«, beeilte ich mich zu sagen.

Nur weil ein paar Kleinigkeiten schiefgingen, hieß das doch noch lange nicht, dass die Hochzeit vom Universum nicht gewollt war. Wenn man die Generalprobe vermasselte, stand einer erfolgreichen Aufführung nichts im Weg. So hieß es doch immer.

Silke, die links von Ole saß, legte ihm eine Hand auf die Schulter. »Ich bin mir ganz sicher, dass viele Ehepaare vor der Hochzeit ganz ähnliche Katastrophen durchzustehen haben. Das wirft aber keinen Schatten auf eure Ehe oder gilt als Vorzeichen dafür, dass ihr nicht glücklich miteinander werdet. Ganz sicher nicht, Ole. Marie und du, ihr seid füreinander bestimmt. Und daran ändern auch insolvente Firmen und grüne Haare nichts.«

Kopfschüttelnd sah ich meine Freundin an. Wir waren uns einig gewesen, dass wir Ole nichts von Maries kleinem Haarproblem erzählen wollten. Und nun war es ihr doch rausgerutscht.

Schlagartig weiteten sich ihre Augen, als sie ihren Fehler bemerkte.

»Grüne Haare?«, hakte Ole nach.

»Nur so ein Beispiel«, beeilte ich mich, ihn zu beschwichtigen.

Da kam eine Nachricht von meiner Mutter.

»Ein, zwei Runden noch mit meiner Spezialmischung, und Maries Haare sind wieder blond. Alles wird gut.«

Wenn mir noch vor wenigen Tagen jemand gesagt hätte, dass meine Mutter auf Hiddensee ihre fürsorgliche Seite finden und auch zeigen würde, hätte ich ihn einen Lügner geschimpft.

»Ich danke dir, Mama«, schrieb ich ihr schnell zurück und signalisierte Silke mit einem Blick, dass alles gut werden würde.

»Ich kann mich gar nicht daran erinnern, wann du mich das letzte Mal Mama genannt hast«, kam es zurück. »Tut gut!«

Ja, das tat es wirklich.

»Ich denke, das Beste wird sein, wenn wir jetzt nach Hause gehen und eine Mütze voll Schlaf nehmen. Wer weiß, was es morgen noch für Windmühlen zu bekämpfen gibt?«, scherzte Ole.

»Ich sattle schon mal mein Pferd«, erwiderte Silke und spielte damit auf Don Quijote an, den tapferen Kämpfer, der es mit Windmühlen aufnahm, weil er sie für Riesen hielt.

Damit entlockte sie Ole sogar ein kleines Lächeln. Na also. Ging doch.

»Ich weiß gar nicht, ob ich es heute schon mal gesagt habe. Aber … Danke. Ohne euch wäre ich sicher verzweifelt«, offenbarte uns Ole.

»Das war doch selbstverständlich«, sagte ich. Schließlich waren meine Freunde auch immer für mich da. Ganz egal, ob es darum ging, das *Traumschlösschen* einzurichten oder meiner Mutter vorzugaukeln, ich wäre glücklich mit Hannes verlobt.

»Doch noch einen Absacker, bevor ich schließe?«, fragte Sonja, die gerade dabei war, die Stühle an den übrigen Tischen hochzustellen.

»Den heben wir uns für die Hochzeit auf«, sagte Ole und erhob sich etwas zuversichtlicher von seinem Platz.

Kapitel 36

Silke und ich verabschiedeten Ole bei seinem Hof und gingen anschließend zusammen hinüber zum *Traumschlösschen*.

Wir beteten beide dafür, dass das Haardesaster mittlerweile Geschichte war und Marie endlich ein wenig hatte zur Ruhe kommen können.

Eine Braut sollte vor der Hochzeit nicht so viel durchmachen müssen.

»Wann kommen Paul und Frank?«, fragte ich Silke, als ich den Schlüssel ins Schloss steckte.

»Morgen Nachmittag«, sagte sie mit einem vorfreudigen Lächeln. »Die beiden haben mir ganz schön gefehlt.«

Das konnte ich mir gut vorstellen. Gerade vom kleinen Paul war Silke bisher noch nie so lange getrennt gewesen. Aber schon morgen war die junge Familie ja wieder vereint.

»Es gibt da noch eine Kleinigkeit, die ich bisher nicht erwähnt habe«, druckste Silke herum, kaum dass ich die Haustür aufgeschlossen hatte.

Ich war mir nicht sicher, ob ich das, was sie mir zu sagen hatte, an diesem Tag wirklich noch hören wollte. »Hat es was mit der Hochzeit zu tun?«, tastete ich mich vorsichtig heran und beobachtete sie genau.

Silke nickte.

Ich atmete zweimal tief ein und wieder aus.

»Okay. Was ist passiert?«, stellte ich mich tapfer dem nächsten Problem.

»Du erinnerst dich doch sicher an die Ohrringe, die Marie von Oma Gertrud für die Hochzeit bekommen hat?«

Ich zog den Schlüssel aus dem Schloss und fühlte das Metall schwer in meiner Hand liegen. »Ja, sie hat sie mir gezeigt. Ein Familienerbstück.«

Silke seufzte. »Oma Gertrud hat sie dem Juwelier zum Reinigen gegeben. Und der ... tja, der findet sie jetzt nicht mehr.«

Bei Silkes Offenbarung begannen mir die Knie zu zittern. Wie viel Pech konnte ein einzelner Mensch nur haben? Das war doch nicht mehr normal. »Und jetzt?«

Da war guter Rat teuer. Das konnte ich Silke ansehen.

»Oma Gertrud war schon bei ihm. Das ist wohl ein älterer Herr, der seit ein paar Monaten mal dies und mal jenes vergisst.«

»Was genau bedeutet das?«, fragte ich mit angehaltenem Atem.

»Herr Godewind hat sich in letzter Zeit wohl häufig Erinnerungszettel geschrieben und ist damit ganz gut gefahren. Allerdings erkennt er jetzt zunehmend die Leute nicht mehr und verlegt eben auch Dinge«, erklärte Silke.

»So wie Maries Ohrringe.«

»Was machen wir denn jetzt?«, fragte Silke.

»Wir werden es auf keinen Fall Marie erzählen. Hörst du? Morgen früh gehen wir noch vor Ladenöffnung bei Herrn Godewind vorbei und versuchen, die Ohrringe zu finden. Vorher verlassen wir sein Geschäft nicht.« Silke nickte. »Können wir dann hoch, oder gibt es noch weitere Hiobsbotschaften, die du mir auf der Schwelle zu meiner Wohnung mitteilen möchtest?«

Silke schüttelte den Kopf. »Das war's fürs Erste.«

»Und auch fürs Letzte, wenn es nach mir geht«, erwiderte ich.

Silke legte mir eine Hand auf die Schulter. »Wir kriegen das schon hin. Bisher haben wir doch noch alles geschafft.«

Da hatte sie recht. Die Krisen der letzten Jahre hatten wir drei meisterhaft zusammen bewältigt. Egal, ob es um einen Umzug ging, um gescheiterte Beziehungen oder Probleme im Job – wir drei hatten immer fest zusammengehalten.

Als Marie und ich auf Hiddensee landeten, hatte ich ein wenig Angst davor, dass unsere Freundschaft zu Silke einschlafen würde. Aber das war nicht passiert. Wir drei waren nach wie vor sehr eng miteinander verbunden und immer füreinander da. Das war wahre Freundschaft. Vollkommen unabhängig von Raum und Zeit.

»Dann sollten wir jetzt wohl besser hochgehen und schauen, wie es Marie geht«, schlug ich vor.

Als wir am Treppenabsatz angekommen waren, sahen Silke und ich uns noch einmal an, nickten uns ermutigend zu, und ich steckte den Schlüssel abermals ins Schloss.

Ich hatte die Tür gerade geöffnet, als uns freudiges Lachen empfing. Marie und meine Mutter saßen zusammen am Esszimmertisch und schienen sehr ausgelassen zu sein.

»Hey, ihr zwei, kommt zu uns rüber. Es ist gerade so lustig«, bestätigte uns auch meine Mutter.

»Silke, Caro«, rief Marie und lief uns mit einem Strahlen im Gesicht entgegen, streckte ihre Arme weit aus und umschloss uns im nächsten Augenblick.

Silke und ich musterten ihr Haar. Erleichterung flutete unsere Blutbahnen, als wir feststellten, dass sie wieder blond waren. Keine grüne Strähne war mehr zu entdecken.

»Deine Mutter war meine Rettung, Caro«, sagte Marie schon im nächsten Moment. »Ich hab nicht mehr daran geglaubt, dass wir das hinbekommen würden. Aber seht mich an.«

Übermütig drehte sie sich vor uns im Kreis und ließ ihre langen blonden Haare tanzen.

»Das sieht super aus«, bestätigte ich ihr.

»Und du duftest so herrlich nach … Ketchup?«

Marie lachte, als Silke schnüffelnd ihre Nase an ihr Haar hielt.

»Der Geruch verfliegt noch«, bestätigte uns meine Mutter.

»Dann sollten wir jetzt wohl besser aufbrechen. Das war ein langer Tag«, sagte Silke zu Marie.

Die gähnte wie zur Bestätigung.

»Wir sehen uns morgen früh«, verabschiedete ich meine Freundinnen und blieb mit meiner Mutter allein zurück.

Kapitel 37

Als das Haus so ruhig vor mir lag, wanderten meine Gedanken zurück zu meinem Telefonat mit Ole. Hannes würde also nicht zur Hochzeit seiner besten Freunde kommen. Und das wegen der Versicherungssache, die ihm nach wie vor schwer im Magen lag. Wem genau wollte er das denn weismachen?

Ich wusste ganz genau, warum Hannes nicht kommen wollte, und das hatte rein gar nichts mit dem Wasserschaden in seiner Wohnung zu tun. Vielmehr ging es darum, einer ganz bestimmten Person aus dem Weg zu gehen. Nämlich mir.

Ich drehte mich in meinem Bett auf die andere Seite und blickte in die Leere des Raums. Hannes hatte zwar nur wenige Nächte neben mir geschlafen, aber das Loch, das er in mein Leben gerissen hatte, war größer als ein Mondkrater.

Seufzend richtete ich mich im Bett auf. Es war noch nicht spät. Gerade mal zweiundzwanzig Uhr. Meine Gedanken kreisten und kreisten und wollten sich nicht in eine andere Richtung lenken lassen.

Während ich wie mechanisch mit der Hand nach meinem Handy auf dem kleinen Nachttisch griff, biss ich mir unschlüssig auf die Unterlippe. Einige Sekunden starrte ich das Gerät in meiner Hand nur an, bis ich schließlich eine Entscheidung traf und Hannes' Nummer wählte.

»Hallo?«

Es dauerte einige Sekunden, bis er das Gespräch annahm. Seine Stimme wirkte verschlafen. Ganz so, als hätte ich ihn gerade aufgeweckt.

»Ja, ähm, hallo, Hannes. Hier spricht Caro«, erklärte ich, was ihm sicher bereits bewusst war.

Schließlich hatte er meine Nummer in seinem Handy mit meinem Namen abgespeichert.

»Hallo, Caro«, begrüßte er mich nun dennoch mit Vornamen und räusperte sich wie jemand, der längere Zeit nicht gesprochen hatte. »Was kann ich für dich tun?«

Ich atmete mehrere Male tief durch. So lange, bis Hannes nachfragte: »Caro, bist du noch dran?«

»Ja, ich bin dran ... Ich wollte dich fragen ... Also, Ole hat mich angerufen und mir gesagt, dass du nicht zur Hochzeit kommen möchtest, und da wollte ich fragen, also ... ich wollte ...«, stammelte ich unbeholfen herum, schlug die Bettdecke zur Seite, weil mir schlagartig furchtbar heiß geworden war, und ging hinaus auf den Balkon, um ein wenig Luft zu schnappen.

»Ja, ich werde leider nicht zur Hochzeit kommen können«, übernahm er das Gespräch und sorgte dafür, dass ich keinen weiteren Versuch starten musste, um ihn auf den Grund meines Anrufs anzusprechen.

»Ich weiß ja, dass wir momentan so unsere Schwierigkeiten miteinander haben, aber musstest du deshalb gleich bei Oles und Maries Hochzeit absagen? Die beiden wünschen sich, dass du kommst. Das weißt du hoffentlich.«

Eine frische Meeresbrise umspielte meine Nasenflügel. Ich sog die Luft tief ein und konnte plötzlich ganz ungezwungen sprechen. Wofür der Wind doch alles gut war ...

»So gern ich auch kommen würde, ich schaffe es leider nicht«, behauptete Hannes.

»Wegen der Versicherungssache?«

Hannes gähnte in den Hörer. »Sorry, ich hatte schon geschlafen. Nein, ich muss am Wochenende für einen Kollegen einspringen, der die Masern bekommen hat.«

Die Masern? Und das sollte ich glauben?

»Hannes, ich finde es echt traurig, dass du nicht den Mut findest, mir offen und ehrlich zu sagen, warum du nicht kommen möchtest.« Die Wut in meinem Bauch schwoll immer weiter an. Plötzlich war ich mir nicht mehr so sicher, ob es wirklich eine gute Idee gewesen war, ihn anzurufen.

»Was? Aber es stimmt. Ich muss wirklich einen Kollegen vertreten, der ...«

»... die Masern hat. Ich weiß, du sagtest es gerade. Und ich glaube dir kein Wort. Wer hat denn bitte in unserem Alter noch die Masern? Aber sei es drum. Verkriech du dich nur hinter deiner Ausrede und verpatze damit deinen Freunden den schönsten Tag ihres Lebens. Ich hätte mehr von dir erwartet, Hannes. Viel mehr.«

»Aber ich ...«

Von Hannes' Ausreden hatte ich für den heutigen Abend gestrichen die Nase voll. Ohne abzuwarten, was er mir noch zu sagen hatte, beendete ich das Gespräch, schaltete mein Handy aus und legte mich ins Bett. An Schlaf war nun jedoch noch viel weniger zu denken.

Kapitel 38

»Alles okay bei dir? Du kommst spät.«

Mit diesen Worten und einem sorgenvollen Blick begrüßte mich Silke, als ich bei Oma Gertruds Inselhotel ankam. Sofort waren meine Gedanken wieder bei Hannes und unserem nächtlichen Telefonat. Noch immer war ich nicht nur sprichwörtlich fassungslos darüber, dass er mir mit einer so fadenscheinigen Ausrede gekommen war. Wenn er mir schon keine zweite Chance geben wollte, konnte er das doch offen sagen. Aber das Schäbigste an der ganzen Angelegenheit war, dass er unseren Streit auf dem Rücken unserer Freunde austrug. Und gemein. Und so gar nicht Hannes. Hatte ich mich am Ende womöglich in ihm getäuscht?

Ganz außer Puste stellte ich das Fahrrad an den Zaun und nahm meinen Helm ab.

Auf Hiddensee sperrte niemand sein Rad ab. Hier kannte schließlich jeder jeden.

»Ich habe verschlafen.« Dank Hannes, ergänzte ich in Gedanken. »Und dann war im *Traumschlösschen* so viel los, dass ich Marie nicht allein lassen wollte. Zudem kam eine Lieferung, mit der ich noch gar nicht gerechnet hatte, und Irmgard war kurz da.«

Silke hob die Augenbrauen, während sie mir das kleine Gartentorgatter öffnete, um mich einzulassen. »Was wollte Irmgard denn?«

Ich winkte ab. »Du kennst sie ja.« Genervt verdrehte ich die Augen. »Erst wollte sie nur nachsehen, wie es Marie und ihren Haaren ergangen ist. Dann meinte sie plötzlich, der Wind hätte mal wieder mit ihr gesprochen und etwas von Kork gefaselt.«

Silke sah verwundert drein. »Kork?«

Ich nickte. »Ja, Kork.«

»Nähere Angaben dazu hat sie nicht gemacht? Also, ob von dem Kork irgendeine Gefahr ausgeht oder so? Schließlich könnte sich morgen bei der Hochzeitsfeier jemand beim Öffnen einer Weinflasche verletzen.«

Silkes Fantasie war deutlich blühender als meine. Ich hatte Irmgards Voraussage mehr oder minder ad acta gelegt. Obwohl oder gerade weil ich wusste, was solche Prophezeiungen lostreten konnten. Solange es nicht Kork vom Himmel regnete und ich darunter stand, war mir alles recht.

»Nein, spezifischere Angaben hat sie leider nicht gemacht«, erwiderte ich schulterzuckend.

»Wie schön, dass du da bist«, begrüßte mich nun auch Oma Gertrud. Dann zeigte sie auf ihren Garten. »Was sagst du?«, fragte sie mich. »Ist es nicht schön geworden?«

Das war es allemal. Richtig schön sogar. So schön, dass ich meinen Ärger wegen Hannes schon fast wieder vergaß.

In den Bäumen hingen bunte Lampions, die den Garten am Abend in ein atmosphärisches Licht tauchen würden. Über dem Tor, durch das ich gerade eingetreten war, hing eine Girlande mit der Aufschrift »Just Married«. Einzelne Tische waren bereits angeliefert oder abgeholt worden. Ole reckte eine Hand in die Höhe, als er mich sah, und trug dann mit Jesse, einem Freund, einen runden Tisch an seinen Platz.

Als ich Oma Gertrud gerade bestätigen wollte, wie wunderschön alles geworden war, tauchte sie mit einem Stück Kuchen vor mir auf. Ich hatte gar nicht bemerkt, wie sie gegangen war, um es zu holen, so fasziniert war ich von den Vorbereitungen.

»Der sieht ja richtig lecker aus. Was ist das für eine Torte?«, fragte ich, während ich mir die einzelnen Schichten genauer ansah.

Oma Gertrud lachte. »Der Kuchen heißt *Kleiner Bernstein*«, sagte sie und war schon im nächsten Moment wieder verschwunden.

Die Energie, die sie hatte, war für ihr Alter wahrlich bemerkenswert. Vielleicht war das auch ihr Geheimnis, warum sie noch so fit war.

»Während die Männer noch damit beschäftigt sind, das Inventar zusammenzusuchen, sollten wir mal bei Herrn Godewind vorbeisehen«, sagte Silke in diesem Augenblick.

»Bei wem?«, hakte ich nach, während ich genussvoll das nächste Stück Torte probierte. Torte und ich, das war Liebe auf den ersten Blick.

»Herr Godewind. Du erinnerst dich? Der Juwelier, der Maries Ohrringe verlegt hat?«

O ja, natürlich! Prompt blieb mir der nächste Bissen im Hals stecken, und ich musste furchtbar husten. Silke klopfte mir auf den Rücken, bevor ich daran ersticken konnte. Wie aus dem Nichts tauchte plötzlich auch Oma Gertrud neben mir auf und reichte mir ein Zitronenwasser.

»Wünschst du dir auch manchmal, du gehst abends schlafen, wachst morgens auf, und alle Probleme haben sich in Luft aufgelöst?«, fragte ich Silke, während ich den letzten Schluck aus dem Glas nahm und hoffte, das Kratzen in meinem Hals würde bald nachlassen.

Silke überlegte kurz. »Ein Leben so ganz ohne Probleme und Herausforderungen wäre doch ziemlich langweilig. Findest du nicht auch? Man kann so schön daran wachsen, wenn man sie meistert. Ohne Hindernisse gäbe es sicher auch keinen Fortschritt.«

Vermutlich hatte sie recht. Auch wenn ich mir gerade echt wünschte, wir hätten ein paar weniger Probleme. Hannes Gesicht blitzte vor meinem geistigen Auge auf und verlängerte meine Liste um einen weiteren Punkt. Doch das schob ich beiseite. Jetzt gab es Wichtigeres.

Wir verabschiedeten uns von Oma Gertrud und den Jungs, nicht ohne zu versprechen, schnellstmöglich wieder da zu sein, und machten uns auf den Weg zu unseren Rädern. Dort kam meine Mutter uns entgegengelaufen.

»Ich dachte mir, ihr könntet vielleicht ein bisschen Hilfe gebrauchen«, sagte sie augenzwinkernd und ging geradewegs in den Garten.

Silke sah mich ungläubig an.

»Siehst du! Probleme können sich auch von heute auf morgen in Luft auflösen«, sagte ich mit Blick auf meine Mutter, die gerade dabei war, die umstehenden Stühle an die Tische zu stellen. Ich verdrängte den Gedanken an Hannes und gab mich zuversichtlich.

»Touché«, erwiderte Silke und schwang sich auf ihr Rad. »Aber jetzt sollten wir wirklich los. Du musst ja dann später sicher noch mal in den Laden. Sonst wird die Zeit zu knapp.«

Ich schwang mich ebenfalls auf mein Fahrrad.

Von Oma Gertruds mit Reet gedecktem Inselhotel machten wir uns auf, den Weißen Weg entlang, am *Café Hedwig* und an Irmgards Hexenhäuschen vorbei. Schließlich bogen wir in die Straße Süderende ein und steuerten zielstrebig unser Ziel an.

Juwelier Godewind war ein netter älterer Herr, der stets ein Lied auf den Lippen hatte und jeweils eine Brille im Haar und eine auf der Nase trug. Zusätzlich baumelte eine Lupe an einer langen Lederschnur an seinem Hals. Zuletzt hatte ich den Mann auf Oma Gertruds Geburtstagsfeier in ihrem Garten gesehen.

»Ach, wie schön, dass ihr mich besuchen kommt«, sagte er freudig, hob die Hände und bedeutete uns näherzukommen.

»Hallo, Herr Godewind«, begrüßte ich ihn.

»Warum denn so förmlich?«, fragte er nahezu mokiert. »Nennt mich Gerhard.«

»Gerhard,« sagte Silke sogleich, ohne sich lange mit anderen Dingen aufzuhalten, »wir sind wegen Maries Ohrringen hier.«

Eine tiefe Furche bildete sich auf der Stirn unseres Gegenübers. Sein Blick glitt zur Lupe, um die sich seine Finger gekrallt hatten. »Die Ohrringe. Ja«, sagte er und wagte nicht, uns anzusehen.

Wir hätten es behutsamer und mit mehr Bedacht angehen sollen, fand ich nun, da ich ihn so mitgenommen erlebte. Der alte Mann tat mir plötzlich schrecklich leid.

»Ja, die Ohrringe … ich habe gestern noch den ganzen Abend darüber nachgedacht und bin einfach nicht draufgekommen, wo ich sie hingelegt haben könnte.« Dann deutete er auf eine illustre gelbe Post-it-Wand. »Für gewöhnlich notiere ich mir alles Wichtige hier, damit ich ja nichts vergesse. Ab einem gewissen Alter sterben einem die grauen Zellen schneller weg als Eintagsfliegen. Deshalb hab ich mir angewöhnt, alles aufzuschreiben, woran ich denken muss.«

Herrn Godewind war anzumerken, wie unangenehm ihm die Sache war. Dabei konnte er nichts dafür. Wenn wir Glück hatten, würden auch wir alt werden und uns den Herausforderungen dieser Zeit stellen müssen. Noch war es nicht so weit. Noch kämpften wir mit den Problemen dieser Dekade und konnten nur hoffen, sie zu bewältigen.

»Dürfen wir uns vielleicht mal bei Ihnen umschauen?«, fragte ich freundlich und ließ die Blicke bereits durch den kleinen Verkaufsraum mit dem großen Schaufenster neben der Eingangstür schweifen.

»Aber bitte. Sicher doch.« Herr Godewind streckte seine Hände gen Decke. »Sehen Sie sich in aller Ruhe um. Auch gern hinten in meiner kleinen Werkstatt.«

Er deutete auf einen Samtvorhang, der einen Durchgang vom Laden trennte. Sein Allerheiligstes, wie ich mir vorstellen konnte. Es war mir ein wenig unangenehm, dort hineinzugehen. Aber vielleicht würde es ja gar nicht nötig sein.

Silke nahm sich die Regale und Vitrinen im Eingangsbereich vor, während ich mich der Post-it-Wand zuwandte und versuchte, die krakelige Schrift zu entziffern. Die Informationen, die dort noch analog gespeichert waren, gingen leider nicht über *Hering bei Willi holen* oder *Hochzeit Marie & Ole* hinaus. Jammerschade! Davon hatte ich mir mehr erhofft.

Statt meine Enttäuschung zu zeigen, warf ich fragende Blicke zu Silke. Doch die schüttelte auch nur den Kopf. Herr Godewind – es fiel mir nicht leicht, ihn in Gedanken

Gerhard zu nennen – kam gerade mit einer Schuhschachtel aus seiner Werkstatt zu uns zurück in den Verkaufsraum.

»Seht mal, was ich gefunden habe. Bilder aus meiner Zeit in Hamburg.« Er strahlte bis über beide Ohren und holte ein Bild nach dem anderen aus dem Karton, um es sich näher anzusehen.

Silke und ich überlegten derweil krampfhaft, was dieser Fund mit unserer Suche zu tun haben könnte.

»Herr Godewind …«

»Gerhard«, unterbrach Herr Godewind Silke.

»Gerhard, können uns die Bilder bei der Suche nach Maries Ohrringen irgendwie behilflich sein?«

Er schaute zuerst auf seine Ausbeute in der Schachtel, dann zu Silke. »Nein, die Fotos haben rein gar nichts mit den verschwundenen Ohrringen zu tun. Ich bin nur beim Suchen darüber gestolpert, und dabei muss ich ganz vergessen haben, wonach ich eigentlich Ausschau gehalten habe.« Verlegen kratzte er sich an der Stirn. »Ich werde die gleich mal wieder wegräumen und weiter nach den Schmuckstücken suchen. In über fünfzig Jahren ist mir noch nichts abhandengekommen. Verflixt noch mal! Da wird mir das doch nicht ausgerechnet bei Gertruds Enkelin passieren. Herrjemine. Herrjemine.«

So trottete er abermals zurück zum Samtvorhang und verschwand dahinter.

Silke und ich wechselten ratlose Blicke.

Achselzuckend wandte ich mich von der Wand mit den kleinen Erinnerungshelfern ab und starrte geradewegs auf eine Pinnwand mit Postkarten. Ob Herr Godewind dort überall im Urlaub gewesen war oder sie vielleicht von Kunden und Freunden geschickt bekommen hatte?

Die Vorstellung gefiel mir. Wenn meine Kunden und Freunde mir Postkarten schicken sollten, wollte ich sie von nun an auch im *Traumschlösschen* aufhängen.

»Jetzt nicht auch noch du. Wir haben hier was zu erledigen!«, unterbrach mich Silke, und ich drehte mich um, auch wenn mir irgendwas an der Pinnwand merkwürdig vorgekommen war.

Stattdessen tastete ich mich vorsichtig in Richtung Verkaufstresen vor. Wenn der halbwegs so konzipiert war wie bei Marie und mir im Laden, dann befand sich unter der Kasse noch ein Stauraum, den ich kontrollieren wollte.

Trotz der ausdrücklichen Aufforderung von Herrn Godewind, uns umzusehen, hatte ich doch ein wenig Bedenken dabei, so weit in seine Privatsphäre vorzudringen. Dennoch überwand ich mich. Schließlich ging es ja um die Hochzeit einer meiner besten Freundinnen. Und ich wusste ganz genau, wie Marie darauf reagieren würde, wenn das Familienerbstück weg sein sollte. Zu präsent waren die Bilder von uns beiden im Strandkorb, als sie mir nur flüsternd von den Ohrringen berichtete, damit Ole nichts mitbekam.

Nein, wenn die Ohrringe wirklich verschwunden blieben, wäre das für Marie, die in letzter Zeit äußerst abergläubisch geworden war, der Anfang vom Ende. Ich war mir nicht einmal sicher, ob sie die Hochzeit unter diesen Umständen überhaupt feiern würde.

Mit diesem Wissen im Gepäck stöberte ich mich kniend durch Kisten und zwei Schubladen hindurch. Neben weiteren Fotos und Postkarten, die es offenbar nicht an die Wand geschafft hatten – also ich würde jede im *Traumschlösschen* aufhängen –, fand ich zusätzlich noch Teilsegmente von

Uhrbändern, einzelne Ösen und eine Konservendose mit eingelegten Makrelen.

Zu allem Übel versuchte nun auch noch Hannes mich zu erreichen. Ich hatte gerade bereits seinen vierten Anrufversuch abgelehnt, das Handy ausgeschaltet und zurück in die Hosentasche geschoben.

»Und?«

Silke stand plötzlich hinter mir und blickte auf mich herunter.

»Leider ist hier auch rein gar nichts.«

Silke seufzte. »Dann bleibt uns nichts anderes übrig, als in die Werkstatt zu schauen. Wenn dort auch nichts sein sollte, weiß ich auch nicht weiter.«

Silke wirkte ernüchtert. Dabei war sie für gewöhnlich diejenige von uns, die bis zum Ende positiv dachte und sich nur schwer entmutigen ließ. Das war nicht gut.

»Dort werden wir sie sicher finden«, versuchte ich uns beiden Hoffnung zu machen.

Irgendwo mussten die Schmuckstücke ja geblieben sein. Und den vielen Andenken nach, die ich in der Kürze der Zeit in seinem Laden gefunden hatte, war Herr Godewind nicht der Mann, der sich allzu bereitwillig von Gegenständen trennte. Weggeworfen hatte er sie bestimmt nicht. Zumindest nicht absichtlich.

Mein Magen verkrampfte sich bei diesem Gedanken, doch ich bemühte mich, nicht allzu viel Energie darauf zu verschwenden. Wir sollten hoffnungsfroh bleiben. Das war eine viel bessere Ausgangsbasis als die Angst vor der endgültigen Niederlage.

Silke zog den Vorhang zur Seite, damit ich hindurchschlüpfen konnte. Was uns dort in der Werkstatt erwartete, waren allerdings nicht nur Bilder aus den vergangenen fünfzig und mehr Jahren, sondern auch alles andere, was Herr Godewind in dieser Zeit angesammelt hatte.

Neben einer alten Kaffeemaschine, die an der Wand am Boden stand, reihten sich Ordner, eine Lampe ohne Glühbirne und unzählige Fotorahmen in mehreren Kartons.

Silke blickte sich ein wenig verloren in dem Raum um, während Herr Godewind sie freundlich anlächelte.

»Ach, stimmt ja. Ihr beiden seid auch noch da«, sagte er in diesem Moment und führte uns damit unverblümt vor Augen, wie aussichtslos unsere Lage war.

Denn Herr Godewind war gedanklich viel zu sehr in der weit zurückliegenden Vergangenheit verhaftet, als dass er uns sagen könnte, wo wir nach Maries Ohrringen suchen sollten. So ungern ich es mir auch eingestand, aber die Situation war nicht unbedingt rosig.

Silke und ich unternahmen zwar noch ein paar weitere Anstrengungen, um dem Schatz auf die Spur zu kommen, entschieden aber schnell, dass wir hier so nicht weiterkommen würden.

»Wollt ihr denn wirklich schon wieder gehen?«, fragte Herr Godewind auf einem Klappstuhl sitzend und mit seinem Schuhkarton auf den Oberschenkeln, während Silke und ich uns von ihm verabschiedeten.

»Ja, wir müssen leider schon wieder los«, sagte Silke behutsam, um den alten Mann nicht zu beunruhigen.

Nickend stellte er den Karton auf den Tisch vor ihm und erhob sich von seinem Platz. »Dann bring ich euch aber wenigstens noch zur Tür.«

Mein Blick streifte abermals die Pinnwand mit den Postkarten daran. Hatte ich meine Pinnwand aus München eigentlich mitgenommen oder in der WG zurückgelassen? Das Putzen in einer WG ist meist eine strittige Angelegenheit. Wir hatten uns schnell darauf geeinigt, einen Plan zu erstellen, um darin minutiös festhalten zu können, was zu erledigen war. Leider führte auch das nicht immer dazu, dass es sauber war.

»Sie haben viele Postkarten gesammelt«, bemerkte ich lächelnd.

Ein Strahlen erhellte daraufhin sein Gesicht. Viele winzige Lachfältchen bildeten sich um seine Augen und den Mund. Zeugen eines langen und glücklichen Lebens.

»Erst vorgestern ist eine aus Marbella gekommen. Meine Nichte ist dort im Urlaub. Wann immer sie die große weite Welt bereist, schickt sie mir eine Karte. So hat es schon ihr Vater getan. Aber auch viele andere Freunde und sogar Kunden haben mir einen Urlaubsgruß zugeschickt. Die älteste ist wohl von …«

»Wir müssen jetzt leider los«, unterbrach ihn Silke ein wenig unwirsch und deutete auf ihr Handy.

Die Zeit war so eilig davongeschritten, dass ich Mühe haben würde, Marie zu erklären, wo ich so lange geblieben war.

»Entschuldigen Sie bitte, Herr Godewind«, sagte ich im Gehen.

»Gerhard«, erwiderte er.

Komisch. Daran konnte er sich also noch erinnern. Ältere Menschen waren mir manchmal wirklich ein Rätsel. Wenn ich da nur an Irmgard dachte. Was hatte sie heute Morgen noch gesagt? Der Wind hatte von Kork geredet. Na, von herunterfallenden Korkstöpseln waren Silke und ich zum Glück bisher noch verschont geblieben.

Als wir bei den Rädern ankamen, blickte ich dennoch erwartungsvoll in den Himmel. Aber da war nichts. Zumindest nichts, was mit Kork zu tun hatte.

Ich belächelte die Visionen der Inselschamanin milde, während ich auf meinen Sattel steigen wollte. Da traf mich die Einsicht mit der Wucht eines Vorschlaghammers. Postkarten hingen an einer Pinnwand. Und so eine Pinnwand war oftmals aus Kork. So wie Herrn Godewinds Exemplar.

»Ich bin gleich zurück«, sagte ich eilig in Silkes Richtung und stürzte zurück in den Laden des Juweliers.

»Ach, Caro, hast du noch etwas vergessen?«, meinte Herr Godewind freundlich.

»Diese Postkarte von ihrer Nichte aus Marbella ... kann ich die mal sehen?«, fragte ich mit wild gegen die Rippen schlagendem Herzen.

Langsam, viel zu langsam, steuerte Herr Godewind auf die Pinnwand zu und suchte mit den Fingern und den Augen die Postkarten ab. »Ah, da ist sie ja«, jubilierte er. »Der Thomas ist auf seiner Tour extra noch mal bei mir vorbeigekommen, um mir die Karte zu bringen. Bei seiner ersten Auslieferung des Tages hat er mir nur Briefe gebracht.«

Das mit der altersbedingten Vergesslichkeit war schon merkwürdig. An manche Dinge konnten sich die Menschen genauestens bis ins Detail erinnern und an wieder andere überhaupt nicht.

»Darf ich die Karte mal sehen?«, bat ich und beobachte den Juwelier genau dabei, wie seine Finger auf die Karte zusteuerten.

Als er sie fast berührt hatte, fiel mir auch wieder ein, was dort an der Wand meine Aufmerksamkeit auf sich gezogen hatte.

»Nanu«, meinte er, als er die Karte abgenommen hatte und dahinter etwas Glitzerndes zu Boden fiel. »Das sind ja die Ohrringe, die Gertrud mir zum Reinigen vorbeigebracht hat. Was machen die denn hier?«

Genau, da waren sie.

»Dürfte ich die gleich mitnehmen?«, flehte ich ihn inständig an, als ich sie vom Boden aufgeklaubt hatte und mein Glück noch gar nicht fassen konnte.

»Aber sie sind noch nicht gereinigt«, gab er zu bedenken.

»Das ist überhaupt kein Problem. So ein bisschen Patina macht das alles ja auch noch viel glamouröser, wie ich finde.«

Damit verabschiedete ich mich und ließ den verdutzt dreinsehenden Herrn Godewind zurück in seinem Laden.

Freudestrahlend wedelte ich mit dem Schmuck vor Silkes Augen, kaum dass ich bei den Rädern angelangt war.

»Wie hast du die denn jetzt doch noch gefunden?«, fragte sie baff.

»Irmgard«, antwortete ich nebulös und schwang mich aufs Rad. »Ich erklär dir alles auf der Fahrt. Wir müssen los. Schließlich gilt es eine Hochzeit zu retten.«

Kapitel 39

Hibbelig hüpfte ich von einem Bein aufs andere.

»Es wird schon gut gehen«, sprach mir Silke Mut zu, die viel gelöster und hoffnungsvoller schien als ich. Vielleicht lag es daran, dass heute endlich ihre Männer auf die Insel gekommen waren.

Jeden Moment würden Ole und Marie mit den Tischgestecken bei Oma Gertruds Haus eintreffen. Marie hatte den ganzen Freitag damit zugebracht, die schönsten Blumen zusammenzusuchen und die Dekoration genau nach ihren Vorstellungen umzusetzen.

Das Ergebnis hatte ich bisher noch nicht gesehen. Marie hatte sich zu dem Zweck ins Lager zurückgezogen, und ich hatte ihr den nötigen Freiraum gegeben und den Rücken freigehalten, damit sie in Ruhe ihre eigenen Erwartungen erfüllen konnte.

Im Stillen betete ich, dass heute keine weiteren Probleme auftreten würden.

Wobei ... wenn ich mich hier in Oma Gertruds Garten so umsah, dann hatten wir wahrlich unser Bestes gegeben, um eine warme und heimelige Atmosphäre zu schaffen. Die Tische, Stühle und auch die Bierzeltgarnituren waren schön auf dem Rasen verteilt. Sie standen nicht zu dicht beieinander, damit man problemlos aufstehen und zum Büfett laufen konnte. Dennoch würde man sich auch ohne Weiteres von Tisch zu Tisch unterhalten können.

Besonders stolz war ich auf die Dekoration, die Silke und ich uns überlegt hatten. Neben den Lampions und Girlanden hatten wir Windlichter in verschiedenen Größen aufgestellt.

Neben dem eigentlichen Büfett gab es eine Candybar, an der ein Holzschild mit der Aufschrift »Love Sweet Love« lehnte. Über dem einfachen Holztisch hatten wir einen rosafarbenen Wimpel gespannt. An dessen Enden hatten wir zudem noch zwei alte Spitzengardinen gehängt, die Oma Gertrud uns ausgeliehen hatte. Zusätzlich zu dem Holztisch hatten wir eine alte Kommode danebengestellt und auch dort große Glasbehälter mit allerlei Süßigkeiten platziert. Daneben standen hochkant eine alte Weinkiste aus Holz und ein Schild mit der Aufschrift »Limonade«. Das Ergebnis konnte sich sehen lassen.

Und dennoch war ich furchtbar aufgeregt.

Wonach Marie sich sehnte, waren Klarheit und Einheitlichkeit. So hatte sie sich ihre Hochzeit vorgestellt. Als könnten ihr diese Wegweiser dabei helfen, den Aberglauben abzuwerfen, der ihr wie ein lästiger Fussel am Pullover anhaftete und sich einfach nicht abschütteln lassen wollte.

»Sie kommen«, rief uns Oma Gertrud zu, die am Gartentor Ausschau gehalten hatte.

Wenn überhaupt möglich, wurde ich in diesem Moment noch einen Tick aufgeregter. War das alles, was wir hier vorbereitet hatten, in Maries Sinne? Oder würde sie gleich in Tränen ausbrechen und uns zum Teufel jagen? Bei diesem Gedanken zog sich mein Magen schmerzhaft zusammen.

Meine Mutter, die ebenfalls mitgeholfen hatte, die Gartenhochzeit so schön wie nur möglich vorzubereiten, kam nun auch zu uns und stellte sich neben Silke und mich.

»Das sieht alles wunderschön aus. Ich bin mir ganz sicher, dass sie es lieben wird«, hauchte sie mir zu.

Ihre Worte waren Balsam für meine aufgescheuchte Seele. Ich versuchte nicht daran zu denken, dass es für Ole und Marie sicher schön gewesen wäre, wenn auch Hannes hier bei uns stünde. Noch immer nahm ich seine Anrufe nicht an, und auch seine Nachrichten hatte ich bislang nicht geöffnet. Und morgen war schon die Hochzeit. Ich musste unbedingt mit ihm reden. Auch wenn mich das einiges an Überwindung kosten würde. Aber hier ging es um die Hochzeit meiner Freunde. Da musste ich einfach über meinen Schatten springen.

Wir hatten uns bemüht, alles so schön wie möglich herzurichten. Dennoch konnte ich mich noch nicht entspannen. Erst wenn ich wusste, dass es Marie gefiel, würde die Anspannung von mir abfallen. Keine Sekunde früher.

Die Räder der Handkarren, in denen Ole und Marie die Gestecke aus dem *Traumschlösschen* nach Kloster in Oma Gertruds Garten transportierten, waren auf dem Schotter zu hören. Nicht mehr lange, und sie würden bei uns eintreffen.

Meine Mutter musste auch gespürt haben, wie aufgeregt ich war. Sie drückte mir die Hand und sah mich aufmunternd an. »Es ist wirklich ganz fabelhaft geworden«, bekräftigte sie, während mir nach wie vor das Herz Zentimeter für Zentimeter in die Hose abzurutschen drohte.

Als Marie und Ole eintrafen, hielt ich den Atem an.

Doch Marie hatte zunächst nur Augen für die Handwagen, die sie in den Garten schoben.

Erst als sie alles heile abgestellt hatten, hob sie den Blick und erkannte, dass Oma Gertrud gar nicht allein auf sie gewartet hatte. »Huch! Ihr seid ja auch alle da. Ich dachte, ich würde euch erst morgen wiedersehen.«

Dankbarkeit und Rührung lagen in ihrer Stimme, während sie mit den Augen jedes unserer Gesichter abfuhr. Bei mir angekommen, hielt sie inne. »Caro, geht's dir nicht gut? Du siehst so blass aus«, stellte sie unumwunden fest.

»Caro ist ein bisschen aufgeregt«, erklärte ihr Silke, während mir vor lauter Nervosität die Worte fehlten.

»Aufgeregt? Aber warum denn?«, hakte Marie nach.

Zur Antwort deuteten Silke und ich auf den vorbereiteten Garten. Nun würde Marie also die unperfekten Tische mit den vielen verschiedenen weißen Tischdecken sehen, von der keine zur anderen passte, so mannigfaltig waren die verschiedenen Weißtöne. Dass Weiß nicht gleich Weiß war, war mir erst heute richtig bewusst geworden.

Nun würde Marie auch das Büfett und die Candybar erblicken, die Silke und ich uns ausgedacht hatten. Würde ihr der Stil gefallen, oder war es ihr zu kitschig, zu vintage? Meine Gedanken überschlugen sich, während Marie mit offenem Mund dastand und ihren Blick ganz langsam über die Location für ihre Hochzeit gleiten ließ.

Die Anspannung, von der ich bis dato ausging, sie würde nur mich betreffen, schien sich nach und nach auf alle zu übertragen. Ole stellte sich neben seine zukünftige Frau und zog sie fest an sich, während niemand von uns auch nur wagte, einen Laut von sich zu geben.

Mucksmäuschenstill standen wir da und warteten auf das Urteil, dem wir uns hier und jetzt stellen mussten.

Doch Marie sagte kein Wort. Wie zur Salzsäure erstarrt stand sie da. Dann traten ihr Tränen in die Augen.

»Ich wusste es …«, begann ich panisch. »Das tut mir so leid, Marie. Wir wollten … wir dachten … aber wenn dir etwas nicht gefällt, können wir das bestimmt noch ändern. Es wird alles gut, Marie. Hörst du? Alles wird gut.«

Das Letzte, was ich jetzt ertragen würde, wäre, wenn meine Freundin anlässlich der Vorbereitungen für ihre Hochzeit schon wieder weinen müsste. Sie hatte schon so viele Tränen deswegen vergossen und sich endlich ein wenig Ruhe verdient.

Marie begann zu schluchzen und hob eine Hand an den Mund. Sie wirkte zittrig, ließ von dem Handkarren ab, an dem sie sich bis eben noch festgehalten hatte.

Mit jedem weiteren Schluchzer, der ihren Körper durchzuckte, wuchs mein schlechtes Gewissen. Das hatten wir nicht gewollt. Wir wollten sie doch glücklich sehen.

Keiner von uns wagte etwas zu sagen, während Ole seine Marie ganz fest in die Arme nahm. Als sie sich etwas beruhigt hatte, wischte sie sich die Tränen aus den Augen und sah uns an.

»Ich weiß gar nicht, was ich sagen soll … Ihr …«, dann brach ihr abermals die Stimme.

Tränen füllten ihre Augen, doch diesmal versuchte sie, sie zu verdrängen. Vermutlich hatte sie ebenfalls genug von ihnen.

»Als ich mir meine Hochzeit vorgestellt habe, da musste alles perfekt und genau aufeinander abgestimmt sein. Ich hab mich da so sehr hineingesteigert, dass ich bei jeder Abweichung von meinem selbstgesteckten Plan wie ein Kartenhaus in mich zusammengefallen bin. Und dann komme

ich hierher ...« Sie wandte den Blick von uns ab und sah hinüber zu dem Platz, an dem wir morgen hoffentlich alle
zusammen ausgiebig feiern würden, »... und nichts ist einheitlich. Nichts passt zueinander.«

Mir stockte der Atem.

»Und ich liebe es. Ich liebe es so sehr, dass ich schon wieder heulen könnte.«

Silke und ich lösten uns von den anderen, stürmten zu
unserer Freundin und nahmen sie ganz fest in die Arme.

»Es gefällt dir wirklich?«, wagte ich zu fragen, um alle
Zweifel ein für alle Mal auszuräumen.

»Es gefällt mir nicht, Caro. Ich liebe es. Ihr habt genau
meinen Geschmack getroffen und ...«, sie deutete auf den
Handwagen, »mein Konzept umgesetzt.«

Silke und ich blickten auf die vielen Gestecke, von dem
keins dem anderen glich.

Erleichterung flutete meine Blutbahnen, während wir
uns in den Armen lagen und Ole, Oma Gertrud, meine Mutter, Franz und Paul zu applaudieren begannen.

»Hab ich euch heute eigentlich schon gesagt, wie lieb ich
euch habe?«, fragte Marie und drückte uns dabei noch eine
Spur enger an sich.

Der Aberglaube war überwunden. Nun sollte einer wunderschönen Hochzeit nichts mehr im Wege stehen. Hannes
hatte strahlenden Sonnenschein prognostiziert. Hannes ...

Kapitel 40

Mit wild klopfendem Herzen kam ich bei Hannes' Wohnung an. Mein schlechtes Gewissen ließ mir keine Ruhe mehr. Ich würde es mir nie verzeihen, wenn Hannes wegen mir nicht auf die Hochzeit seiner Freunde ging. Jetzt würde ich mich nur noch um das Problem hinter dieser Haustür kümmern müssen.

Die richtigen Worte hatte ich mir noch nicht zurechtlegen können. Aber auch, wenn ich einen ganzen Monat oder noch länger gehabt hätte, wüsste ich nicht, ob ich dann selbstbewusster vor Hannes' Tür gestanden hätte.

Also nahm ich all meinen Mut zusammen und drückte die Klingel, in der Hoffnung, Hannes würde nicht zu Hause sein.

Gleichzeitig wünschte ich mir so sehr, mit ihm sprechen zu können. Es war nicht fair von ihm, Ole und Marie hängen zu lassen. Bei der Hochzeit unserer Freunde ging es weder um ihn noch um mich, sondern um die beiden.

Als ich schon glaubte, ich wäre umsonst gekommen, öffnete Hannes plötzlich die Tür. »Hallo Caro«, sagte er verwundert, bat mich jedoch nicht herein.

»Hey, Hannes. Können wir kurz reden?«, fiel ich gleich mit der Tür ins Haus.

Wenige Augenblicke später fanden wir uns in seinem Büro wieder. Von den Folgen des Wassers, das noch vor wenigen Wochen knöcheltief in seiner Wohnung gestanden hatte, war bis auf Verfärbungen an der Tapete nicht mehr allzu viel zu sehen. Die Räume wirkten trocken. Schimmel hatte sich auf den ersten Blick auch keiner gebildet. Ein Hoffnungsschimmer.

»Was kann ich für dich tun?«, fragte Hannes und bot mir seinen Schreibtischstuhl an. Er selbst blieb, mangels einer weiteren Sitzgelegenheit, stehen.

»Ich bin hier, um dich zu bitten, zur Hochzeit zu gehen. Ganz egal, was da zwischen uns steht. Es geht morgen nur um Ole und Marie. Nicht um uns.«

Hannes schob die Hände in die Hosentaschen. Sein Gesicht zeigte keine Gefühlsregung. Er hatte sein Pokerface wieder aus der Schreibtischschublade gekramt, was ich sehr schade fand.

Sein »Okay« machte mich wütend und enttäuschte mich gleichzeitig so sehr, dass ich am liebsten aufgestanden und gegangen wäre.

Er hatte mir zwar gesagt, dass er noch Bedenkzeit benötigen würde, aber hierbei ging es nicht nur um uns beide. Sein Verhalten war lächerlich.

»Wenn du dir nicht vorstellen kannst, während der Hochzeit neben mir zu sitzen, finden wir bestimmt eine Lösung, dich an einem anderen Tisch zu platzieren.«

Anstatt mich dem Gefühl der Zurückweisung hinzugeben, das ich ganz deutlich aus Hannes' Richtung verspürte, entschied ich mich, Vorschläge zu unterbreiten.

»Mein Kollege ist …«

»… an Masern erkrankt«, beendete ich seinen Satz. »Ich weiß. Aber ich weiß auch, dass das nur eine Ausrede ist, um nicht zur Hochzeit kommen zu müssen«, ging ich in die Offensive über.

Während Hannes bis eben noch äußerst souverän gewirkt hatte, machte er nun den Eindruck, auf frischer Tat ertappt worden zu sein. Es war nicht mehr als ein Wimpernschlag zu viel und eine leichte, kaum erkennbare Falte auf seiner Stirn. Aber ich hatte ihn dennoch durchschaut.

»Caro, ich …«, begann er.

Doch ich signalisierte ihm mit der ausgestreckten Handfläche, zu schweigen und abzuwarten. »Hannes, du kannst nicht immer in deinen Kokon zurückschlüpfen, wenn du der Meinung bist, das Leben da draußen wäre zu anstrengend. Es gibt hier so viele Menschen, die mit dir befreundet sind, die gern in deinem Leben vorkommen möchten. All denen zeigst du jedes Mal die rote Karte, wenn du dich einfach ausklingst. Und damit meine ich nicht mal mich, sondern vielmehr deine Freunde. Beispielsweise Ole und Marie. Ihr kennt euch doch alle schon ewig. Willst du wirklich darauf verzichten, an ihrer Hochzeit teilzunehmen, nur weil du viel zu viel Angst vor dem Leben hast?«

Jetzt war es raus. Nun hatte ich endlich gesagt, was mir auf dem Herzen lag, ohne ewig um den heißen Brei herumzureden.

»Das sind … ziemlich deutliche Worte«, erwiderte Hannes nach einem Moment des Schweigens.

Anstatt etwas zu antworten, entschied ich mich dazu, abzuwarten, was er mir noch zu sagen hatte. Schließlich konnte das ja noch nicht alles gewesen sein. Hoffte ich zumindest.

»Und ich glaube tatsächlich, dass mir noch niemand so klar auf den Kopf zugesagt hat, was ich doch für ein Idiot bin.«

Ich öffnete bereits den Mund und wollte ihm entgegnen,

dass ich ihn auf gar keinen Fall für einen Idioten hielt. Doch diesmal bedeutete er mir, zu schweigen. Ich tat ihm den Gefallen.

»Caro, ich habe viel über uns nachgedacht. Auf der einen Seite hatte ich das Gefühl, das mit uns hätte keine Chance. Die Erfahrungen, die ich in früheren Beziehungen gemacht habe, waren viel zu einschneidend. Ich wurde von gleich zwei Frauen betrogen, Caro. Das hat mich tief getroffen. Und, na ja, ein gebranntes Kind scheut das Feuer. Da bin ich wohl nicht anders.«

Ein zaghaftes Lächeln breitete sich auf seinem Gesicht aus, während er sich an die Wand in seinem Rücken lehnte, um daran Halt zu finden. Was er mir zu sagen hatte, fiel ihm nicht leicht. Jetzt, da er so offen mit mir sprach, konnte ich auch verstehen, warum er so heftig auf Lisas Offenbarung reagiert hatte.

»Auf der anderen Seite wollte ich mich aber unter gar keinen Umständen um die Chance bringen, dich kennenzulernen.«

»Ach, nicht?«, hakte ich nach.

Er schüttelte den Kopf.

»Wieso hast du Ole dann gesagt, du könntest nicht zur Hochzeit kommen?«

Das Lächeln wurde breiter. »Weil es wirklich so ist. Mein Kollege ist an Masern erkrankt.«

Ungläubig blickte ich ihn an. »Dann war das gar keine Ausrede, um mir aus dem Weg zu gehen?«

Kaum dass ich meine Frage ausgesprochen hatte, war mir das Ganze hier ziemlich peinlich. Hannes wollte gar nicht absagen, weil er mich nicht sehen wollte. Er musste wirklich arbeiten.

Er schüttelte abermals den Kopf. »Ich habe aber in der Zwischenzeit Ersatz auftreiben können. Als du geklingelt hast, habe ich gerade mit dem Sender telefoniert und ihnen die Lage geschildert.«

»Das tut mir so leid. Ich wollte … ich wusste ja nicht … Marie und Ole sollten doch …« Jeder Faden, den ich aufzunehmen versuchte, um daran anzuknüpfen, entglitt meinen Fingern, als wäre er vorher in Schneckenschleim getunkt worden.

Bevor ich mich noch weiter blamieren konnte, stieß Hannes sich von der Wand ab und kam zu mir. Er reichte mir seine Hände und half mir auf die Beine, die sich gerade ungewöhnlich wacklig anfühlten.

»Dir braucht gar nichts leidtun, Caro. Ganz im Gegenteil. Ich bin sehr froh, dass du zu mir gekommen bist.«

»Ach ja?«, fragte ich mit zittriger Stimme, während ich den Blick nicht von seinen himmelblauen Augen abwenden konnte.

»So haben wir noch vor der Hochzeit die Gelegenheit, uns zu versöhnen«, hauchte er mir ins Ohr und küsste mich dann so leidenschaftlich wie in unserer ersten gemeinsamen Nacht.

Vermutlich träumte ich das alles ohnehin nur. Genau! Das alles war nur ein Traum. Ein wunderschöner Traum, von dem ich hoffte, er würde nie zu Ende gehen.

Doch irgendwann löste Hannes seine Lippen von meinen. Sein Blick hielt meinen ganz fest, während er mir mein Haar hinters Ohr strich und anschließend seine Hand auf meine Wange legte.

Wenn das ein Traum war, dann war er verdammt realitätsnah. Schließlich konnte ich jedes seiner Lachfältchen, die seine Augen umrankten wie die Sonnenstrahlen auf Kinderzeichnungen, genauestens erkennen. Seine Augen leuchteten so hell wie Glühwürmchen in der Nacht. Nein, das konnte kein Traum sein.

»Du starrst mich an, als hättest du einen Geist gesehen«, sagte Hannes lachend.

»Nein, das nicht, aber ... ich hätte einfach nicht damit gerechnet, dass wir ... also du ... und ich ... Also ...«

Hannes lachte abermals. »Soll ich heute doch besser nicht mitkommen? Ist dir das lieber?«, fragte er mit diesem diebischen Grinsen, das ich so sehr vermisst hatte.

Vehement schüttelte ich den Kopf. »Untersteh dich!«, ermahnte ich ihn mit erhobenem Zeigefinger.

»Dann ist ja alles gut.«

»Ja, das ist es«, bestätigte ich. »Das ist es wirklich.«

Hannes lächelte zufrieden, während ich mein Glück noch gar nicht fassen konnte. Er hatte mich gar nicht angelogen. Nein, Hannes war ehrlich zu mir gewesen. So wie immer. Und das, obwohl es bis eben nicht besonders rosig um uns gestanden hatte. Das rechnete ich ihm hoch an.

»Dann ... werde ich wohl mal wieder nach Hause gehen, um mich umzuziehen.«

Hannes nickte. »Das hört sich nach einem guten Plan an.«

Glücklich küsste ich ihn zum Abschied auf die Wange.

»Ach, und Caro?«, fragte Hannes, als ich bereits im Türrahmen stand.

»Ja?«

Hannes fuhr sich verlegen durchs Haar. »Wie ist das denn mit deiner Mutter? Ich meine ... soll ich heute wieder deinen Verlobten spielen? Am besten, ich übernachte dann auch bei dir. Wir können ihr ja sagen, dass ich auf einer Geschäftsreise war.«

Nun musste ich lachen, woraufhin mich Hannes irritiert ansah.

»Hab ich etwas Falsches gesagt?«, fragte er.

»Du darfst heute sehr gern zu mir kommen, Hannes. Ich würde mich freuen. Allerdings ist meine Mutter kein Thema mehr. Die hab ich nämlich über uns beide ins rechte Bild gesetzt«, gab ich mich souverän.

»Das hast du?« Hannes wirkte baff.

»Wenn es dir also nur darum geht, meiner Mutter etwas vorzuspielen …«

Weiter kam ich nicht.

Denn schon im nächsten Moment stand Hannes vor mir, legte seine Hände auf meine Wangen und küsste mich so bedingungslos, dass mir ganz schwindlig wurde.

»Verstehe ich dich richtig? Du übernachtest heute also nicht nur bei mir, um Hannes, mein Verlobter, zu sein?«, fragte ich ein wenig atemlos, als wir nach einer Ewigkeit voneinander abließen.

Hannes schüttelte den Kopf und sah mir tief in die Augen.

»Ich komme einzig und allein deinetwegen, Caro Baumgartner. Nur deinetwegen.«

Mein Herz machte einen Luftsprung. Plötzlich fühlte ich mich so leicht wie schon lange nicht mehr. Ich schwebte gerade auf Wolke sieben zu, als mein Handy in der Hosentasche vibrierte.

»Marie«, sagte ich und zeigte Hannes das Display.

»Geh ruhig! Wir sehen uns ja später. Und falls ihr Hilfe benötigt, meldet euch jeder Zeit. Okay?«

Da war es wieder. Das Wort, das so sehr zu Hannes gehörte wie der Wind zur Ostsee und dabei in so vielen Facetten genutzt werden konnte.

»Okay!«

 # Kapitel 41

»Wenn ich mir dich so ansehe, dann könnte man fast meinen, du würdest heute heiraten«, witzelte Hannes bei meinem Anblick.

Zur Antwort warf ich ihm ein Kissen entgegen, das er prompt auffing.

»Anstatt dich über mich lustig zu machen, solltest du mir lieber sagen, welche Schuhe besser zu dem Kleid passen.«

Ohne auf seine Spitze weiter einzugehen, hob ich ihm das schwarze Paar Sandaletten und die roséfarbenen Peeptoes unter die Nase.

Da mein Kleid exakt den gleichen Farbton wie die roséfarbenen Schuhe hatte, tendierte ich leicht zu ihnen. Andererseits war meine Handtasche schwarz, was den schwarzen Schuhen einen kleinen Vorteil verschaffte.

»Du könntest barfuß oder in abgetretenen Turnschuhen zur Hochzeit erscheinen. Du wärst für mich immer die schönste Frau dort.« Hannes küsste mich.

Ein Lächeln breitete sich auf meinen Lippen aus. »Also die schwarzen?«, hakte ich nach und hob sie ein wenig höher als die anderen.

Hannes schnappte sich sein Handy und das Sakko und überging meine Frage einfach. »Ich muss den Kollegen, der mich heute vertritt, noch kurz anrufen und ihm was durchschicken. Soll ich dich dann hier abholen oder treffen wir uns an der Kirche?«

Er küsste mich abermals und strich mir danach zärtlich über die Wange. Dass er nicht bis zur Trauung von Marie und Ole warten konnte, um mich wiederzusehen, weckte abermals dieses Kribbeln in meinem Bauch, dass ich bereits so schmerzlich vermisst hatte.

»Ich schaue vor der Trauung noch bei Marie vorbei und gehe dann zusammen mit Silke, ihren Männern und Oma Gertrud zur Kirche.«

Hannes nickte. »Dann treffen wir uns dort.« Er war schon auf dem Weg zur Tür, als er plötzlich innehielt. »Was ist eigentlich mit deiner Mutter?«

Ich zuckte mit den Schultern. »Sie war nach dem Aufbau für die Hochzeit noch mit Willi verabredet. Die beiden gehen auch zusammen zur Kirche«, erklärte ich ihm.

»Willi und deine Mutter also«, resümierte Hannes grinsend.

»Willi und meine Mutter. Ja, die beiden hatten eine stürmische erste gemeinsame Bootsfahrt. Aber seither scheinen sich die Wogen immer mehr zu glätten, wenn du verstehst, was ich meine«, bestätigte ich und musste selbst grinsen.

Dann war Hannes zur Tür raus.

Auf dem Weg zu Oma Gertruds Haus stellten sich die roséfarbenen Peeptoes als nicht besonders bequem heraus. Glücklicherweise hatte ich die schwarzen Schuhe mitgenommen, sodass ich sie problemlos wechseln konnte. Manchmal trifft man einfach nicht selbst die Entscheidung, sondern wird mit der Nase drauf gestoßen.

»Wie gut, dass du kommst«, sagte Silke, die am Gartentor stand.

Offenbar hatte sie auf mich gewartet.

»Ist was passiert?«

Beunruhigt sah ich sie an, in der Hoffnung, etwas in ihrer Miene zu erkennen.

Silke seufzte, und mir rutschte das Herz in die Hose. »Jetzt sag doch schon«, flehte ich sie an, während mir immer unwohler wurde.

Doch dann bemerkte ich ihre zuckenden Mundwinkel.

»Sag jetzt nicht, dass das nur ein Scherz sein sollte«, ermahnte ich sie mit erhobenem Zeigefinger.

»Du siehst bildhübsch aus«, wechselte sie unvermittelt das Thema und zog mich an sich.

»Wenn du nicht eine meiner besten Freundinnen wärst, würde ich dir jetzt die Augen auskratzen. Ich hoffe, du weißt das.«

Silke lachte. »Das heißt im Umkehrschluss, ich kann mir so ein Späßchen öfter mal mit dir erlauben?«

»Untersteh dich!«, beschwor ich sie.

Doch mein Ärger war verflogen, als sie mich in den Arm nahm und wir zusammen zum Haus schlenderten.

Mit ein wenig Stolz blickte ich auf die Hochzeitslocation, die wir mit viel Liebe hergerichtet hatten und die die Gäste später mit ihrem Lachen und den Unterhaltungen mit Leben füllen würden.

»Na, was sagt ihr?«, fragte Oma Gertrud und half ihrer Enkelin, aus der Tür nach draußen zu treten.

Silke und mir verschlug es die Sprache.

Meine Mutter hatte wirklich ganze Arbeit geleistet. Das Vintagekleid passte Marie wie angegossen, und das kleine Jäckchen, das sie ihr noch geschneidert hatte, war nicht nur zweckmäßig, sondern rundete das Bild perfekt ab. Im

Haar trug Marie einen zarten Schleier, der ihr bis über die Schultern reichte.

»Du siehst atemberaubend schön aus«, riefen Silke und ich wie aus einem Mund.

Marie lächelte ein wenig verlegen. Ich wusste, dass sie nicht gern im Mittelpunkt stand. Aber heute hatte sie allen Grund dazu und würde es hoffentlich in vollen Zügen genießen können.

»Gut, dass ich euch noch erwische«, japste Irmgard plötzlich hinter uns ganz außer Atem.

Wenn ich gerade versucht hatte, mir einzureden, dass jetzt nichts mehr schiefgehen konnte, hatte ich meine Rechnung eindeutig ohne die Inselschamanin gemacht.

»Irmgard!«, ermahnte ich sie.

Doch sie beachtete mich nicht einmal und zog etwas aus ihrer Tasche, während wir sie voller Anspannung anblickten.

»Dann kann ich mein Geschenk gleich hierlassen«, sagte sie, die Ruhe selbst.

»Das war alles?«, fragte ich ungläubig.

Mit zuckenden Schultern stand sie vor uns. »Was hast du denn erwartet?«

»Mindestens einen Monsun oder einen Tornado«, äußerte ich ganz ehrlich.

Irmgard lachte schallend auf. »Der Wind hat sich eine kleine Verschnaufpause verdient. Jetzt, da alle Probleme gelöst sind. Findest du nicht auch?«, fragte sie augenzwinkernd.

Womit wir wieder bei der Frage wären, ob sie je wirklich mit dem Wind gesprochen hatte oder nicht vielleicht doch eine Hexe war, die Wind säte und Sturm erntete.

Oma Gertrud nahm das weiße mit goldenen Ringen verzierte Geschenk entgegen und brachte es ins Haus.

»Wenn dann alle fertig sind, würde ich vorschlagen, wir gehen los«, meinte sie und zog die Tür ins Schloss.

Silke und ich boten Marie zu jeder Seite einen Arm an und geleiteten sie zur Kirche. Während anfangs nur Oma Gertrud, Irmgard und Frank mit Paul hinter uns herliefen, schlossen sich uns auf dem Weg immer mehr Menschen an, bis eine riesige Traube durch Kloster auf dem Weg zur Inselkirche war.

In Ermangelung von Autohupen standen viele der Feriengäste am Straßenrand und geleiteten Marie mit ihren Fahrradklingeln. Das war ein schönes Konzert. Viel schöner, als es mit Hupen überhaupt hätte sein können.

Aus der Inselkirche, die den spärlichen Rest einer üppigen Klosteranlage bildete, die dem Ort Kloster ihren Namen gab, drangen Stimmen. Viele der Gäste hatten sich bereits eingefunden. Sicher stand Ole bereits mit Pastor Klüglein am Altar und wartete sehnsüchtig darauf, dass er seine Marie endlich heiraten durfte.

Marie löste die Arme von unseren und hakte sich bei ihrer Oma unter, die sie als einzige noch lebende Verwandte in die Kirche geleiten wollte. Das war so ein rührendes Bild, dass ich beinahe angefangen hätte zu weinen. Nur mit Mühe konnte ich die Tränen zurückhalten.

Auf einem Balken im Eingangsbereich der Kirche stand auf Plattdeutsch »Der here do Ick em ersochte, erhorde hei mi« geschrieben. Ein tiefes Vertrauen auf die Geschicke des Universums erfasste mich. Jetzt würde alles gut werden.

Blumenkinder streuten eine bunte Mischung aus Wildblumen vor Marie, die den Weg in ein Farbenmeer tauchten. Im Inneren des Hauptschiffs kam ich nicht umhin, den Rosenhimmel zu bewundern.

Im Jahr 1922 hatte der Berliner Maler Nikolaus Niemeier die Decke der Inselkirche mit kleinen und großen Rosen auf blauem Grund bemalt. Damit hatte er die üppigen Heckenrosen auf Hiddensee auch hier an diesem Ort Gottes verewigen wollen. Der Hiddenseer Rosenhimmel, wie er mittlerweile auch genannt wurde, war einer der besonderen Sehenswürdigkeiten.

Wie aus dem Nichts gesellte sich Hannes an meine Seite. Silke lief nun mit ihren Männern hinter uns und warf mir einen überraschten Blick zu.

Der Hochzeitsmarsch ertönte, kaum dass Marie einen Fuß auf den Kirchenboden gesetzt hatte.

»Die Ohrringe«, hörte ich sie just in diesem Moment zu Oma Gertrud sagen und sah, wie sie sich dabei ans linke Ohr fasste.

»Die sind zu Hause in der Muschelschatulle deiner Mutter und warten auf dich. Keine Sorge. Alles hat so, wie es ist, seine Richtigkeit.«

Erleichtertes Aufatmen nicht nur bei Marie. Jetzt konnten wir frohen Mutes unseren Weg fortsetzen.

Während Oma Gertrud und Marie auf Ole zusteuerten, nahmen wir neben meiner Mutter und Willi Platz. Die beiden hatten uns zwei Bänke reserviert. Wie zuvorkommend und liebenswürdig, ging es mir durch den Kopf, ehe die Musik verklang und Pastor Klüglein das Wort erhob.

»Wir sind heute hier in der Inselkirche zusammengekommen, um Marie und Ole in den heiligen Bund der Ehe zu begleiten.«

Hannes sah mich lächelnd an und nahm meine Hand fest in seine. Ein gutes Gefühl. Ein sehr gutes sogar.

Die Zeremonie wurde von einem kleinen Gospelchor begleitet, der die Anwesenden dazu ermutigte, aufzustehen und mitzusingen und mitzuklatschen.

Mit jedem weiteren beschwingten Rhythmus fiel auch die letzte Anspannung von mir ab. Der Tag war so, wie er bisher verlief, einfach wunderschön. Gleichzeitig auch irgendwie unplanbar. Vielleicht konnten wir ihn gerade wegen der vielen kleinen und großen Katastrophen zuvor umso mehr genießen.

Mein Blick suchte den von Silke. Sie zwinkerte mir zu, als wollte sie mir sagen, dass das hier auch unser Werk war. Definitiv. Das war es. So was von. Meine Nerven konnten ein Lied davon singen. Aber es hatte sich gelohnt.

Nach der Trauungszeremonie erwarteten wir Marie und Ole vor der Kirche und bewarfen sie mit buntem Konfetti. Eine kleine Gemeinheit unsererseits, aber dank Maries Schleier verfingen sich die kleinen runden Papierteilchen nicht in ihrem Haar.

»Alles Glück dieser Erde und viele wunderschöne Jahre wünsche ich euch«, beglückwünschte ich das Paar schließlich, als ich an der Reihe war.

Es tat so gut zu sehen, wie glücklich die beiden waren. Ole grinste bis über beide Ohren und zog seine Ehefrau ganz fest an sich. »Die werden wir ganz sicher haben. Zumindest dann, wenn ich später die Hand beim Torteanschneiden oben habe.«

Marie warf feurige Blitze in seine Richtung. »Das kannst du mal gleich wieder vergessen, liebster Ehemann. Das Sagen in unserer Beziehung werde nach wie vor ich …«

Noch ehe sie den Satz beenden konnte, küsste Ole sie einfach und brachte sie damit zum Schweigen.

Die umstehenden Gäste lachten, dann wurden Sektgläser herumgereicht, und wir tranken auf das Brautpaar. Gleich würden wir uns auf den Weg zu Oma Gertruds Garten machen.

Der Wind frischte auf, und ein merkwürdiges Gefühl beschlich mich.

»Ist alles in Ordnung mit dir, mein Schatz?« Hannes sah mich besorgt an.

»Wird es heute regnen, stürmen oder schneien?«

Hannes' Augenbrauen hoben sich bis zum Scheitel. »Weder noch, soviel ich weiß. Warum fragst du?«

Wie sollte ich mein Gefühl in Worte fassen? »Ich weiß auch nicht … vor der Hochzeit war so viel los … Irgendwie kann ich mir nicht vorstellen, dass es heute ruhig sein wird. Dafür ist einfach viel zu viel passiert. Vielleicht kommt noch der ganz große Knall, und Marie und Ole …«

Hannes küsste mich, bevor ich weiterreden konnte. Das hatte er sich offenbar beim Bräutigam abgeschaut. Aber es half. Ich beruhigte mich.

»Du wirst sehen, mein Schatz, alles wird gut. Das Wetter, das ich für diesen Tag vorhergesagt habe, verheißt uns Sonnenschein bei milden dreiundzwanzig Grad. Gegen Abend könnte es etwas windiger werden. Aber nichts, was wir mit den bereitgelegten Decken und den vielen Kerzen nicht in den Griff bekommen würden.«

Wie hatte ich die letzten dreißig Jahre nur ohne diesen Mann leben können? Seine ruhige Stimme und sein entspanntes Auftreten ließen mein Herz gleich weniger wild schlagen. Es entkrampfte sich. Ebenso wie ich.

»Hast du schon die Antipasti probiert? Die sind der absolute Wahnsinn«, schwärmte Silke, nachdem sie das vierte Mal vom Büfett zurückkam.

Auch die übrigen Gäste schienen sehr angetan von der Vielzahl an Speisen und Beilagen. Der Caterer hatte also Wort gehalten und geliefert. Nun konnte wirklich nichts mehr schiefgehen. Zumindest nichts von Bedeutung.

»Ole und Marie, kommt ihr mal zu uns nach vorne?«, fragten Schulfreunde der beiden gerade.

Sie hatten Silke und mich im Vorfeld kontaktiert und nachgefragt, ob sie ein paar Hochzeitsspiele mit den beiden veranstalten durften. Wir fanden das eine sehr gute Idee. Und wenn ich mir nur vorstellte, dass Marie Ole gleich von hinten mit den Händen durch ein Laken hindurch mit Babybrei füttern sollte, brach das Lachen schon jetzt aus mir heraus. Was für eine amüsante Idee.

»Na, ihr zwei.«

Während ich noch vor ein paar Tagen nichts Gutes erwartet hätte, wenn meine Mutter plötzlich wie aus dem Nichts neben mir stand und so anfing, ahnte ich bereits an dem freudigen Lächeln, dass es heute anders sein würde.

Willi und sie machten einen so vertrauten Eindruck auf mich, dass ich mir gut vorstellen konnte, dass meine Mutter schon bald wieder auf die Insel kommen würde. Ihre Abreise hatte sie ohnehin erst mal auf unbestimmte Zeit verschoben.

»Eine schöne Feier, findest du nicht auch?«, fragte ich sie.

Sie nickte. »Ich bin richtig froh, dass ich geblieben bin, um das alles mitzuerleben. Auch wenn es gar nicht deine Hochzeit ist«, sagte sie augenzwinkernd.

Noch vor ein paar Tagen wäre der Sarkasmus nur so aus ihr herausgeflossen. Heute war es nichts weiter als eine scherzhafte Erinnerung an die Lüge, die ich ihr aufgetischt hatte und die sie mir ohne größeres Tamtam verziehen hatte.

Um uns herum wurde es bereits dunkel. Die Abendsonne hatte mir gerade noch den Rücken gewärmt, doch nun war sie restlos im Meer versunken.

Die Gäste lachten, unterhielten sich und beobachteten Maries und Oles erste Augenblicke als Ehepaar. Es war schön, die beiden so gelöst und albern zu erleben.

»Falls es dir noch keiner gesagt hat: Du bist eine tolle Freundin«, flüsterte mir Silke ins rechte Ohr, als Willi und meine Mutter an ihre Plätze zurückgegangen waren.

»Soll ich dir was sagen?«, flüsterte ich in ihr linkes Ohr. »Du auch.«

Lächelnd hoben wir unsere Gläser und stießen an. »Auf Ole und Marie.«

Irmgard, die ich in den letzten Stunden immer mal wieder beobachtet hatte, saß ganz entspannt neben ihrer langjährigen Freundin Gertrud. Die beiden hatten sich viel zu erzählen. Und auch gelacht wurde viel.

Eine Band spielte auf. Marie und Ole eröffneten die Tanzfläche, und erst nachdem die Band eine kleine Pause einlegte, zogen sich die meisten wieder auf ihre Plätze zurück. Nicht alle. Aber viele.

»Was ist mit deinen Füßen?«, fragte Hannes mit Blick auf meine Hand, die über meinen geschundenen Knöchel fuhr.

»Du hast augenscheinlich die falsche Wahl getroffen«, neckte ich ihn. Dabei wusste ich noch ganz genau, dass er sich für keines der beiden Schuhpaare ausgesprochen hatte.

Er wollte gerade etwas erwidern, als Marie mit einem Löffel an ihr Glas stieß.

»Ihr habt euch bestimmt schon gewundert, was aus der Hochzeitstorte geworden ist.«

Die hatte ich ja ganz vergessen.

»Ole und ich haben uns den ganzen Tag nicht darüber einigen können, wer von uns beiden die Hand am Messer oben und wer sie unten halten sollte. Letztlich sind wir zu der Überzeugung gekommen, dass wir sehr gern unsere Freunde gemeinsam mit uns anschneiden lassen wollen. Caro, Silke und Hannes, kommt ihr zu uns?«

Tränen der Rührung stiegen mir in die Augen.

»Soll ich dir noch schnell deine Ohrringe bringen?«, fragte Oma Gertrud.

Doch Marie schüttelte den Kopf. »Ich brauche keinen Glücksbringer mehr, denn ich weiß jetzt ganz genau, worauf es im Leben ankommt: einen Mann an deiner Seite zu haben, der dich liebt, sowie Familie und Freunde, die immer für dich da sind.«

Die anderen Gäste klatschten, während wir fünf gemeinsam die Torte anschnitten.

Doch schon im nächsten Moment zuckte ich erschrocken zusammen. Ein Knall war zu hören. Und gleich darauf noch einer. Was war nur passiert? Ein Gewitter? Meinte Hannes nicht, dass alles gut werden würde? Er hatte doch gesagt, dass das Wetter heute auf unserer Seite stand? Oder hatte Irmgard mit dem Wind gesprochen und uns nichts davon gesagt?

Panisch blickte ich zu ihr hinüber, als mir die zuckenden bunten Lichter am Himmel auffielen. Ein Feuerwerk. Kein sich ankündigendes Unheil mit Starkregen und Orkansturm.

Nur ein Feuerwerk, zu dem gleich alle staunend und mit »Ahs« und »Ohs« emporsahen.

»Weißt du was?«, fragte Hannes, der hinter mir stand und mich fest in den Armen hielt.

»Du wirst es mir sicher gleich verraten.«

»Ich bin sehr froh darüber, dass du mich gefragt hast, ob ich deinen Verlobten spielen möchte. Sonst hätte ich mich vielleicht nie getraut, dich anzusprechen.«

Ungläubig blickte ich ihn über die Schulter an. »Dann hast du ... du wolltest ...«

Zur Antwort küsste er mich. Ein wirklich probates Mittel, wie ich heute bereits mehrfach feststellen konnte. Und es schmeckte sogar besser als jede von Oma Gertruds Sanddornvariationen. Aber das würde ich ihr lieber nicht sagen.

»Ich habe mir überlegt, heute Abend unten im Lager zu schlafen. Dann könnt ihr zwei Turteltäubchen eure Versöhnung in vollen Zügen genießen«, sagte meine Mutter augenzwinkernd, kaum dass Hannes, sie und ich in meiner Wohnung angekommen waren.

»Mama, also ... ich ... du musst nicht ...«, stammelte ich ein wenig unbeholfen.

Doch sie hob abwehrend die Hände. »Lass mal gut sein, mein Schatz. Ich glaube, ich hab einiges wiedergutzumachen, was ich in den letzten Jahren in unserer Beziehung kaputtgemacht habe.«

»Ach, Mama«, sagte ich und spürte, wie mir die Tränen über die Wangen liefen.

»Ich kann auch wieder gehen«, schlug Hannes vor, dem es ein wenig unangenehm war, meine Mutter im Lager auf einer Matratze schlafen zu lassen.

»Das wirst du ganz sicher nicht tun, Hannes.« Der Befehlston meiner Mutter ließ keine Widerrede zu.

Schon im nächsten Augenblick klaubte sie ihr Bettzeug zusammen und machte sich in Richtung Tür auf. Bevor sie hindurchging, wandte sie sich noch einmal zu uns um. »Ich verspreche euch auch, morgen früh den Entsafter ruhen zu lassen. Der Ärmste hat sich mal einen Tag Auszeit verdient, finde ich.«

Damit war sie auch schon zur Tür hinausgeschlüpft, und Hannes und ich blieben allein zurück.

»Also, wir müssen nicht …«, begann er und blickte nach oben zu meinem Schlafzimmer, während unsere Lippen wie zwei Magnete aufeinander zusteuerten.

»O doch! Wir müssen. Ganz unbedingt«, sagte ich, während ich ein wenig unbeholfen versuchte, ihm das Hemd aufzuknöpfen.

Mit jeder Stufe, die wir die Wendeltreppe nach oben gingen, fiel ein weiteres Kleidungsstück. Und mit jedem Kleidungsstück verabschiedete ich mich auch von einer Sorge, die mich in den letzten Tagen gequält hatte. Morgen würden vielleicht neue dazukommen oder alte wieder aufleben. Aber jetzt war nicht die Zeit, darüber nachzudenken. Morgen war schließlich auch noch ein Tag.

ENDE

Rezepte

Oma Gertruds Apfeltorte mit Sanddornsahne

Zutaten

Für den Boden:

2 Eier (Größe M)

75g Zucker

1 Prise Salz

1 Päckchen Vanillinzucker

abgeriebene Schale von 1 unbehandelten Zitrone

80g Mehl

1 TL Backpulver

Für den Belag:

100ml Apfelsaft

100ml Weißwein

2 EL Zitronensaft

50g Zucker

abgeriebene Schale von 1 unbehandelten Zitrone

4 Äpfel (à ca. 175 g)

6 Blatt weiße Gelatine

250g Sanddornmus

250g Schlagsahne

Zitronenmelisse zum Verzieren

Zubereitung

Für den Boden zunächst die Eier trennen. Eiweiß und 2 Esslöffel kaltes Wasser mit dem Handrührgerät steif schlagen. Nach und nach Zucker, Salz und Vanillinzucker hinzufügen. Im nächsten Schritt Eigelb und Zitronenschale unterrühren. Mehl und Backpulver mischen, auf die Eimasse sieben und vorsichtig unterheben. Nicht mehr mit dem Handrührgerät verrühren!

Boden einer Springform (24 cm Ø) mit Backpapier auslegen. Biskuitmasse hineingeben, glattstreichen und im vorgeheizten Backofen (E-Herd: 175 °C / Gas: Stufe 2) ca. 20 Minuten backen lassen. Aus dem Ofen herausnehmen, vorsichtig vom Springformrand lösen und auf einem Gitter auskühlen lassen. Erst dann den Boden ganz aus der Form lösen.

Für den Belag Zitronensaft, Apfelsaft, Wein, 75 ml Wasser, Zucker und Zitronenschale zusammen aufkochen lassen. Inzwischen 2 Äpfel waschen, schälen, vierteln, entkernen, in Spalten schneiden und dann in den kochenden Sud geben. Bei schwacher Hitze ungefähr 3 Minuten köcheln lassen. Mit einer Schaumkelle aus dem Sud heben und dann gut abtropfen lassen. Inzwischen restliche Äpfel waschen, entkernen und in Scheiben schneiden. Scheiben in den Sud geben und bei schwacher Hitze 1–2 Minuten garen. Im Anschluss ebenfalls mit einer Schaumkelle aus dem Sud nehmen und auf Küchenpapier legen und abkühlen lassen. Gelatine in kaltem Wasser einweichen, ausdrücken und vorsichtig bei schwacher Hitze in einem kleinen Topf schmelzen. Tröpfchenweise unter ständigem Rühren unter das Sanddornmus geben und im Anschluss daran kaltstellen. Inzwischen Sahne steif schlagen. Sobald das Sanddornmus geliert, die Sahne portionsweise unterheben. Nicht verrühren! Tortenboden auf eine Tortenplatte setzen.

Hälfte der Sanddornsahne auf dem Tortenboden verteilen, Apfelspalten darauflegen. Torte mit der restlichen Sanddornsahne rundherum einstreichen.

Torte ca. 15 Minuten kühl stellen und anschließend mit den Apfelscheiben belegen. Torte ca. 2 Stunden kühl stellen und nach Belieben mit Zitronenmelisse verzieren.

Oma Gertruds Orangen-Sanddorn-schnitten

Zutaten

Für den Teig:
4 Eier (Größe M)
2 EL Wasser, heiß
125g Zucker
1 Päckchen Vanillinzucker
25g Mehl
1 TL Backpulver
100g Haselnüsse gemahlen
50g Mini-Daim-Riegel
8 EL Orangensaft

Für die Creme:
6 Blatt Gelatine
300ml Sanddorn mit Honig aus dem Reformhaus
125ml Orangensaft
500g Sahne

Zum Belegen:
2 EL Kakao
100g Mini-Daim-Riegel

Zubereitung

Mini-Daim-Riegel klein hacken, Backblech mit Backpapier belegen, Backrahmen daraufstellen. Den Backofen vorheizen auf 180 °C Heißluft oder 200 °C Ober- und Unterhitze.

Eier und heißes Wasser schaumig schlagen, Zucker und Vanillinzucker einrieseln lassen und dabei weiterschlagen. Mehl, Backpulver, Nüsse und gehackte Daims unterheben. In den Backrahmen streichen und ca. 12 Minuten backen. Danach auf einem Kuchenrost auskühlen lassen. Teigplatte im Anschluss daran senkrecht in 2 Hälften schneiden.

Gelatine in kaltem Wasser einweichen, ausdrücken und mit etwas Orangensaft erwärmen. Alles unter den Rest Orangensaft und Sanddornsaft rühren. Im Kühlschrank leicht gelieren lassen, dann die steif geschlagene Sahne unterziehen.

Den untersten Teigboden einstechen und mit Orangensaft tränken, die Hälfte der Creme darauf verstreichen. Den zweiten Boden auflegen und mit dem Rest des Saftes tränken. Die restliche Creme darüber verteilen.

Den Kuchen für mindestens 2 Stunden kaltstellen. Dann in Schnitten schneiden und mit Daim-Riegeln belegen. Zum Schluss noch dick mit Kakao bestäuben.

Oma Gertruds Sanddorn-Schokoladenkekse

Zutaten

400g Mehl
150g Zucker
150g Margarine oder Butter
150g Schokolade, gehackt
4 EL Sanddornsaft
1 Päckchen Vanillinzucker
1 Banane (reif, 100g)

Zubereitung

Alle Zutaten miteinander vermengen und zu einem glatten Teig verkneten. Anschließend ca. 45 Minuten im Kühlschrank ruhen lassen.

Aus dem Teig kleine Kugeln rollen, flach drücken und auf ein mit Backpapier ausgelegtes Backblech geben.

Im auf 190 °C Umluft vorgeheizten Backofen auf der mittleren Einschubleiste ca. 12–15 Minuten backen lassen.

Oma Gertruds Sanddorn-mandelkuchen

Zutaten

1 Bio-Orange

3 EL (Roh-)Rohrzucker

5 Eier

1 Prise Salz

100ml Sanddornsaft

200g gemahlene Mandeln

50g Puderzucker

2 EL Orangengelee

Zestenreißer

Butter zum Einfetten

Zubereitung

Den Backofen auf 180 °C vorheizen. Den Boden der Springform (24 cm Ø) mit Backpapier auslegen, den Rand mit Butter einfetten und mit Zucker bestreuen. Die Orange heiß waschen und abtrocknen, die Schale mit einem Zestenreißer in feinen Streifen abziehen. Orangenschale mit Rohrzucker vermengen und beiseitestellen. Orangensaft auspressen.

Die Eier trennen. Eiweiß mit dem Salz steif schlagen. Die Eigelbe mit Orangen- und Sanddornsaft glatt verrühren, den Eischnee unterheben und vermengen. Nicht verrühren! Die Mandeln mit Puderzucker vermischen und auf den Eischnee geben, beides unter die Eigelbmasse heben.

Den Teig in die Form füllen. Im Ofen (auf mittlerer Schiene, Umluft 160 °C) ca. 30 Minuten backen.

Das Orangengelee in einem kleinen Topf unter Rühren erhitzen. Den Kuchen aus dem Ofen nehmen, einstechen und sofort mit dem Orangengelee bestreichen und mit den gezuckerten Orangenschalenstreifen bestreuen. Den Kuchen in der Form auf einem Kuchengitter auskühlen lassen, danach aus der Form lösen.

Oma Gertruds »Kleiner Bernstein«

Zutaten

Für den Teig:

1 Ei

2 EL Kaffeesahne

3 EL Zucker

1 Prise Salz

1 TL Abrieb einer Zitronenschale

5 EL Mehl

1 EL Speisestärke

1 TL Backpulver

2 EL Sanddorngelee

Für die Creme:

5 Blatt Gelatine

1/2 Zitrone

250g Quark 40% Fett

150g Quark 20% Fett

3 EL Zucker

Für die Sahne:

150g Schlagsahne

1 Päckchen Sahnesteif

1 Päckchen Vanillinzucker

4 halbe Pfirsiche (Dose)

Für die Creme:

5 Blatt Gelatine
250g Quark 40% Fett
3 EL Zucker
100ml Sanddornnektar

5 Blatt Gelatine
200ml Sanddornnektar
1 halber Pfirsich (Dose)

150g Schlagsahne
1 Päckchen Sahnesteif
1 Päckchen Vanillinzucker

Zubereitung

Ei mit Kaffeesahne, Zucker, Salz und Zitronenabrieb verrühren. Mehl, Speisestärke und Backpulver dazugeben. Eine kleine Backform (ca. 20 cm Durchmesser) fetten. Teig hineinfüllen. Im Backofen bei 175°C ca. 10 Minuten backen. Aus dem Ofen nehmen und abkühlen lassen.

Sanddorngelee erwärmen. Den Tortenboden vorsichtig aus der Form lösen und auf eine Kuchenplatte legen. Sanddorngelee auf dem Boden verstreichen. Danach einen Tortenring um den Boden befestigen.

Gelatine in kaltem Wasser einweichen, Zitrone auspressen, Quark mit Zucker und Zitronensaft cremig rühren. Gelatine gut ausdrücken und auflösen. Mit 2 Esslöffel Quark verrühren. Zu der restlichen Quarkmasse geben und gut verrühren.

Schlagsahne mit Sahnesteif und Vanillezucker steif schlagen. Wenn die Quarkmasse zu gelieren beginnt, die Sahne unterheben.

Pfirsich abtropfen lassen und in Spalten schneiden.

Ein Drittel der Quarkmasse auf dem Boden verteilen. Mit den Pfirsichspalten belegen. Die restliche Quarkmasse darauf geben und glatt streichen. Für ca. 30 Minuten kaltstellen.

Gelatine in kaltem Wasser einweichen. Quark mit Zucker verrühren. Sanddornnektar dazu gießen und unterrühren. Gelatine gut ausdrücken und auflösen. Mit 2 Esslöffeln der Quarkmasse verrühren. Zu der restlichen Quarkmasse geben und gut verrühren. Auf die Torte geben und glattstreichen. Torte wieder rund 15 Minuten kalt stellen.

Gelatine in kaltem Wasser einweichen. Sanddornnektar erwärmen. Gelatine gut ausdrücken, im warmen Sanddornnektar auflösen. Etwas abkühlen lassen und vorsichtig auf der Torte verteilen. Über Nacht kalt stellen.

Den Tortenring vorsichtig entfernen. Pfirsich abtropfen lassen und in kleine Stücke schneiden.

Sahne mit Sahnesteif und Vanillezucker steif schlagen. Den Rand der Torte damit bestreichen. Sahne in einen Spritzbeutel füllen und 8 Sahnetupfen in gleichmäßigem Abstand auf die Torte setzen. Auf jeden Sahnetupfen ein kleines Stück Pfirsich legen.

Bis zum Verzehr kalt stellen.